Dorothé Kanders

Blut und Flammen

History-Thriller 1

Denn das göttliche Recht
schreibt an vielen Punkten vor,
dass man die Hexen nicht nur fliehe*,
sondern auch töte.

*(Schrift: Malleus Maleficarum,
Hexenhammer, Speyer 1486)*

* »fliehe« im Sinne von »meiden«

Druckausgabe 2019

Verlag und Illustration
Richtstr. 13 a
45359 Essen

Das Buch

Mitreißender Thriller zur Zeit der Hexenverfolgung im historischen Köln

Als Katharina im Jahre des Herrn 1629 nach Köln reist, beginnt für sie ein Albtraum. Denn ein Mörder lauert in den Schatten und was er will, ist Rache.
Auf geheimnisvolle Weise tötet er Frauen und Männer und lässt so den Aberglauben an Hexerei im Volk noch weiter wuchern.

Zu spät bemerkt Katharina, dass sie aufgrund von Intrigen in die Mordfälle verwickelt wird, und als man sie als Hexe bezichtigt, scheint ihr Schicksal besiegelt.
Denn das göttliche Recht schreibt an vielen Punkten vor, dass man die Hexen nicht nur meide, sondern auch töte.
So steht es im Malleus Maleficarum, dem Handbuch zur Hexenjagd aus dem Jahre 1486.

Verzweifelt kämpft Jannis um Katharinas Leben.

Doch jeder Augenblick, in dem der wahre Mörder noch nicht gefasst ist, bringt die Frau, der sein Herz gehört, dem Scheiterhaufen näher.

Gibt es noch ein Entrinnen vor Hass, Rache und Intrigen, vor allem aber vor dem Tod in den Flammen?

Vorwort

In unserer heutigen Vorstellung sind Hexen meistens mystische Wesen.
Dass aber in Europa vom 15. bis 18. Jahrhundert etwa 60.000 ganz normale Menschen (Leute wie Sie und ich) fanatisch als angebliche Hexen verfolgt wurden, tritt oft in den Hintergrund.
Allein in Deutschland waren es ca. 25.000 Opfer.
(Quelle: Sag, was ich gestehen soll, Ingrid Lessing Verlag, Autor: Hetty Kemmerich)

Die Handlung des History-Thrillers ist erfunden.
Namen und Personen größtenteils ebenso.

Kurfürst Ferdinand von Bayern als historische Persönlichkeit des Romans war allerdings damals tatsächlich Erzbischof von Köln.
Auch die Figuren Wallram Blankenburg und Heinrich Glimbeck (Namen leicht geändert) sind an zwei damalige Hexenkommissare und deren Tätigkeit im Allgemeinen angelehnt.

Aufgrund einer spezifischen Rechtssituation wurden in Köln erheblich weniger Menschen hingerichtet als anderswo im Heiligen Römischen Reich Deutscher Nation. Bemerkenswert ist, dass Köln die Opfer der Hexenverfolgung 2012 offiziell rehabilitiert hat, wie viele andere Städte auch.
Aber nicht allein der Hexenwahn ist ein Thema.
Denn der Mörder lauert in den Schatten.

Ihre Dorothé Kanders

Prolog

Anno 1623

Erbarmungslos war er in dem Flammenmeer gefangen. Von Augenblick zu Augenblick wurde es heißer, schlugen die Flammen um ihn herum höher, schienen die feurigen Wände der Kammer näher zu rücken.

Bisher brannte nur sein Bein, und der Schmerz war, als ob ihm ein Schlächter den Schenkel abhackte. Doch schon bald würde er in Gänze brennen wie eine Fackel.

»Nein! Gott, hilf mir doch!«

Schriller hätte sein Schrei nicht sein können und sogleich verloschen die Flammen.

Jäh wurde es still und dunkel.

»Sieh nur!«, hörte er eine Männerstimme. »Er bewegt sich und seine Lider flattern. Er wacht auf.«

»Besser wäre, er würde nicht aufwachen«, sagte ein anderer. »Der Schmerz muss eine Qual sein.«

Ja, das ist er, dachte er, während er die Augen aufschlug und den Mönch erblickte, der sich über ihn beugte. Die Flamme der Kerze in dessen Hand flackerte.

Ja, der Schmerz war eine Qual. Aber seine innere Bitternis über den Verrat war schlimmer.

Nur ein Gedanke beherrschte ihn, seit er den Flammen entkommen war - Rache.

1

Sechs Jahre später
Köln 1629

»Wenn ich tot bin, werden sie dich holen«, sagte die leise Stimme in Katharinas Kopf, und so war es geschehen. Sie waren gekommen und hatten sie geholt.

Das Geräusch der Räder und das Schaukeln der schwarzen Kutsche, in der sie saß, waren immerwährende Begleiter.

Schnurgerade führte die Straße nach Köln, und Katharina steckte den Kopf aus dem Fenster und blickte nach vorn. Obwohl der Abend dämmerte und sie noch ein Stück von Köln entfernt waren, sah sie bereits den Turm der Torburg, der sich gegen den grauen Himmel abhob. Wie eine Festung wirkte die Stadt mit ihrer Stadtmauer aus der Ferne.

Müde lehnte sie sich in der Kutsche zurück und wischte sich über ihr junges, hübsches Gesicht mit den rosigen Wangen. Hellbraune Strähnen hatten sich aus ihrem Haarknoten gelöst und hingen ihr wirr ins Gesicht. Aber was machte das schon. Die Strapazen während der Reise von Trier bis hierher nach Köln hatten sie gleichgültig werden lassen. Niemals hatte sie hierherkommen wollen. Bereits jetzt sehnte sie sich zu ihrem Zuhause zurück, zu einem Zuhause, das es nicht mehr gab.

»Wenn ich tot bin, werden sie dich holen, Katharina.« Noch heute glaubte sie manchmal, die kalte welke Hand zu spüren, die sie gehalten hatte, als der Mensch, der ihr so viel bedeutet hatte, gestorben war.

Lange hatte sie neben ihrem Gemahl auf dem Bett gesessen und seine Hand umklammert, auch als er längst nicht mehr geatmet hatte.

Sein Licht war erloschen. Das Lebenslicht eines Menschen, von dem sie respektiert worden war, obwohl sie eine Frau war und noch dazu um Jahrzehnte jünger als er. Dieser alte Mann war ihr Leben gewesen. Mit seiner Erlaubnis hatte sie sogar Lesen und Schreiben lernen dürfen. Allerdings hatte er sie bettelarm hinterlassen, und außerdem hatte sie als Frau kaum Rechte, und als schwangere Witwe erst recht nicht. Ach, wäre da nur eine Familie, zu der sie zurückkehren könnte. Aber die gab es nicht mehr. Viel zu früh waren Vater und Mutter verstorben.

»Bitte reise nach Köln«, hatte ihr Gemahl auf dem Sterbebett gefleht. »Mein Vetter Hinrich Belberg wird dich bei sich aufnehmen. Tu es für unser Kind, das du unter dem Herzen trägst, damit es nicht in Armut aufwachsen muss.«

Köln – eine der größten Städte im Heiligen Römischen Reich Deutscher Nation. Allein das ängstigte sie bereits. Ein fremder Ort, fremde Menschen. *Doch andererseits. Wozu sich sorgen?* Gewiss war Hinrich Belberg ebenso gütig, wie ihr Gemahl es gewesen war. Immerhin waren sie verwandt.

Nie würde sie den Anblick der beiden hochgewachsenen jungen Männer vergessen, die vorgestern vor ihrer Tür gestanden hatten, um sie aus Trier abzuholen, Hinrich Belbergs Sohn Gabriel und dessen Freund Jannis. Zwei Männer, die verschiedener nicht sein konnten. Gabriel bärtig, dunkelhaarig und mit verschlossener

Miene, und Jannis hellhaarig und nicht selten mit einem Lächeln auf den Lippen.

Ein Blick nach links aus dem Fenster ließ sie jetzt Gabriel sehen, der die Kutsche auf seinem dunklen Hengst begleitete, weil überall Gefahren lauerten. Der breite Filzhut beschattete sein Gesicht und der dichte dunkle Bart ließ ihn älter wirken, als er war. Allerdings war es nicht seine verschlossene abweisende Miene, die Katharina erschreckte, sondern die Abscheu in seinen Augen jedes Mal, wenn er sie ansah. Der Sohn des Mannes, bei dem sie ab heute leben würde, hasste sie. Eindeutiger hätten Gabriels Blicke nicht sein können. Aber warum?

Nein, nicht darüber nachdenken. Nicht jetzt! Erschöpft schloss Katharina die Augen. Eine gefahrvolle Reise lag hinter ihnen, insbesondere, da seit 1618 Krieg herrschte, auch wenn hier nur wenig davon zu spüren war. Doch nun waren sie ja bald in Köln. Nun …

Ein Knall ließ sie auf ihrem Sitz in der Kutsche hochfahren. Jemand hatte geschossen, und das Wiehern und das hektische Hufgetrappel offenbarten, dass die Pferde scheuten. Schlagartig fuhr die Kutsche schneller, kam nach rechts von der Straße ab und jagte über die angrenzende Wiese.

Heftig schlug Katharina mit der Schläfe gegen die Wand, bevor es ihr gelang, sich irgendwo festzuhalten. Verängstigt begriff sie, dass das Gefährt umzukippen drohte.

Mein Kind! Bitte nicht! Es war doch das Einzige, was ihr von ihrem Mann geblieben war.

Immer wieder schlug sie mit Schulter und Rücken gegen die Wände, bevor die Kutsche endlich zum Stehen kam, und erleichtert atmete sie auf. Deutlich spürte sie, dass das Kind in ihrem Bauch sich bewegte.

Einen Augenblick lang war sie wie betäubt und ihr Rücken schmerzte, als sie aufstand. Völlig gleichgültig, ob es sicherer war, in der Kutsche zu bleiben, sie musste hier raus.

Stimmen waren zu hören, als sie ihr langes schwarzes Kleid hochraffte und ausstieg.

Jannis auf dem Kutschbock hatte noch immer Mühe, die Pferde zu beruhigen. Gabriel dagegen hatte sein Schwert gezogen und es einem Jungen an die Kehle gesetzt, der auf der Straße lag, eine lange Pistole neben sich. Im letzten Moment sah sie einen zweiten Jungen mit fuchsrotem Haar, der hastig in das Buschwerk am Rande der Straße floh.

Zwei Halbwüchsige waren so unklug gewesen, die Kutsche zu überfallen, keine verrohten brutalen Landsknechte. Blut lief an der Kehle des Jungen entlang, während Gabriel die Spitze seines Schwertes in dessen Fleisch drückte.

»Bitte verschont sein Leben!« Mit ein paar Schritten war Katharina bei ihnen.

Blanke Angst spiegelte sich in dem Gesicht des Jungen, während er zu Gabriel hochblickte.

»Tut das nicht, Gabriel! Das ist ja noch ein Kind.«

»Geht zurück zur Kutsche, Katharina!«

»Aber das ist doch noch ein Junge.« Schwer atmend blieb sie neben ihnen stehen.

Mit kalter Miene sah Gabriel sie an. Seine dunklen Augen funkelten. »Und aus dem Jungen wird ein Mann und aus dem Mann ein Räuber. Seid Ihr so töricht, dass ich Euch das erklären muss, Weib?«

Bestürzt legte Katharina die Hände vor den Mund, als Gabriel das Schwert tief in die Schulter des Halbwüchsigen stieß und wieder herauszog. Aufstöhnend vor Schmerz krümmte sich der Junge auf dem Boden. Blut durchtränkte sein Hemd.

»Habt Ihr Euch verletzt, Katharina?«, hörte sie Jannis' Stimme hinter sich.

Schweiß lief über Jannis' bartloses Gesicht mit den hohen Wangenknochen, als sie sich zu ihm umdrehte. Feucht klebte das halblange helle Haar an seinen Schläfen und Sorge stand in seinen Augen.

»Mir fehlt nichts, Jannis.«

Mit der Pistole des Jungen in der Hand ging Gabriel an ihnen vorbei. »Steigt wieder in die Kutsche, Weib.« Er schaute zu Jannis. »Oder ist eine Achse gebrochen?«

»Nein.«

»Dann sorg dafür, dass Katharina einsteigt.«

»Kommt.« Jannis berührte Katharina am Arm und wie betäubt ließ sie sich von ihm zur Kutsche führen.

Mit einem Blick zurück sah sie, dass der Junge sich unter Schmerzen auf die Beine quälte. Ebenso wie zuvor der andere Junge lief er zu den Sträuchern am Straßenrand. Gleich darauf verschwand er in dem Buschwerk und nichts außer dem Blutfleck auf dem Boden blieb von ihm, so als hätte es ihn nie gegeben.

Höflich half Jannis Katharina in die Kutsche einzusteigen, und Augenblicke später fuhr sie ihrem ungewissen neuen Leben entgegen.

*****

Mit Entsetzen starrte Caspar auf Valentins blutende Schulter, als die Kutsche längst verschwunden war. »Ich hab's dir doch gesagt. Ich hab dir gesagt, es ist töricht, eine Kutsche zu überfallen.«

»Hör auf!«, sagte Valentin, der an einen Baum gelehnt hinter den Büschen am Straßenrand auf der Erde saß. Entnervt blickte er zu Caspar hoch. »Ich weiß es ja jetzt, kleiner Bruder. Ich dachte nur, als es uns gelungen ist, den Söldnern am Kölner Hafen die Pistolen zu stehlen samt Pulver und Kugeln ... Ich dachte eben, die Dinger wären unser Glück. Wenn wir nur Geld hätten, dann könnten wir aus Köln verschwinden, dann müssten wir nicht mehr bei dem Onkel leben.«

Caspar strich sich durch den kräftigen roten Haarschopf und senkte den Kopf. Ja, das war auch sein Traum, seit Vater und Mutter gestorben waren. Ihr Onkel, der Bruder ihrer Mutter, wollte sie schließlich gar nicht bei sich haben. Täglich arbeiteten sie in dessen Färberei für nur ein oder zwei Schalen Suppe am Tag. Den Rest stahlen sie auf den Kölner Märkten.

»Kannst du aufstehen, Valentin?«

»Es geht schon.« Unter Schmerzen quälte Valentin sich auf die Beine. »Wo ist eigentlich deine Pistole?«

»Die hab ich verloren, ebenso wie du deine.« Caspar lächelte schwach. »Diese Frau, diese Katharina, hat dir das Leben gerettet.«

»Du kennst ihren Namen?«

»Dieser Gabriel Belberg hat ihn gesagt.«

»Seinen Namen kennst du auch?«

Caspar nickte. »Auf den Märkten habe ich den und seinen Freund schon gesehen. Die Leute schwatzen eben über die Reichen.«

Zorn stand Valentin ins Gesicht geschrieben. »Die Hosen hattest du vorhin voll, ja? Bist hinter die Büsche geflohen und hast zugeschaut, anstatt mir zu helfen.« Er verzog das Gesicht. »Von einem Weib gerettet. Das ist beschämend. Ich wäre schon allein zurechtgekommen.« Stöhnend legte er eine Hand auf die schmerzende Schulter und ging zur Straße. Sie war vollkommen leer und in der Ferne waren die Kölner Stadtmauer und der Turm des Severinstors zu sehen.

Irgendwo schrie eine Eule, als sie die inzwischen mondhelle Straße entlang nach Köln zurückliefen, und die Kälte ließ sie zittern. Sogar jetzt im Mai glitzerte des Nachts manchmal noch Frost auf den Grasspitzen. Ihre dünnen Hemden, die Lederwämser und ihre löchrigen Hosen wärmten sie allerdings nur dürftig, und Schuhe besaßen sie nicht.

Fast hatten sie die Stadtmauer erreicht, als Valentin stehen blieb. Der starke Schmerz in seiner Schulter wollte nicht nachlassen. »Wie sollen wir das mit meiner Schulter bloß dem Onkel erklären?«

»Pst!«, machte Caspar plötzlich und schaute nach links zu den Büschen. »Hörst du das?«

»Nein.«

»Doch. Hör mal!«

Valentin schüttelte den Kopf. »Du spinnst, kleiner Bruder.«

Erschauernd lief Caspar bis zum nächsten Baum und versteckte sich dahinter. »Aber das musst du doch auch hören, Valentin«, flüsterte er und zuckte ein wenig zusammen, als sein Bruder neben ihn trat.

Valentin runzelte die Stirn. »Ein Tier?«

»Ja, vielleicht.« Krampfhaft starrte Caspar an dem Baum vorbei geradeaus. Tropfen, die ein Regenschauer hinterlassen hatte, klatschten von den Blättern auf sein rotes Haar und benetzten sein sommersprossiges Gesicht.

Die dünnen Zweige der mondhellen Sträucher bewegten sich. Leider war das Gestrüpp so dicht, dass er nichts erkennen konnte. Vorsichtig löste er sich von dem Baumstamm und ließ Valentin zurück. *Leise,* dachte er, während er Schritt für Schritt vorwärtsging.

Verdammt! Eine Pfütze ließ ein deutliches Plätschern hören, als er versehentlich hineintrat. Erschrocken hielt er den Atem an.

Stille.

Irgendwo schrie wieder eine Eule.

Die Zweige vor ihm knackten. Etwas huschte durch das Gestrüpp auf ihn zu.

Der Teufel! Er wird mich holen!

»Nein!« Erschrocken wich er zurück und fiel hin. Alles ging so schnell, dass er erst nach einer Weile begriff, was tatsächlich geschehen war. In Wahrheit hatte sich dieses Wesen gar nicht auf ihn zubewegt, sondern war davongehuscht.

Das Herz pochte ihm bis zum Hals, während er wieder aufstand.

Was war das gewesen?

Der Teufel?

Ein geduckter Mensch?

Ein Tier?

Auf jeden Fall hatte es ihn gesehen. Denn unter dem klaren nächtlichen Himmel musste er deutlich zu sehen gewesen sein.

Wieder hörte er etwas, und entschlossen nahm er all seinen Mut zusammen und arbeitete sich Stück für Stück durch das Gestrüpp vor, bis sich ein Feld vor ihm auftat.

»O Gott!« Entsetzt bekreuzigte er sich.

Zuerst begriff er nur wegen des zerfetzten Kleides und der entblößten nackten Brust, dass das eine Frau war. Vom Mond beschienen lag sie am Rande des Kornfeldes auf der Erde. Aber dann erkannte er sie. »Helena.« Eine der Dirnen, die sein Onkel manchmal in sein Haus holte, weil sein Eheweib verstorben war. Blut lief aus ihrem Mund. Ihr rotes Haar war abgeschnitten und wimmernd krümmte sie sich.

Noch immer überrascht und erschrocken hockte Caspar sich neben Helena nieder. Heftig zuckte er zusammen, als sie ihn anstarrte und sein Handgelenk so fest umklammerte, dass sich ihre Fingernägel in seine Haut gruben.

»Der Teufel«, flüsterte sie. Ihre Augen weiteten sich. »Er hat ... Freilassen würde er mich, hat er gesagt. Und das hat er auch. Aber ich ... Die Schmerzen. Ich brenne.« Das blutige Erbrochene in ihrem Mund ließ sie husten, bevor sie sich röchelnd aufbäumte und ihr Blick ganz plötzlich zum Himmel glitt. Sofort begriff er, dass sie mit dem Tod kämpfte. Ein Kampf, den sie verlor, als sich ihr Körper mit einem tiefen Seufzer der Erleichterung wieder entspannte und sich ihre Finger von seinem Handgelenk lösten.

Reglos hockte Caspar neben ihr. Nur ein Dämon konnte das getan haben, aber kein Mensch oder ein Tier. Oder doch? Bleierne Angst befiel ihn. Was, wenn der Dämon noch hier war?

Angespannt zuckte er zusammen, als es neben ihm raschelte. »Valentin.« Erleichtert atmete er auf, als er seinen Bruder sah.

»Helena?« Der Anblick der Dirne ließ Valentin seine schmerzende Schulter vergessen. »Ist ...? Ist sie ...?«

»Ja, sie ist tot.«

»Das müssen wir den Stadtwachen melden.«

»Nein.« Caspar schüttelte den Kopf. »Sieh uns doch an. Wir sind mit deinem Blut beschmiert. Selbst ich.«

Valentin nickte. »Ja ...« Er blickte an sich hinab. »Ja, du hast recht. Dass wir mit dem Teufel im Bunde sind und Helena totgezaubert haben, würden die denken.«

Ein Schauer lief Caspar über den Rücken. Sie wären nicht die Ersten, die eine peinliche Befragung durch Folter würden ertragen müssen, weil man sie der Hexerei verdächtigte. Elende Krüppel würden sie danach sein oder sogar hingerichtet werden. Als die Gertraudt von Witzhellen gebrannt hatte, war er selbst dabei gewesen. Einen Schadenzauber sollte sie verübt haben. Nein! Er hatte sie gekannt. So etwas traute er ihr einfach nicht zu.

Eine Weile standen sie beide ratlos da.

Sie mussten zum Rheinufer laufen und sich das Blut abwaschen. Sie mussten ihre Hemden waschen. Sie mussten ...

Caspars Blick glitt zu Helena. »Wer hat ihr das angetan?«

Das Gebüsch neben ihnen raschelte und sie sahen etwas auf sich zu schleichen. Zwischen den Zweigen war es kaum mehr als ein Schatten. Allerdings einer, der hörbar atmete.

Der Dämon!, dachte Caspar.

Hastig richtete er sich auf.

Zu spät, um zu fliehen.

Zu spät, ihm zu entkommen.

Nein, nicht!

2

Voller Sehnsucht blickte Katharina am nächsten Mittag durch das halbblinde Bleiglasfenster nach draußen. Doch was sie sah, war nur die Fachwerkfassade des hohen Hauses gegenüber.

Nichts außer diesem Schlafgemach im ersten Stockwerk hatte sie von ihrem neuen Zuhause bisher gesehen, zu dem Gabriel und Jannis sie gestern Abend gebracht hatten. Gegen ihren Willen erinnerte das Zimmer sie an eine Kerkerzelle. Weiße karge Wände mit einem Kreuz daran, ein Holztisch, zwei Stühle, ein Schränkchen, eine Truhe und das stattliche Eichenbett in der Mitte, auf dem sie die letzte Nacht mit Albträumen verbracht hatte.

So gerne hätte sie das Haus einfach verlassen. Sicher herrschte auf den Kölner Märkten reges Treiben, boten die Händler all ihre Waren feil, roch es nach frisch gebackenem Brot, Käse, Obst und geräuchertem Fisch. Leider ließ sich das Fenster nicht einmal weit öffnen, sodass sie in die Gasse hinabblicken oder die Gerüche der Stadt hätte wahrnehmen können. Nur das Klappern von Pferdehufen war bisweilen zu hören.

Abrupt fasste sich Katharina an den Hals, als sie plötzlich das Gefühl hatte, in diesem stickigen Zimmer nicht mehr atmen zu können. Warum kam niemand? Warum ließ man sie hier allein? Selbst das Frühstück hatte die Dienstmagd Fronicka ihr hier serviert.

Undankbar bin ich, tadelte sie sich.

Denn schließlich sollte sie froh sein, dass der Vetter ihres verstorbenen Gemahls sie überhaupt aufnahm und sogar von Gabriel und Jannis in Trier hatte abholen lassen.

Jannis. Ein Lächeln huschte über ihre Lippen, als sie an ihn dachte. So freundlich war Gabriels stattlicher Freund mit dem hellen Haar während der Fahrt nach Köln zu ihr gewesen, so besorgt, so …

Nein! Hör auf damit! Beschämt senkte sie den Kopf. Warum ging ihr dieser Mann bloß nicht aus dem Sinn?

Wie schon so oft in den letzten Stunden ließ das Knarzen der Deckenbalken sie nach oben blicken. In der Einsamkeit hier hatte das etwas Unheimliches. Wer lief dort oben herum?

»Ich muss hier raus.«

Entschlossen ging sie zur Tür.

Wieder ächzten die Balken über ihr. Doch dann verstummte das Geräusch, und einen Moment später hörte sie ein ähnliches Knarzen direkt vor ihrer Zimmertür.

Ihr Herz klopfte heftig.

Jemand war da draußen.

»Seht Euch vor«, hatte gestern ein Gast in einer Herberge zu ihr gesagt, bevor sie Köln erreicht hatten. »Auch in Köln wird Hexen- und Teufelswerk getan. Sogar manch vornehmer Reicher ist mit dem Deibel im Bunde. Selbst die Postmeisterin war ein Hexenweib und musste brennen. Ihr Name war Katharina, wie der Eure.«

»Wer da?«, fragte sie leise.

Die Stille ließ sie ihre eigenen Atemzüge hören. Der runde Türknauf drehte sich.

»Wer da?«, wiederholte sie lauter.

Lautlos glitt der Türknauf wieder in seine ursprüngliche Stellung zurück und nach einem kurzen Zögern riss sie die

Tür auf. Aber niemand war in dem Flur, der quer vor ihr verlief, zu sehen.

Ein paar Schritte ging sie bis zur Balustrade und blickte hinab. Links von ihr verlief der Flur bis zu einer Treppe, die ins Erdgeschoss führte, und rechts von ihr war ein Fenster.

Auf der steilen Treppe hinter ihr, die neben ihrem Gemach ins oberste Stockwerk führte, hörte sie Schritte und drehte sich um. Wie ein Geist tauchte der hochgewachsene Mann aus der Finsternis des Treppenhauses auf. Langsamen Schrittes kam er die Stufen herab, und sie hielt den Atem an.

Nie zuvor hatte sie einen Menschen mit schwarzer Haut gesehen. Dass schwarze Menschen in Afrika lebten, hatte sie gehört. Auch dass sie als Sklaven in die neue Welt gebracht oder wie exotische Schmuckstücke an europäischen Höfen gehalten wurden, wusste sie. So jemandem zu begegnen, hätte sie hingegen nie erwartet.

Sein krauses dunkles Haar fiel ihm auf die breiten Schultern. Seine hohen Wangenknochen waren scharfkantig. Sein Bart war dicht und der Blick seiner dunklen Augen stechend, und unbewusst trat sie einen Schritt zurück, obwohl er sich vor ihr verneigte. »Ihr seid Katharina Anstett, nehme ich an. Mich nennt man Urban.«

Nervös krallte sie die Hände ineinander. »Seid Ihr ein Diener?«

»Man könnte es so nennen.«

»So gekleidet seid Ihr aber nicht.« Verblüfft starrte sie auf das edle Wams, die Kniehosen und langen Stiefel, die er trug. »Wohnt Ihr über meinem Gemach? Und wart Ihr das gerade eben vor meiner Tür?«

»Nein, ganz gewiss nicht. Folgt mir. Man erwartet Euch bereits.«

Zögernd legte sie eine Hand rechts auf die Balustrade und blickte ihm hinterher, während er den Flur entlangging. Doch dann folgte sie ihm.

»Bitte tretet ein«, sagte Urban und das Erste, was sie sah, als sie nach links durch eine Tür ging, war Gabriels bärtiges Gesicht. Mit ebenso verschlossener Miene wie gestern Abend saß er hinter einem langen Tisch, den sie quer vor sich sah. Von allem anderen war sie hingegen überwältigt. Die mit Holz vertäfelten Wände, der Kronleuchter in der Mitte und die Ölgemälde mit Heiligen an den Wänden zeugten von einem Reichtum, den sie nie zuvor gekannt hatte. Der Eichentisch war mit dampfenden Schüsseln, Tellern und glänzendem Tafelsilber reich gedeckt und der Duft von frisch zubereitetem Essen allgegenwärtig.

Die junge Frau mit hellem Haar, die neben Gabriel saß, wirkte in ihrem braunen Kleid so blass und zart, als wäre sie aus Porzellan. Offenbar wagte sie kaum, den Kopf zu heben.

Das ist Agnes, Gabriels Ehefrau, dachte Katharina. Anders konnte es nicht sein. Während der Fahrt hierher hatte Gabriel von ihr erzählt.

»Dieses Weib ist ein Prachtstück«, sagte eine Männerstimme.

Vom Kopfende des Tisches drangen die Worte an Katharinas Ohren und erst im zweiten Moment begriff sie, dass sie ihr galten.

Hinrich Belberg. Sie wusste es sofort. Der Vetter ihres verstorbenen Gemahls und der Vater von Gabriel.

Der Ausdruck in seinen kleinen Augen hatte etwas

Verschlagenes. Unverhohlen glitt sein Blick über die Wölbung ihrer Brüste unter dem langen schwarzen Kleid und blieb auf ihrem runden Bauch hängen. Hinrichs schneeweißes Haar war glatt gekämmt. Sein weißer Bart ließ nur wenig von seinem faltigen Gesicht erkennen und seine Kleidung war aus den edelsten Stoffen gefertigt.

Abrupt stand er auf und kam auf sie zu, und in der Erwartung einer Begrüßung streckte Katharina die Hand aus. Doch anstatt sie zu begrüßen, betrachtete Hinrich sie nur abschätzig wie eine Ware, die er auf dem Markt erstanden hatte. »Ein wahrhaft stattliches Weib, gesund und wohlgeformt. Glänzendes braunes Haar, klare Augen, rosige Wangen.« Seine Stimme klang heiser. »Dazu geschaffen, um einem Mann einen Erben zu gebären.« Sie zuckte zurück, als er mit seiner Hand ihre blau verfärbte Schläfe berührte. »Was ist das?« Er sah zu Gabriel.

»Ihr wisst, dass die Kutsche überfallen wurde, Vater«, war Gabriels ruhige Antwort. »Dabei hat Katharina sich verletzt.«

»Hat sie das, ja?« Der Zug um Hinrichs Mund hatte etwas Höhnisches. »Nichts kann man dir anvertrauen. Nicht einmal ein Weib wie Katharina wohlbehalten hierher zu bringen.«

»Aber Vater.«

»Du und dein Eheweib Agnes taugen zu nichts, Gabriel. Seit Jahren warte ich auf einen Enkel von euch. Stattdessen wird Agnes jeden Tag dürrer und hässlicher. Sieh dir dein Weib neben dir doch an. Nicht einmal hoffen kann man mehr, dass Agnes dir je ein Kind und mir einen Enkel schenken wird.«

Heftig war Agnes zusammengezuckt. Der Stuhl, auf

dem sie neben Gabriel saß, rutschte zurück, als sie überstürzt aufstand. Hastig raffte sie ihr Kleid hoch und flüchtete aus dem Raum, und Katharina fühlte Mitleid für dieses zarte Geschöpf in sich aufwallen.

Auch Gabriel war aufgesprungen. Blanke Wut spiegelte sich in seiner Miene. »Ihr habt darauf bestanden, dass ich Agnes heirate, Vater. Euer Herz gierte nach ihrer Mitgift. Und nun wollt Ihr mich enterben, nur weil Agnes mir kein Kind gebärt? Jetzt wollt Ihr diese Frau da heiraten«, er schaute zu Katharina, »und der Bastard in Katharinas Bauch soll später an meine Stelle treten, Euren Tuchhandel übernehmen?«

»Reicht es nicht«, Hinrich Belbergs Stimme überschlug sich, »dass ich dich in mein Haus aufgenommen habe, weil du Vater und Mutter verloren hattest, Gabriel? Dass ich dich wie einen Sohn aufgezogen habe? Mein Blut ist nicht dein Blut. Nichts steht dir zu, gar nichts, auch wenn du mich Vater nennst.«

»Niemand in Köln weiß, dass Ihr nicht mein tatsächlicher Vater seid.«

»Dann werden sie es erfahren.«

»Das könnt Ihr nicht tun.«

»Natürlich kann ich das.« Hinrich Belbergs Lächeln hatte etwas Eisiges.

Katharina sah das Entsetzen in Gabriels Augen, während sie leicht zitternd dastand und zu verstehen versuchte, was hier geschah. Hinrich Belberg wollte sie also heiraten und spielte sie und seinen Sohn Gabriel, der nur sein Stiefsohn war, gegeneinander aus. Und als wäre das nicht genug, erniedrigte er auch noch dessen Eheweib Agnes. War es da ein Wunder, dass Gabriel sie zutiefst hasste?

»Wärst du mir ein besserer Sohn gewesen, Gabriel«, sagte Hinrich ruhig. »Wärst du ein guter Kaufmann und hättest dich um unsere Geschäfte und dein Eheweib gekümmert, statt dich mit Dirnen rumzutreiben, dann …« Er wandte sich wieder Katharina zu. »Alles ist vorbereitet. Bald ist unsere Hochzeit. Oder wollt Ihr mit Eurem Kind lieber als Bettlerin enden?«, fügte er hinzu, als er den Widerstand in ihren Augen sah.

Nein, das wollte sie nicht. Eiskalt war Katharina plötzlich. Alles in ihr sträubte sich dagegen, diesen alten Mann zu heiraten, der offenbar nicht die Güte besaß wie ihr verstorbener Ehemann und jeden hier demütigte. Aber welche Wahl hatte sie denn? Entschlossen straffte sie die Schultern und reckte das Kinn. »Benötigt Ihr für unsere Vermählung nicht mein Einverständnis?«

Hinrich Belberg lächelte abschätzig. »Ihr solltet mir dankbar sein, dass ich Euch in mein Haus aufnehme, anstatt meinen Willen infrage zu stellen. Als Weib steht Euch das nicht zu.«

Gabriel ballte die Hände zu Fäusten. »Eure bevorstehende Vermählung mit Katharina ist Sünde, Vater.«

Hinrichs Miene hatte etwas Selbstgefälliges. »Sei still und setz dich wieder. Oder nein.« Er strich sich über den weißen Bart. »Hol erst dein dummes Weib Agnes zurück. Und Ihr …« Er wandte sich wieder Katharina zu. »Und Ihr setzt Euch ebenfalls.«

Katharina schaute zu Gabriel und ihre Blicke trafen sich. Der Hass verdunkelte sein Gesicht.

Nein! Das mach ich nicht mit. Abrupt drehte sie sich um und wollte zurück zur Tür gehen. Keinen Moment länger wollte sie hierbleiben. Nicht mit einem einzigen Wort hatte ihr verstorbener Mann erwähnt, dass sein

Vetter Hinrich Belberg sie heiraten wollte. Sie musste nachdenken. Sie musste …

»Ich hoffe, wir kommen nicht ungelegen«, ertönte eine warme Männerstimme, und Katharina sah Gabriels Freund Jannis mit einer alten Frau am Arm den Raum betreten. Sein helles Haar hatte er strenger zurückgekämmt als gestern während der Fahrt hierher. Aber wie meistens umspielte ein Lächeln seine Lippen, das jedoch plötzlich erlosch. »Wie es scheint, kommen wir tatsächlich ungelegen.«

»Unsinn.« Abrupt löste sich die alte Frau von Jannis' Arm und stolzierte auf ihren Stock gestützt zu Katharina. Ihr schwarzes langes Kleid und der altmodische weiße Mühlenkragen, der ihren Hals wie ein breites Rad umschloss, verliehen ihr etwas Imposantes. »Im Hause von Hinrich Belberg ist niemand willkommen.« Ihre Stimme glich einem Krächzen. »Das liegt daran, dass Ihr ein verdrießliches und unfreundliches Gemüt Euer Eigen nennt, Hinrich«, sagte sie, ohne ihn anzublicken. »Heute hat mich allerdings die Neugier hierher getrieben. Ich hoffe, Ihr behandelt Euer zukünftiges Eheweib besser als Eure verstorbene Frau.« Die Hand der alten Frau fühlte sich trocken und runzelig an, als sie Katharinas Hand nahm und drückte. »Ich bin Jannis' Großmutter Henriette von der Laar und wenn der mürrische alte Mann Euch nicht gut behandelt, kommt zu mir, Kindchen. Ich werde Hinrich schon die passenden Worte dazu sagen.«

3

Feuer!

Wie der Atem des Teufels brannte Rauch in seinen Augen und seiner Kehle.

Die Tür der fensterlosen Kammer, in der er sich befand, war verschlossen und immer wieder warf er sich dagegen. Doch die Tür gab nicht nach. Sie wollte nicht nachgeben! Keinesfalls wollte sie ihm den Weg in die Freiheit schenken.

Drei Schritte lang und drei Schritte breit war die Kammer, kaum größer als ein Hühnerstall, in dem er elendig verrecken würde. Denn von Augenblick zu Augenblick wurde es noch heißer, schlugen die Flammen noch höher und schienen die brennenden Wände noch näher zu rücken.

Raus hier! Ich will hier raus!

Wie ein Irrer rüttelte er an der Tür und schrie auf, als er sich den Daumen an dem rostigen Schloss verletzte. Blut lief über seine Hand. Es musste ihm einfach gelingen, die Tür zu öffnen. Es musste! Bei lebendigem Leibe würde er sonst brennen.

Rasend schnell entzündeten sich immer mehr trockene Kornreste auf dem Boden und ließen das Feuer aufwallen. Panisch krabbelte eine Ratte an einer Wand hoch und ihr Kreischen, als sie in Flammen aufging, ließ ihn halb irrewerden.

Nein! Er sah es, aber er wollte es nicht wahrhaben. Sein Bein brannte lichterloh. Das Feuer hatte es erfasst und leckte nach dem Rest seines Körpers. Der Schmerz war, als ob ihm ein Schlächter den Schenkel abhackte.

Die anderen Ratten sprangen ihn an und krallten sich an ihm fest. Denn abgesehen von seinem Bein, von dem sich die Haut wie von einem Apfel abschälte, war er das Einzige, das noch nicht brannte. Der beißende Rauch gab ihm das Gefühl zu ersticken. Nein, bitte nicht! So wollte er nicht sterben. Nicht *so* und nicht *jetzt*.

Bald würde er in Gänze brennen wie eine Fackel.

»Neeeiiin!«

Was er hörte, war sein eigener Schrei, als er aufwachte und hochschnellte. Ebenso panisch wie in dem Traum hastete er aus dem Bett und schlug auf sein Bein ein, wieder und immer wieder, bis ihm endlich bewusst wurde, was er tat.

Keuchend starrte er auf die Narben an dem Bein. Nein, er brannte nicht. Nicht heute. Aber damals vor Jahren …

Allmählich beruhigte sich sein Herzschlag wieder. Am ganzen Leibe zitternd sackte er auf den Holzboden. Es war bereits Morgen und Tageslicht erhellte die verschlissenen Möbel.

Seit er vor Wochen nach Köln zurückgekehrt war, hatte er wieder diese Träume. Sie quälten ihn. Jeden Augenblick des Tages beherrschten sie sein Denken und Handeln.

Es gab nur einen Weg, sich davon zu befreien. Hastig stand er auf, kleidete sich an und warf sich als Letztes noch einen Umhang über.

Knarrend fiel die Tür hinter ihm zu, als er das Zimmer verlassen hatte. Stille herrschte, während er durch den schmalen Flur des beengten Hauses zur Haustür ging. Das helle Licht ließ ihn blinzeln, als er die

Tür öffnete, weckte aber auch all seine Instinkte. Ab hier und jetzt war er ein anderer. Nun war er auf der Jagd, und ein Jäger lauert auf seine Beute, verfolgt sie, beobachtet jede ihrer Bewegungen und wartet den passenden Moment ab, bevor er zuschlägt.

Und genau das hatte er vor, nachdem er ein paar Gassen durchquert hatte und über den Kölner Heumarkt lief. Doch zuerst musste er seine Beute finden. Heute musste es einfach gelingen. Nicht wie gestern durfte es sein, wo er ihr *wieder* nicht begegnet war. Und tatsächlich! Heute hatte er Glück und sah sie bereits nach kurzer Zeit, während er über den Markt schlenderte.

Ja, das war sie. Ganz eindeutig war sie das, obwohl sie früher etwas anders ausgesehen hatte. Aber schließlich veränderten Menschen sich.

Nicht einmal eine sittsame weiße Haube trug sie. Das hochgesteckte helle Haar der jungen Frau leuchtete in der Sonne und ihr schönes Gesicht wirkte wie aus Stein gemeißelt. So betörend sie indes auch anmutete, sie war und blieb eine Dirne. Mühsam hatte er sich bei anderen Dirnen durchfragen müssen, um zu erfahren, dass sie oft hierherkam.

Marie! Ein Name, der sich in sein Gedächtnis eingebrannt hatte.

Hass wallte in ihm auf, abgrundtiefer Hass, den er früher nicht gekannt hatte, der aber heute Teil seines Wesens war. Innerlich erregt ballte er die Hände zu Fäusten. Nichts war in diesem Moment stärker, als der Wunsch zu töten. Doch auf dem Markt hatte es keinen Sinn. Hier würde er es nicht auskosten können. An diesem Ort waren zu viele Menschen.

Er leckte sich über die Lippen.

Gott lenkte seine Wege, und langsam ging er zu Marie, die am Rand des Marktplatzes stand.

Im Schatten eines Baumes lehnte sie an dessen Stamm und verzerrte genüsslich ein Stück Brot. Erst als er sie erreicht hatte, hob sie den Kopf. Ja, sie war es. Sie war die Marie, die er gesucht hatte, ganz sicher. Wenn er allerdings einen Funken des Wiedererkennens in ihren Augen erwartet hatte, dann irrte er sich.

Sie hörte auf zu kauen. »Wo?«, sagte sie nur und kaute weiter. »Ich sehe Euch an, was Ihr wollt«, fügte sie hinzu, als er die Stirn runzelte. »Also? Wo wollt Ihr es machen und wie viel zahlt Ihr?«

»Reichlich«, sagte er und lächelte. »Marie ist dein Name, ja?«

»Ist das von Bedeutung?« Sie stopfte sich das letzte Stück Brot in den Mund und löste sich von dem Baum. »Ja, das ist mein Name. Und woher wisst Ihr das?«

»Ist das wichtig? Eine Dirne wie dich hab ich gesucht. Du gefällst mir.«

Ihr Kauen und Schmatzen, bevor sie das Brot hinunterschluckte, stießen ihn ab und verstärkten seinen Hass auf sie. Goldgelbe Brotkrümel klebten an ihrem wohlgeformten Mund und sie wischte sie weg.

»Komm!«, sagte er. »Folge mir.«

»Wie viel zahlt Ihr? Sonst mache ich es nicht«, sagte sie, während sie ihm folgte. Ganz wohl fühlte sie sich nicht dabei, so einfach mit ihm zu gehen. Schließlich hatte ein Bauer heute Morgen die Leiche der Dirne Helena vor den Toren der Stadt gefunden.

»Reicht das?« Ohne sie anzusehen, hielt er ihr zwei Münzen hin und sie nahm sie entgegen.

Schweigend gingen sie weiter durch die Gassen, bis er

plötzlich stehen blieb.

»Hier«, sagte er. »Hier will ich es tun.«

Maries Auflachen hallte ihm in den Ohren, aber genau das hatte er erwartet.

»Hier willst du es machen, ja?«, duzte sie ihn plötzlich. »Was bist du denn für einer? Hast wohl ganz besondere Neigungen.« Sie schüttelte den Kopf. »Nein. Hier mache ich es nicht.« Ihre Miene wurde ernst, während sie seine Hand nahm und die Münzen zurück auf seine Handfläche legte. »An diesem Ort hausen die Geister der Toten. Die Leute erzählen sich das.«

Ungeduld wallte in ihm auf. Doch äußerlich wusste er, sich zu beherrschen. Nur die Ader an seiner Schläfe pochte. »Warte!« Dieses Mal drückte er ihr gleich vier Münzen in die Hand. »Reicht das?«

Maries Mundwinkel zuckten und sie leckte sich die Lippen. »Na, dann komm!« Sie fasste seine Hand und zog ihn zu dem teils von Feuer zerstörten Haus vor ihnen.

Asche und Lehm knirschten unter ihren Füßen, während sie dorthin gingen. Eine Ratte huschte davon und ein Loch im Dach des Hauses ließ sie den Himmel sehen, als sie durch die Tür in den Raum dahinter traten. Aus allen Winkeln roch es nach kalter Asche.

»Wie magst du es denn am liebsten?« Aufreizend leckte Marie sich über die Lippen, bevor sie sein Wams aufknöpfte und sich dann an den Knöpfen seines Hemdes zu schaffen machte.

»Tu nicht so!«, sagte er barsch und packte sie bei den Armen. »Tu nicht so, als ob du dich nicht an mich erinnerst.«

»Wie bitte?« Überrascht sah sie ihn an.

»Sei ja still!«, zischte er und genoss es, die aufflammende Angst in ihren Augen zu sehen. »Nur ein einziger Laut und du bist tot, Marie. Und jetzt …« Zornig krallte er die Finger in ihre Oberarme. »Und jetzt sagst du, dass du dich erinnerst.«

»Woran?«

»Lüg nicht! Sag es!«

»Aber ich weiß doch nicht, woran.«

»Du sollst nicht lügen. Hast du Gottes Zehn Gebote etwa auch vergessen?«

Der Schlag in ihr Gesicht ließ sie aufschreien und katapultierte sie zu Boden. Sofort war er jedoch wieder bei ihr und zerrte sie an ihrem hellen Haar, das sich aus dem Haarknoten gelöst hatte, zurück auf die Beine. »Noch ein einziger Laut und du bist tot.«

Tränen liefen über ihr Gesicht. »Bitte tut mir nicht weh!«

»Sei still!«

»Was habt Ihr vor?«

»Kannst du dir das nicht denken?«

»Helena. Wart Ihr das? Habt Ihr sie getötet?«

4

Wie ein gefangenes Tier lief Katharina am nächsten Morgen in ihrem Gemach hin und her. Ihre rosigen Wangen glühten vor Aufregung.

»Wie konntest du mir verschweigen, dass dein Vetter mich heiraten will?«, sagte sie, als wäre ihr verstorbener Gemahl anwesend.

Nein, sie konnte und wollte Hinrich Belberg nicht heiraten. Dieser alte Mann hatte nichts als Verachtung für andere Menschen.

Was, wenn sie sich stattdessen als Magd verdingte? Oder als Wäscherin? So oft hatte sie nun schon darüber nachgedacht.

Aber wer würde eine schwangere Witwe bei sich aufnehmen? Und was würde dann aus ihrem Kind werden?

»Tu es für unser Kind, das du unter dem Herzen trägst, Katharina, damit es nicht in Armut aufwachsen muss.«

Unbewusst legte Katharina die Hände auf ihren Bauch. Ja, für ihr Kind würde sie alles tun. Welche andere Wahl hatte sie also, als Hinrich Belberg zu heiraten?

Andererseits hätte sie sich wohl kaum irgendwo unwohler fühlen können als hier. Alles in diesem Haus bedrückte sie.

Selbst der enge weiße Spitzenkragen des dunkelroten Kleides, das Hinrich für sie bereits vor ihrer Ankunft hatte schneidern lassen, nahm ihr die Luft zum Atmen.

Ein Knarzen vor ihrer Zimmertür ließ sie dorthin blicken. Ebenso wie am Tag zuvor drehte sich der Türknauf.

Nein, dieses Mal würde sie nicht abwarten. Entschlossen ging sie zur Tür und riss sie auf. Doch was sie sah, war nichts Beängstigendes, sondern ein kleiner Junge mit hellem Haar, höchstens fünf oder sechs Jahre alt.

In dem viel zu weiten langen Hemd schien er zu ertrinken, während er dastand und sie anstarrte. Schweiß glänzte auf seiner Stirn. Dunkle Schatten zeichneten sich unter seinen Augen ab. Tränen liefen über seine Wangen.

»Du bist nicht meine neue Mutter! Das bist du nicht!« Er schrie es nicht, sondern brüllte die Worte heraus, während er ausholte und ihr so kräftig auf den Bauch schlug, dass sie Schaden für ihr ungeborenes Kind befürchtete.

Trockener Husten schüttelte ihn, bevor er sich abwandte und nach links durch den Flur davonrannte. Doch Katharina war schneller. Mit Leichtigkeit fing sie ihn ein, kniete nieder und hielt ihn fest.

Mit aller Kraft umklammerte der Junge die Balustrade, von wo der Blick ins Erdgeschoss frei war. Krampfhaft rang er nach Atem, so sehr regte er sich auf. Deshalb erwog sie bereits, ihn loszulassen, als sie spürte, dass er sich allmählich beruhigte.

»Alles ist gut«, flüsterte sie in sein Ohr. »Beruhig dich. Alles ist gut.« Sie legte eine Hand auf seine Stirn. *Mein Gott! Er glüht ja. Er hat hohes Fieber.*

Erbärmlich zitternd lag er in ihren Armen. »Du bist nicht meine neue Mutter«, flüsterte er. »Das bist du nicht.«

»Das will ich auch gar nicht sein. Ich weiß ja nicht einmal, wer du bist. Sagst du mir deinen Namen?«

»Was tut Ihr da? Lasst das Kind los!« Die Stimme gehörte Gabriels Eheweib Agnes. Wut stand ihr ins

Gesicht geschrieben, als sie aus dem Erdgeschoss die Treppe hochkam. In dem grauen Kleid wirkte sie noch blasser als sonst, und ihr helles Haar war zu einem strengen Knoten zusammengesteckt. »Lasst ihn los!«

Auf der Stelle lief der Junge zu Agnes, als Katharina ihn losließ, und klammerte sich an sie.

»Was macht Ihr mit dem Kind?« Agnes war außer Atem. »Was habt Ihr ihm angetan?«

»Nichts.« Das dunkelrote Kleid knisterte leise, als Katharina aufstand. »Er stand vor meiner Zimmertür. Ich weiß ja nicht einmal, wer der Junge ist. Ist das Euer Sohn? Sagte Hinrich nicht, Ihr und Gabriel hättet keine Kinder?«

»Das haben wir auch nicht«, sagte Agnes kalt. »Max ist nicht Gabriels und mein Kind, sondern Hinrichs Sohn.«

Katharina hielt den Atem an. »Deshalb fürchtet der Junge, dass ich seine neue Mutter sein möchte.« Sie sah Agnes an. »Gewiss ist Max von Hinrichs erster Frau.«

»Das hat Euch nicht zu interessieren.«

Katharina hielt Agnes' Blick stand. »Es stimmt übrigens keineswegs, was Hinrich sagt, Agnes. Tatsächlich seid Ihr ein wenig blass, dafür aber sehr hübsch. Und ganz gewiss ist es Euch auch zuzutrauen, Eurem Mann Gabriel ein Kind zu gebären.«

Die Überraschung war Agnes anzusehen. Ihre Mundwinkel zuckten.

Katharina lächelte. »Vielleicht können wir uns ja anfreunden.«

Agnes' Miene wurde hart. »Unter anderen Umständen vielleicht.« Ein seltsamer Schimmer trat in ihre Augen. »Aber nicht unter diesen.«

»Wie meint Ihr das?«

»Auf Hinrichs Wunsch hat Gabriel Euch hierhergebracht, Katharina. Willkommen seid Ihr hier allerdings nicht. Geht wieder! Verschwindet! Sucht Euch ein eigenes Leben, aber zerstört nicht unseres.«

»Das käme mir nie in den Sinn.«

»Ihr wisst es bereits oder etwa nicht?« Hass schwang in Agnes' Stimme mit. »Mein Ehemann Gabriel ist nicht Hinrichs leiblicher Sohn, sondern nur sein Stiefsohn. Der Bastard in Eurem Bauch ist jedoch mit Hinrich verwandt, weil er von dessen Vetter ist.«

Katharina hielt den Atem an, als sie das begriff. »Ihr denkt wirklich, mein Kind, falls es ein Junge wird, würde Eurem Mann Gabriel sein Erbe streitig machen? Aber das verstehe ich nicht. Was ist denn mit Max? Als leiblicher Sohn von Hinrich steht ihm doch …«

»Seht Euch Max doch an, wie schwach er ist.« Agnes' Stimme klang kalt. »Denkt Ihr wirklich, er würde je das Mannesalter erreichen, um Hinrichs Erbe anzutreten?«

Das verschlug Katharina die Sprache. Nie zuvor hatte sie jemanden so herzlos reden hören.

»Verschwindet von hier, Katharina!« Agnes' Lippen zitterten. »Und zwar sofort.« Behutsam strich sie Max über den Kopf, als er erneut hustete und sich noch fester an sie klammerte. »Wenn Ihr bleibt, wird mein Gemahl Euch und Euer Kind vernichten, Katharina. Gabriel wird nicht zulassen, dass Ihr ihm nehmt, was ihm gehört. Das schwöre ich bei Gott. Seit Jahren ertragen wir Hinrichs Demütigungen. Deshalb steht uns sein Erbe zu.«

Katharina spürte das Pochen ihres Herzens. »Glaubt mir. Nichts hielte mich hier, wenn ich nur wüsste, wohin ich gehen könnte.« Sie straffte die Schultern. »Dennoch habe ich das gleiche Recht hier zu sein wie Ihr.«

*****

Ja, das hatte sie. Natürlich hatte sie ein Recht, im Hause Belberg zu sein, und natürlich half es nichts davonzulaufen. Doch trotzdem hatte Katharina es getan, weil sie es einfach nicht mehr ausgehalten hatte.

»Wenn Ihr bleibt, wird mein Gemahl Euch und Euer Kind vernichten, Katharina.« Agnes' Worte waren nur der letzte Funke für das Feuer gewesen, das sowieso in Katharina brannte, obwohl das natürlich Unsinn war. Warum sollte Gabriel ihr etwas antun? Schließlich hatte er sie selbst hierher nach Köln gebracht. Aber dennoch. Das dumpfe Gefühl, das sich ihrer bemächtigt hatte, blieb.

Überstürzt hatte sie sich in ihrem Gemach einen Umhang übergeworfen und war aus dem Haus geflüchtet. Und jetzt war sie frei!

Als hätte jemand die Tür eines Käfigs geöffnet und sie fliegen lassen, fühlte es sich an. Sie wollte nicht nachdenken. An gar nichts wollte sie denken, nur die Sonne auf der Stirn und den Wangen fühlen und die Stimmen der Menschen ringsherum hören.

Nach von Fachwerkhäusern gesäumten engen Gassen hatte sie nun diesen Markt gefunden, und das geschäftige Treiben an den Ständen war, als ob eine Schar Mücken sie umschwirrte. Feilschende Händler. Frauen mit Körben. Kinder, die sich mit Holzschwertern spielerisch im Kampf übten. Ein Ochsenkarren, dem sie ausweichen musste. Eine Gruppe Nonnen, die an ihr vorbeischlenderten. Hühner und anderes Federvieh, das Reißaus genommen hatte, und wundervolle Düfte nach Obst, Käse und Gewürzen. Und über all dem erhoben sich hinter ein paar

Häuserblöcken die noch unvollendeten Mauern des gewaltigen Kölner Doms.

So sehr genoss Katharina es, langsam an den Marktständen vorbeizulaufen und den Duft von frisch gebackenem Brot zu genießen, dass sie in diesem Moment glücklich war.

»Hexerei ist das.« Die Stimme der Alten vor dem Marktstand hatte etwas Näselndes und ließ Katharina stehen bleiben. »Von einer, die mit dem Teufel buhlt, ist die Helena getötet worden.«

Eine junge Frau mit einem Korb voller Früchte, die wie eine Magd gekleidet war, nickte. »Ja, ich weiß. Vor der Stadt hat die Helena gelegen.«

»Unter uns sind noch immer Zauber'sche«, näselte die Alte. »Die Sibilla von Wilhelmstein kann es aber nicht gewesen sein. Die sitzt bereits im Turm. In drei Tagen wird sie brennen.« Sie winkte die junge Frau näher zu sich heran. »Man sagt, Blut habe die Dirne Helena gespuckt, bevor sie starb. Also wurde sie vergiftet. Das ist Hexenwerk.«

Die nächsten Worte hörte Katharina nicht mehr. Entsetzt sah sie den Ochsenkarren von vorhin wieder zurückkommen und ein kleines Mädchen mit braunen Locken, das in sein Spiel mit Holzringen vertieft war, genau davor laufen.

»Nein!« Hastig packte sie das Kind und riss es von dem Karren weg. Aber ebenso hastig ließ sie es wieder los, als es vor Schreck lauthals schrie.

Der Ochsenkarren fuhr an ihnen vorbei, als wäre nichts geschehen, und dennoch war plötzlich alles anders. Hatte man sie zuvor nicht beachtet, so drehten die Menschen sich jetzt zu ihr um und starrten sie an.

»Hexe! Sie wollte das Kind vor den Karren stoßen«, zischte die Alte, die sich mit der jungen Frau unterhalten hatte. »Ich hab es gesehen.«

»Nein, sie hat es nur festgehalten, weil der Karren kam«, sagte ein kräftiger Mann, der die Schürze eines Schmieds trug. »Du bist doch nur neidisch, weil sie so fein gekleidet ist.«

»Ich hab es gesehen«, beharrte die Alte.

All der Zauber, den Katharina zuvor empfunden hatte, war verflogen. Auch hier war sie eine Fremde unter Fremden. Wie hatte sie nur davonlaufen können? Sie musste zurück. Irgendeine Möglichkeit, einvernehmlich mit Gabriel und Agnes zu leben, musste es einfach geben.

»Das Mädchen wäre vor den Ochsenkarren gelaufen«, sagte sie zu der Alten. »Ich habe das nur verhindert.« Sie nickte der Frau zu, bevor sie hastig weiterging.

Niemand sagte noch etwas. Niemand folgte ihr. Zumindest dachte Katharina das. Aber einer folgte ihr dennoch. Zu sehr war sie allerdings in Gedanken versunken, um das zu bemerken. Wenigstens für kurze Zeit wollte sie noch ihre Freiheit genießen, bevor sie zurückkehrte.

Eilig lief sie an einer Kirche vorbei. Kein Wächter kontrollierte sie, als sie das offene Tor in der Stadtmauer durchquerte und hinter der Mauer stehen blieb. Mit dem Rücken an die kühlen Steine gelehnt blickte sie auf den Rhein. Das Wasser des Flusses plätscherte leise und ein Stück neben ihr waren Schiffe und kleine Boote am Ufer befestigt. Hafenarbeiter luden Körbe und Kisten aus und es roch nach Fisch, Käse und Speck, und eine ganze Weile stand sie so da und atmete tief die kühle Luft ein.

»Nein! Geht weg!« Entsetzt wich sie vor dem Fremden

zurück, der plötzlich vor ihr stand.

Der Schreck ließ ihr Herz rasen.

So nah kam er ihr, dass sie seinen fauligen Atem riechen konnte.

Weil es keinen Ausweg gab, drückte sie sich mit dem Rücken gegen die Mauer und krallte die Finger in die Fugen. »Geht weg von mir!«

Je weiter sie allerdings an der Mauer entlang vor ihm zurückwich, umso mehr folgte er ihr. Filziges dunkles Haar und ein Bart verbargen den größten Teil seines knochigen Gesichts mit der pergamentartigen Haut und sein Körper steckte in Lumpen.

»Eine Gabe bitte«, flehte er.

Sein fauliger Atem streichelte ihr Gesicht, und erst jetzt begriff sie, dass er ein Bettler war. Auf dem Boden lag ein löchriger Mantel, auf dem er vermutlich meistens saß.

»Bitte geht! Ich habe nichts.«

»Vornehme Damen wie Ihr haben immer etwas dabei. Ich flehe Euch an. Seit Tagen habe ich nichts gegessen.«

»Nein, ich habe wirklich nichts.«

»Verschwinde!«, zischte eine Stimme.

Mit einem leisen Aufschrei wankte der Bettler rückwärts, als jemand ihn wegzerrte, und stattdessen erblickte Katharina Jannis.

Sein halblanges helles Haar wehte in dem leichten Wind und seine graue Kleidung mit dem weißen Kragen wirkte gediegen. Auf ihrer gemeinsamen Fahrt von Trier nach Köln hatte Jannis ihr nicht selten ein Lächeln geschenkt. Doch heute blickten seine Augen ernst. »Was tut Ihr hier, Katharina? Ihr solltet nicht allein hier sein. Wissen Gabriel und Hinrich davon?«

»Nein, niemand weiß es.« Rasch senkte sie den Kopf, um ihre Erleichterung zu verbergen, dass jemand da war, dem sie vertraute, den sie mochte und zu dem sie sich sogar auf eine Weise hingezogen fühlte, die sie beschämte.

»Ich habe Euch auf dem Markt gesehen, Katharina, und Euren Namen gerufen. Habt Ihr das denn nicht gehört?«

»Nein.« Ihre Blicke trafen sich, und wie bei ihrer ersten Begegnung in Trier, wo Jannis mit Gabriel vor ihrer Tür gestanden hatte, war es, als hielte er den Atem an.

Ach, Unsinn. Was bildete sie sich bloß ein? Nur weil Jannis im Gegensatz zu Gabriel stets freundlich zu ihr war, hieß das noch lange nicht, dass er sie ebenso mochte wie sie ihn. Was wusste sie denn schon von ihm, außer dass er der Sohn des Kölner Kaufmanns Albrecht von der Laar war?

Fahrig strich sie sich eine hellbraune Haarsträhne aus dem Gesicht, die sich aus ihrem Haarknoten gelöst hatte. »Würdet Ihr mich nach Hause bringen, Jannis? Ich friere. Es ist so kalt, als wäre es noch Winter.« Sie lächelte. »Außerdem weiß ich nicht, ob ich nach Hause zurückfinde.« Sie blickte an ihm vorbei auf den Rhein. »Es war töricht von mir davonzulaufen.«

»Davongelaufen seid Ihr?« Jannis runzelte die Stirn. »Aber warum? Hat man Euch nicht gut behandelt?«

»Doch.« Ihre Mundwinkel zuckten, als sie ihn wieder ansah. »Bitte bringt mich nach Hause.« Ihr Blick glitt zu dem Bettler, der sich wieder auf seinen löchrigen Mantel gesetzt hatte. »Und bitte gebt dem armen Mann da ein Almosen. Er hat mir kein Leid angetan. Er ist nur hungrig.«

Schweigend nahm Jannis einen Lederbeutel, den er am Gürtel trug, und warf etwas Geld daraus auf den Boden. Begierig griff der Bettler nach den klimpernden Münzen.

»Kommt.« Sanft berührte Jannis Katharina am Arm. »Lasst uns gehen.«

Sehnsuchtsvoll schaute Katharina zum Rhein zurück. Eines der kleineren Boote legte gerade vom Hafen ab und so gerne wäre sie eingestiegen und mitgefahren. Irgendwohin!

»Was ist?«, sagte Jannis, als er ihren Blick sah.

»Nichts. Gar nichts«, sagte sie, obwohl sie sich bei dem Gedanken, nach Hause zurückzukehren, noch immer unwohl fühlte. Was würde Gabriel tun, um sie loszuwerden? Oder waren Agnes' Worte nur eine leere Drohung?

Nein, das waren sie nicht. Das hatte sie an Agnes' Blick gesehen.

Andererseits, was konnte Gabriel schon tun? Sie verschleppen oder vergiften lassen konnte er ja wohl kaum. Allein solche Gedanken waren närrisch. Nichts würde geschehen. Oder doch?

*****

Das ist sie.

Da war Caspar sich ganz sicher.

Hinter einem Baum versteckt biss er in einen Apfel, den er von einem Obststand stibitzt hatte. Sein roter Haarschopf leuchtete in der Sonne, während er das Paar beobachtete, das durch das Mühlengassentor in die Stadt trat und an der Kirche Groß St. Martin vorbeilief.

Katharina. Nur allzu gut hatte er ihren Namen von vorgestern Abend, als sie die Kutsche überfallen hatten, noch in Erinnerung. Und der Mann, der sie jetzt begleitete, hatte die Kutsche gefahren. Jannis hatte sie den genannt.

Katharina.

Ihr Name war wie Gesang.

Dafür, dass sie sich nach dem missglückten Überfall für das Leben seines Bruders Valentin eingesetzt hatte, liebte Caspar sie.

Sei kein Narr, tadelte er sich. *Sie ist viel älter als du, sicher über zwanzig. Außerdem ist sie eine vornehme Frau und du bist ein Bettler. Und noch dazu trägt sie ein Kind unter dem Herzen und hat einen Begleiter.*

Aber es half nichts. Er konnte den Blick nicht von ihr lassen.

So entspannt wirkten Katharina und dieser Jannis, während sie nebeneinanderher liefen und miteinander sprachen. Beide lachten sie, und Caspar fühlte Eifersucht in sich aufwallen. Wie gern wäre er selbst ihr Begleiter gewesen oder sogar ihr Beschützer, obwohl sie hier und jetzt sicher nicht in Gefahr war. Aber man wusste ja nie. Die sterbende Dirne, die er und Valentin vorgestern neben dem Kornfeld gefunden hatten, war in seiner Erinnerung noch sehr lebendig. Nachts geisterte Helena durch seine Träume. Doch zumindest war ihm und Valentin nichts zugestoßen. Denn kein todbringender Dämon war durch das Buschwerk geschlichen und hatte sie erschreckt, sondern ein streunender Hund, der von dem Geruch der sterbenden Frau angelockt worden war.

Entschlossen stopfte Caspar den angebissenen Apfel in die Hosentasche und folgte Katharina und diesem

Jannis. Vielleicht fand er ja heraus, wo sie wohnte.

Mit meinem Leben würde ich sie beschützen, dachte er heroisch. *Ja, das würde ich.*

Erschrocken wich er zur Seite aus, als er aus dem Augenwinkel eine Gestalt neben sich sah. »Valentin!«

Zorn stand seinem Bruder Valentin ins Gesicht geschrieben. »Der Onkel ist ärgerlich, weil du dich wieder rumtreibst, statt zu arbeiten, Caspar. Ich soll dich suchen und an den Haaren herbeischleifen.«

»Ja, ja, ich komm ja gleich.«

5

Anfangs war da nur ein schnelles Trippeln wie von winzigen Pfoten, so leise, dass es kaum wahrnehmbar war. Aber Marie hörte es dennoch.

Sie kommen!, hämmerte es in ihrem Schädel.

Mit ausgedörrter Kehle saß sie auf dem kalten Boden zwischen feuchten Steinwänden, die Hände mit eisernen Ketten an das Mauerwerk gefesselt. Ihr langes helles Haar klebte an ihren Wangen. Ihr Kleid war zerrissen und ihr Gesicht von dem brutalen Schlag, den er ihr in dem abgebrannten Haus versetzt hatte, schmerzhaft angeschwollen.

Blut sabberte aus ihrem Mund. Denn da, wo zwischen ihren Zähnen die Zunge gewesen war, gähnte jetzt nur noch ein Loch.

Das Trippeln der Pfoten auf dem kalten Boden wurde lauter.

Nein! Bitte nicht!

Sie kamen.

Sie waren gierig.

Sie waren blutdürstig, weil er sie sicher lange hatte aushungern lassen. Sie rochen ihren Schweiß und ihre Angst. Der Hunger machte sie zu etwas, das sie sonst nicht waren – er machte sie bösartig.

Zuerst fühlte Marie nur das weiche Fell an ihrer Hand und dann den langen Schwanz.

Nei-nein! Entsetzt stieß sie das Tier weg. Aber die nächste Ratte sprang sie bereits an und verbiss sich in ihren Arm, die nächste in ihren Hals, und Marie schrie, wie sie nie zuvor geschrien hatte. Wie eine Wahnsinnige schlug sie um sich, um die Tiere abzuwehren, aber es gelang ihr nicht. *Nein! Hilf mir!*, flehte sie innerlich. *Bitte, Gott, hilf mir doch!*

Dann wachte sie auf.

Sie lag auf der Erde und sah tatsächlich eine Ratte neben sich. Die Barthaare des Tieres bewegten sich, während es sie mit seinen dunklen runden Augen ansah. Verängstigt flüchtete es, als sie sich hinsetzte. Sie hatte also nur geträumt und ihre Zunge war auch kein blutiger Stumpf, sondern ein Knebel steckte in ihrem Mund. Andererseits war sie wahrhaftig in Ketten gefangen, ihr Mund blutig, ihre Wange geschwollen. Das war kein Traum.

Warum war sie nur so töricht gewesen, dem Mann einfach zu folgen, als er sie auf dem Markt angesprochen hatte? Warum hatte sie nicht gleich gemerkt, dass etwas nicht stimmte? Und warum fehlte ihr teilweise die Erinnerung? Hatte er sie bewusstlos geschlagen? Nur daran, dass er sie in dem abgebrannten Haus festgehalten hatte, konnte sie sich noch erinnern. Wieso sie jetzt hier in diesem fensterlosen Kerker war, wusste sie nicht.

Die Ketten klirrten, als sie sich bewegte, und erst jetzt bemerkte sie ihn. Wie ein Tier, das sein Opfer belauert, hockte er in einem dunklen Winkel und starrte sie an. Sicher hatte er sie auch während des Schlafs beobachtet.

»Wenn du nicht schreist, befreie ich dich von dem Knebel, Marie.«

Ihre Antwort war ein Nicken, während er zu ihr kam und sich vor ihr hinkniete.

»Bitte lasst mich frei!«, flehte sie, als das Tuch nicht mehr in ihrem Mund steckte. »Bitte sagt mir endlich, woher Ihr mich kennt. Sagt mir endlich, woran ich mich erinnern soll. Vielleicht gelingt es mir ja dann.«

Der Kerzenschein erhellte sein Gesicht, und so nah kam er ihr, dass sein Atem als warmer Hauch über ihre Wange glitt. »Mach dich nicht lächerlich, Marie«, sagte er leise. »Was damals geschehen ist, kannst du nicht vergessen haben. Deine Lügen ändern nichts.«

»Was ändern sie nicht?« Das Herz schlug ihr bis zum Hals. »Was habt Ihr vor? Was wollt Ihr mir antun? Ist es, weil ich eine Dirne bin? Hasst Ihr mich deshalb?« Sie verachtete sich dafür, dass ihre Stimme zitterte. »Bitte lasst mich frei. Mit mir habt Ihr die falsche Frau. Die Dirne, die Ihr sucht, muss eine andere sein.«

»Denkst du, ich hätte dein Gesicht vergessen, Marie, nur weil es inzwischen Jahre her ist?«

Mit klammen Fingern raffte Marie ihren Rock hoch und mit einem aufgesetzten Lächeln lehnte sie sich gegen die Wand und machte die Beine breit. »Noch immer könnt Ihr mich haben. Nicht eine Münze will ich mehr dafür. Ihr könnt sie behalten.«

Er lächelte, während er noch immer vor ihr kniete. Die Angst in ihrem Blick ließ ihn seine innere Erregung spüren. Sie war wie ein in die Enge getriebenes junges Reh, das seinem Jäger in die Augen blickte.

Sie raffte ihren Rock noch weiter hoch. »Nehmt mich.«

»Wie kannst du noch immer glauben, dass ich das von dir will?«

»Aber was denn sonst? Alle Männer wollen das.«

Erschrocken schrie sie auf, als er sie brutal gegen die raue Mauer drückte. Doch als er seine Hose öffnete und ein wenig runterzog, atmete sie erleichtert auf. Er würde sie nehmen und dann gehen lassen. Letztendlich wollte er auch nur das, was alle Männer wollten, wenn auch derber und brutaler als die meisten.

Schweigend sah sie zu, wie er sich Wams und Hemd auszog. Fassungslos starrte sie auf seinen entblößten Körper.

»Fass mich an«, sagte er.

»Nein.«

»Fass mich an!«

»Nein.«

»Warum nicht? Weil du dich wieder erinnerst oder weil du angewidert bist?«

»Nichts von beidem.«

»Du hältst mich für jemanden mit krankem Geist, der sich an deiner Angst ergötzt.« Abscheu und Hass waren aus seiner Miene verschwunden, als er aufstand, seine Hose hochzog und sich wieder ankleidete.

»Ich hab Euch vertraut, als Ihr mich gestern auf dem Markt angesprochen habt«, sagte sie. »Ihr erschient mir freundlich.« Sie nahm ihren Mut zusammen und blickte ihm in die Augen. »Wer seid Ihr? Und woher kommen diese schrecklichen Narben an Eurem Körper? Wer hat Euch das angetan?«

Er nahm einen Becher, der unweit von ihnen auf dem Boden stand, und hielt ihn ihr hin. »Hier trink das.«

»Ich hab keinen Durst«, log sie.

»Ich sagte, trink!«

Wein schwappte über ihr Gesicht, als er ihr das wohlriechende Getränk mit Gewalt einflößte. Kühl lief der Wein durch ihre Kehle. Dennoch schüttelte sie sich unter Husten, während er den leeren Becher wegwarf. Geduldig wartete er, bis sie wieder atmen konnte.

»Bitte lasst mich doch frei!«

»Ja, das wirst du bald sein. Ja, du hast richtig gehört«, sagte er, als er die Hoffnung in ihren Augen sah. Der Anblick des Messers allerdings, das er aus der Scheide an seinem Gürtel zog, ließ sie zurückzucken.

»Bitte, bitte nicht!«

Tränen liefen über ihre Wangen. Erst nach einem Augenblick verstand sie, dass er ihr nur das Haar abschnitt, eine Strähne nach der anderen. Warum bemerkte sie das rote Haar, das in der Nähe auf dem Boden lag, erst jetzt? Es gehörte jemand anderem.

»Helena«, sagte sie. »Jemand hat der Dirne Helena auch das Haar abgeschnitten, erzählen sich die Leute.«

»Im Gegensatz zu dir hat Helena sofort gewusst, wer ich bin.«

»Dann wart Ihr das tatsächlich? Ihr habt sie getötet?« Fahrig krallte Marie ihre Finger ineinander. »Es heißt, Helena wäre vergiftet worden.« Kaum wagte sie den Gedanken auszusprechen, der ihr plötzlich kam. Nein, das durfte, das konnte nicht sein! Schlagartig überfiel sie Todesangst. »Der Wein, den Ihr mir gerade eingeflößt habt. War er …? War er vergiftet?«

»Warum zweifelst du an meinen Worten, Marie? Sagte ich nicht, ich würde dich freilassen? Vielleicht glaube ich dir ja, dass du die falsche Frau bist und dich deswegen nicht erinnerst.«

Erleichterung durchflutete Marie. »Dann darf ich leben?«

6

»Die Strömung treibt uns ab«, sagte Jannis. Der Wind wehte ihm das helle Haar ins Gesicht. »Wir müssen dagegen anrudern.«

Die Sonne war Regen gewichen, seit er Katharina vor vielen Stunden an der Stadtmauer angetroffen und zurück zum Haus der Belbergs gebracht hatte. Viel zu stürmisch und regnerisch war es, um mit einem so kleinen Boot über den Rhein zu rudern. Aber dennoch hatte er es getan, um den Juden Samuel von der Stadt Deutz nach Köln zu bringen.

Besorgt blickte Jannis zu Samuel zurück, der hinter ihm in dem schaukelnden Boot saß. Samuels spitzes Gesicht mit der geraden Nase war bleich. Genauso wie er selbst war der Jude bereits völlig durchnässt.

»Gleich haben wir es geschafft, Samuel.«

Köln lag vor ihnen. Schwarzgraue Wolken tummelten sich über den Dächern der Häuser und den spitzen Kirchtürmen, und wie Gottes Zeigefinger ragte der hölzerne Kran, der seit Jahrhunderten auf dem unfertigen Südturm des Kölner Doms stand, in den Himmel. Aber selbst in diesem Moment, trotz der Anstrengung und des Regens, konnte Jannis nicht aufhören, an sie zu denken. Seit ihrer ersten Begegnung, seit er sie mit Gabriel in Trier abgeholt hatte, war er von Katharina beeindruckt.

Immer wieder sah er ihr Gesicht vor sich, ihre mit dunklen Wimpern umrandeten Augen, ihren Mund, ihr Lächeln. Immer wieder erinnerte er sich an die Art, wie sie sprach, wie sie ging, und sogar an die Traurigkeit in ihrem Blick, die sie zu verbergen suchte.

Hör auf damit! Du kennst sie schließlich kaum. Was soll das also? Regentropfen liefen über Jannis' Gesicht. Wie unsinnig war es, dauernd an sie zu denken. Schließlich würde Katharina Hinrich Belberg heiraten und er Sophia von Eschenau. Sein Vater erwartete das von ihm. Der Sohn eines reichen Kaufmanns heiratete die Tochter eines reichen Kaufmanns. Laut seinem Vater war das eine tadellose Verbindung. Und was hätte er Katharina je bieten können. Sein Vater besaß Einfluss und Geld. Er selbst hatte nichts.

So als könnte er sich auf die Art von seinen Gedanken an Katharina befreien, ruderte er jetzt kraftvoller, beinah erhitzt, beinah wütend. *Nein, ich kann das nicht! Nicht Sophia.* Nicht dieses kalte Weib, das andere mit Wonne verspottete und maßregelte. Für seinen älteren Bruder Christoph hatte sein Vater ein Eheweib mit Herzenswärme erkoren, Sophia hingegen …

Der Ruck, als das Boot auf das Ufer aufsetzte, riss ihn aus seinen Gedanken.

»Vielleicht hätte ich doch lieber nicht mit dir nach Köln fahren sollen, Jannis.« Samuels lockiges schwarzes Haar klebte nass an seinem spitzen Gesicht. Sorge spiegelte sich in seinen Augen. »Was, wenn die mich einsperren? Ich habe Weib und Kinder.« Ängstlich schaute er zu dem Frankenturm der Stadtmauer, dessen vergitterte Fenster die feuchtkalte Finsternis in dessen Innern erahnen ließen.

»Sorg dich nicht.« Jannis vertäute das Boot am Ufer, als sie ausgestiegen waren. »Noch heute bringe ich dich zurück.« Lieber hätte er Samuel nicht aus Deutz hierher auf die andere Rheinseite geholt. Aber kein anderer Heilkundiger hatte ihm heute noch helfen wollen, und sie kannten einander, seit sie Kinder waren, seit Samuels Vater seinen Vater behandelt hatte.

»Hab Dank, dass du mitgekommen bist«, sagte er, als er sah, dass Samuel noch immer den Gefängnisturm anstarrte.

Hoch ragte der Turm des Trankgassentors der Stadtmauer vor ihnen auf, als sie über den sandigen Weg dorthin gingen. Wenigstens hatte es aufgehört zu regnen.

»Der Jude muss einen Geleitsbrief lösen.« Mit undurchdringlicher Miene baute sich der kräftige Torwächter vor ihnen auf. Unter dem eisernen Helm wirkte sein fleischiges Gesicht gedrungen.

»Ach, Conrad«, sagte Jannis ruhig. »Du kennst Samuel doch. Selbst den Kurfürsten hat er bereits behandelt.«

»Jüd bleibt Jüd. Kein Zugang für Juden in die Stadt ohne Geleitsbrief und einen Stadtdiener, der sie begleitet. So sind die Vorschriften.«

Jannis lächelte schwach. »Ich begleite ihn.«

»Ihr?« Conrad lachte heiser. »Ihr seid der Sohn eines Kaufmanns, kein Stadtdiener.«

Der Beutel, den Jannis von seinem Gürtel abmachte, wog schwer in seiner Hand. »Dann willst du das hier sicher nicht haben, oder?«

Conrad schaute umher, bevor er auf den prall mit Münzen gefüllten Beutel schielte und ihn hastig an sich nahm. »Vor Anbruch der Nacht seid ihr zurück«, sagte er, während Jannis und Samuel bereits an ihm vorbei durch das Tor in die Stadt gingen.

Die Stadtmauer bot ihnen Schutz, als sie sich nach links wandten und immer an der Mauer entlangliefen, an Märkten und Gassen vorbei, auch an der Rheingasse, in der Katharina wohnte. Niemand behelligte sie. Niemand sprach sie an.

»Da ist es«, sagte Jannis, während er zu einem Fachwerkhaus an der Ecke einer Gasse ging. »Hier wohnt Lorenz mit seinem Eheweib Margret und seiner kleinen Tochter. Am Hafen hat er sich verletzt, während er für meinen Vater gearbeitet hat.«

Erleichterung spiegelte sich in Samuels Miene, weil niemand ihn ohne Geleitsbrief und einen Stadtdiener aufgegriffen hatte. Also würde er nicht in einen der Türme gesperrt werden, vorausgesetzt es gelang ihm, Köln auch wieder unbehelligt zu verlassen.

*****

Mit einem Tuch wischte Samuel in dem Haus eine Weile später das Messer ab, mit dem er die eiternden Wunden an Lorenz' verletztem Bein aufgeschnitten hatte.

»Die Salbe, die ich auf die Wunden getan habe, wird dir helfen, Lorenz. Aber du musst Ruhe halten.«

Jannis sah aus dem Fenster. Inzwischen war es nicht mehr die Sonne, sondern der Mond, der die Gasse draußen vor dem Haus in Licht und Schatten teilte.

»Sagt Eurem Vater, dass ich bald wieder arbeiten kann, junger Herr.« Mit aller Kraft klammerte sich Lorenz an Jannis' Hand. Sein fiebriges bärtiges Gesicht war ausgemergelt und das schmutzige Bett, auf dem er lag, verschlissen.

Sanft löste sich Jannis aus Lorenz' Griff. Zutiefst beschämte es ihn, dass sein Vater seinen Arbeitern nur einen Hungerlohn zahlte. Ein Bett, ein Tisch, zwei Stühle, eine Kochstelle und zwei löchrige Decken auf dem kalten Boden, sonst war hier nichts in dieser elenden Kammer. Diese Menschen waren bettelarm.

»Gott segne Euch, Samuel.« Mit Tränen in den Augen nahm Margret die Hand des Juden. »Dank sei Euch, dass Ihr Euch um meinen Mann gekümmert habt. Ihr seid ein guter Mensch.«

»Ich lasse dir eine Salbe da, Frau.« Samuel drückte ihr ein Holzgefäß in die Hand und nickte Jannis zu. »Ich warte draußen auf dich.« Lautstarkes Gegröle drang aus dem Wirtshaus gegenüber, als er die Tür öffnete und hinausging.

»Hier.« Jannis gab Margret ein paar Münzen. »Das reicht, bis Lorenz genesen ist.«

»Gott segne Euch, Herr.« Sanft strich sie dem schmutzigen kleinen Mädchen über den Kopf, das sich an ihr Bein klammerte und mit großen Augen zu Jannis hochschaute. »Wir alle danken Euch.«

Der Klang von aufgeregten Stimmen ließ Jannis zum Fenster blicken.

»O mein Gott!«, rief jemand draußen vor dem Haus. »Seht euch das an!«

»Da! Der Jude war es! Ich hab's gesehen! Samuel heißt er! Ich kenne ihn!«

»Haltet ihn fest!«, schrie ein anderer.

Was ist da draußen los? Eilig riss Jannis die Tür auf und rannte nach draußen in den düsteren Abend. Margret folgte ihm.

Im Schein von Fackeln bildeten Männer aus dem Wirtshaus und vereinzelte Frauen einen Kreis um etwas, das er nicht sehen konnte.

»Was tut Ihr da?« Aufgebracht arbeitete Jannis sich an den Leuten vorbei zu den beiden kräftigen Männern vor, die Samuel festhielten. »Gebt Samuel frei! Er hat nichts getan.«

»Der Jüd war es. Er hat sich über sie gebeugt und sie angefasst. Ich habe es doch gesehen.«

»Wen soll er angefasst haben?« Jannis wandte sich um und blickte in die Mitte des Kreises, den die Leute bildeten.

Sie lag auf dem Kopfsteinpflaster. Sie stöhnte. Sie zitterte. Sie krümmte sich. Ihr Kleid war verdreckt, ihr helles Haar abgeschnitten und Erbrochenes quoll über ihre blutigen Lippen.

»O mein Gott!« Jannis ging zu ihr und hockte sich neben sie nieder. »Wer …?«

Das Licht der Fackeln flackerte über ihr junges Gesicht. Mit weit aufgerissenen Augen sah sie ihn an, offenbar bemüht, etwas zu sagen. »Feuer. Ich brenne.« Ihre Worte waren nur ein Krächzen. »Freigelassen hat er mich. Aber dann …« Ihre Stimme versagte.

Jannis runzelte die Stirn. »Feuer?«

Ihre Lippen formten Worte. So verzweifelt wollte sie sagen, was geschehen war. Wollte von dem Mann erzählten, der sie auf dem Markt angesprochen hatte, der sie eingesperrt hatte. Allen wollte sie es sagen. Aber ihre Stimme versagte, als der Schmerz in ihrem Innern immer unerträglicher wurde. Schlimmer hätte er nicht sein können. Wie ein alles verschlingendes Feuer, das ihre Eingeweide zerfraß, so fühlte es sich an. »Lauf, Marie!«, hatte er gesagt, bevor er sie freigelassen hatte. »Lauf!« Und sie war gelaufen, in dem Wissen, dass er ihr folgte, während sich der Schmerz in ihrem Innern zu diesem Höllenfeuer gewandelt hatte. Gift! Natürlich war Gift in dem Wein gewesen, den er ihr eingeflößt hatte. Er musste sie nicht mehr töten, er hatte es längst getan. »Bereue, was du getan hast«, hatte er geflüstert und sich über sie gebeugt, als sie hier vor dem Haus hingefallen war. »Dann wird Gott dich erlösen.« Erst als der andere Mann, den die Leute nun beschuldigten, aus dem Haus getreten war, war ihr Peiniger geflohen. Aber das konnte sie nicht mehr sagen. Ihre Zunge war schwer wie Blei.

»Marie!«, hörte sie ihren Namen und sah ihre Freundin Veronica aus dem Wirtshaus kommen und sich an den Menschen vorbeidrängeln.

Fassungslosigkeit stand Veronica ins Gesicht geschrieben, als sie sich niederkniete. »Marie, was ist mit dir?«

Veronica, hilf mir doch!, flehte Marie innerlich. *Hilf mir, Veronica! Halt mich fest! Bitte halt mich! Ich will nicht sterben. Ich will nicht …* Atmen! Sie musste atmen, aber es ging nicht mehr. Entsetzt klammerte sich Marie an Veronicas Arm, als sie spürte, dass ihre Glieder kalt wurden, dass der Tod sich in ihr ausbreitete. *Veronica, hilf mir bitte!* Doch nach und nach verschwamm Veronicas Gesicht vor ihren Augen. Irgendwo war ein helles Licht, bevor sich Dunkelheit ausbreitete, bevor sie nichts mehr von sich und der Welt wusste. Und dann tat Maries Herz den letzten Schlag.

Ein Schauer lief Jannis über den Rücken, während er hilflos mit ansehen musste, wie sich der Schatten des Todes auf ihrem Gesicht ausbreitete, wie ihre Augen starr wurden.

»Marie, bitte! Wach wieder auf!« Veronica beugte sich über sie, streichelte Maries blutige Wange, während von ihrer eigenen Wange Tränen darauf tropften.

»In nomine patris et filii et spiritus sancti. Mögen sich

die Pforten des Himmels deiner Seele weit öffnen, mein armes Kind.«

Erst jetzt bemerkte Jannis, dass der Pfarrer von St. Maria in Lyskirchen in seinem schwarzen Priestergewand neben ihm kniete und das Kreuzzeichen über der Verstorbenen schlug. Dessen speckiges und sonst meist freundliches Gesicht unter dem schwarzen Birett auf seinem Schädel ähnelte in diesem Moment einer Maske.

»Der Jude hat das getan. Wir sollten ihn sofort bestrafen«, sagte ein kräftig gebauter Kerl mit verschlissenem Hemd und Kniehosen.

»Ja, du hast recht, Johann«, erklang die Stimme einer Frau. »Genau das sollten wir.«

»Nein, nein!«, wehrte sich Samuel, der noch immer von den beiden Männern festgehalten wurde. »Jemand war vor mir da. Er hat sich über das Mädchen gebeugt. Jemand mit einem Umhang. Ich habe ihn gesehen.«

»Du lügst, Jude«, sagte einer.

»Natürlich lügt er.« Ein hagerer Mann mit einem Filzhut auf dem Kopf trat ein paar Schritte vor. Eine Wolke aus Bierdunst umgab ihn. »Wo ist der Stadtdiener, der den Jüd begleitet? Ich sehe keinen. Also hat der Teufel ihm Kölns Tore geöffnet.«

»Nein.« Kreidebleich wehrte sich Samuel gegen die Griffe der beiden Männer, die ihn festhielten. »Das Mädchen war hier in der Gasse, als ich das Haus verlassen habe. Ich habe sie nicht einmal berührt. Und sie war nicht allein. Da war noch jemand.«

Hastig stand Jannis auf und stellte sich vor ihn. »Samuel kann es nicht gewesen sein. Bis gerade eben hat er noch Lorenz' Bein behandelt.«

»Ja, das hat er«, ließ Lorenz' Eheweib Margret hören.

»Der Jüd hat niemandem ein Leid angetan. Nur meinem Lorenz hat er geholfen, damit sein Bein wieder heilt. Er ist ein guter Mensch. Gott segne ihn.«

Mit einem Hieb gegen die Brust stieß der kräftige Kerl namens Johann Jannis beiseite und bedachte Margret mit einem vernichtenden Blick. »Sei still, Weib. Du redest viel über etwas, das dein schwacher Verstand nicht begreifen kann. Der Teufel hat viele Gesichter, und er verstellt sich, um Gottes Kinder zu täuschen.«

»Seht her!« Triumphierend hielt der Hagere mit dem Filzhut das Messer und das blutige Tuch hoch, das er aus Samuels Stoffbeutel gefischt hatte.

»Das lässt sich erklären«, protestierte Jannis. »Mit dem Messer hat er Lorenz' eitrige Wunden aufgeschnitten.«

Aber niemand beachtete ihn. Niemand wollte das hören. Die Mordgier der Meute war geweckt, der Schuldige gefunden.

»Hängt ihn draußen vor der Stadt auf!«, schrie eine dicke Frau. »Er ist des Teufels. Sicher wollte er Marie das Herz rausschneiden.«

Samuel fing an zu zittern, als der Hagere ihm das Messer gegen die Kehle drückte. Seine weit aufgerissenen Augen zeugten von seiner Panik. Blut lief an seinem Hals entlang.

»Schneid dem Jüd die Kehle durch, für das, was er getan hat!«, ließ der kräftige Kerl namens Johann hören.

»Nein!«, schrie Jannis.

»Haltet ein!« Pfarrer Matthias' ruhige Stimme ließ die anderen verstummen. »Was würden der Rat der Stadt und der Kurfürst dazu sagen, wenn wir den Juden ohne ein Urteil einfach selbst richten?«

»Was weißt du schon davon, Pfaffe?«

»Und wie würde der allerhöchste Richter deswegen über uns urteilen?«, ließ Pfarrer Matthias nicht locker. »Wie würde Gott darüber urteilen?«

Jannis sah den Widerstreit von Gefühlen in den Augen des Hageren, bevor der das Messer von Samuels Hals nahm. Doch wenn er gehofft hatte, dass nun alles gut werden würde, hatte er sich getäuscht.

Samuel stöhnte auf, als ihm der Hagere mit voller Wucht in den Magen schlug. »Übergebt den Juden dem Rat der Stadt. Der wird ihn in einen der Türme sperren.«

»Nein! Lasst ihn los! Er ist unschuldig!« Brutal wurde Jannis beiseite gestoßen, als er sich erneut vor Samuel stellte.

Ohne dass er etwas dagegen tun konnte, setzte sich die Meute mit ihrem Opfer in Bewegung und zerrte es durch die Gasse davon.

»Hört auf, Jannis! Das hat keinen Sinn.« Pfarrer Matthias hielt ihn zurück, als er Samuel folgen wollte. »Mit Ruhe und Besonnenheit solltet Ihr morgen mit den Ratsherren sprechen und zuvor mit Eurem Vater.«

Allein das Licht des Mondes erhellte nun die Gasse, und noch immer hockte Veronica neben Marie und beweinte ihren Tod.

Ihr Schluchzen ließ Jannis sein eigenes Entsetzen noch deutlicher spüren. Nie zuvor hatte er sich so hilflos gefühlt. »Es ist meine Schuld. Ich war es, der Samuel ohne Geleitsbrief nach Köln gebracht hat.« Er fasste sich an die Stirn. »O mein Gott! Samuels Familie, sie … Sein Eheweib. Wie soll ich es ihr sagen?« Er ballte die Hände zu Fäusten. »Nur einen Augenblick war Samuel allein hier in der Gasse. In so kurzer Zeit kann er der Frau nichts angetan haben.«

»Dann ist es erst recht Teufelswerk.«

Erst im zweiten Moment begriff Jannis den Sinn hinter den Worten des Pfarrers. »Nicht ernsthaft könnt Ihr in Betracht ziehen, dass Samuel mit dem Teufel im Bunde ist.«

»Um zu erfahren, ob Zauberei oder der Teufel damit zu tun haben, ist eine peinliche Befragung das dienlichste Mittel.«

»Folter haltet Ihr für ein dienliches Mittel? Und wenn das alles eine Lüge ist? All die Gerüchte über Hexenwerk und Magie? Seid Ihr dem Teufel jemals begegnet? Oder Gott?«

»Gott lässt nicht zu, dass Unschuldige gerichtet werden. Wenn Samuel also nichts getan hat …«

»Dann seid Ihr von der Schuld der Gertraudt von Witzhellen und der Anna Gossmann überzeugt, die im letzten Jahr wegen Hexerei hingerichtet wurden? Oder von der Schuld der Postmeisterin Katharina Henot? Und was ist mit Margarete Bungers, die vor wenigen Wochen verbrannt wurde?«

»Weder Euch noch mir steht es zu, über Schuld oder Unschuld zu urteilen. Und Eure gotteslästerlichen Zweifel schreibe ich Eurem Gemütszustand zu, Jannis.«

»Von jeher habe ich Euch für einen Mann mit klarem Verstand gehalten, Pfarrer Matthias. Was ist mit Pfarrer Johannes Bissendorf? War er tatsächlich ein Ketzer? War seine Hinrichtung rechtens?«

»Eure Zweifel sind gefährlich für Euch selbst, Jannis. Wenn jemand Eure Worte hört, dann … Ihr könntet aus Köln ausgewiesen oder sogar selbst angeklagt werden.«

»Samuel ist unschuldig.« Langsamen Schrittes ging Jannis rückwärts. Er wollte nichts mehr davon sehen oder hören. Unmöglich, das länger zu ertragen. Heute Abend konnte er Samuel nicht mehr helfen. So oder so würde man ihn einsperren, und ob es ihm morgen gelang, die Ratsherren von Samuels Unschuld zu überzeugen, war fraglich. *Was habe ich getan? Wie habe ich ihn einer solchen Gefahr aussetzen können, nur weil ich es eilig hatte? Weil ich nicht die Geduld hatte, auf einen Stadtdiener zu warten, der uns begleitet hätte?*

Ohne ein weiteres Wort drehte er sich um und rannte durch die Gasse davon und dann durch eine weitere und noch eine. Erst als die Luft wie Säure in seiner Kehle brannte und seine Seite schmerzte, kam er jäh vor der Stadtmauer zum Stehen.

Schwer atmend und erhitzt kühlte er seine Stirn an den Steinen, bevor er sich wieder aufrichtete. *Feuer.* Eines der letzten Worte der sterbenden jungen Frau war Feuer gewesen. Aber das konnte etliches bedeuten. Was hatte sie gemeint? Warum sagte ein sterbender Mensch ausgerechnet dieses Wort?

Äußerlich verletzt war sie nicht gewesen. Zumindest war ihm außer ihren blutigen Lippen und der blaurot unterlaufenen Wange nichts aufgefallen. War es also doch Hexenwerk? Nein, nein, auf keinen Fall! Eindeutig war sie von jemandem ins Gesicht geschlagen worden. Aber von wem? Und woran war sie gestorben? Gift? Blut und Erbrochenes waren aus ihrem Mund gequollen und offensichtlich hatte sie unter Schmerzen gelitten.

Nein, verdammt! Wütend schlug Jannis mit der Faust gegen die Mauer. Falls es Gift gewesen war, würde das Samuel nach Ansicht des Rates erst recht verdächtig machen. Schließlich war Samuel ein Heilkundiger.

Allein der Gedanke war grausam, dass sein jüdischer

Freund nun in einen der Türme gesperrt werden würde. Unmöglich, sich vorzustellen, dass er vor dem Stadtrat würde aussagen müssen und von den Schöffen des Hohen weltlichen Gerichts peinlich befragt werden würde, bis er endlich eine angebliche Schuld zugab.

Folter machte Unschuldige zu Schuldigen. Jannis ballte die Hände zu Fäusten. Seit er vor zwei Jahren an der Universität zu Köln mit dem Jesuitenpater Spee darüber gesprochen hatte, war er davon überzeugt. Friedrich Spee besaß einen ausgesprochen klaren Verstand und ließ sich von Glauben und Aberglauben weniger verleiten als so manch anderer Kleriker.

Mein Gott, Samuels Eheweib. Jannis wischte sich über das Gesicht. Er musste nach Deutz fahren und es ihr sagen, das war er ihr schuldig.

Tief in Gedanken versunken merkte er nicht, dass er nicht mehr allein war, dass jemand sich ihm näherte.

Nach und nach schälte sich der Schatten aus der Dunkelheit. Erst als Jannis aus dem Augenwinkel eine Bewegung sah, zuckte er heftig zurück.

7

Der Saum ihres dunklen Kleides glitt durch Pfützen und der kühle Wind löste braune Strähnen aus ihrem Haarknoten. Die Sonne wärmte Katharinas Gesicht, als sie am nächsten Tag nach dem Sonntagsgottesdienst an der Seite von Hinrich Belberg aus der Kölner Kirche namens St. Maria in Lyskirchen trat.

In kleinen Gruppen versammelten sich die Besucher des Gottesdienstes vor der Kirche. Der Duft von Maiglöckchen erfüllte die Luft.

Sie sehen es alle, dachte Katharina. Denn trotz ihres bemühten Lächelns war die Traurigkeit in ihren Augen sicher wie ein Spiegelbild ihrer Seele.

Mit einem Seitenblick musterte sie Hinrichs Profil, seine gerade Nase und seinen weißen Bart. Mit hoch erhobenem Kinn ging der Mann, der sie heiraten wollte, neben ihr her und würdigte sie keines Blickes. Ebenso wenig sprach er mit ihr, sodass sie sich wie eine Puppe fühlte, die vorgeführt wurde.

Jannis. Erst jetzt sah sie ihn.

Reglos stand er neben Gabriel. Doch das Lächeln, das Jannis ihr schenkte, war heute kaum mehr als das Zucken seiner Mundwinkel. Fahrig strich er sich durch das helle Haar und seine Miene glich ebenso wie die von Gabriel einer Maske.

Tut mir das bitte nicht an, Jannis, flehte sie innerlich. *Ihr und Eure Großmutter Henriette seid doch die Einzigen, die bisher freundlich zu mir waren. Die Einzigen, mit denen ich reden konnte.*

Hinrich löste sich von ihrem Arm und begrüßte ein paar

Männer mit breiten Filzhüten. Plötzlich stand sie allein da, verunsichert und frierend. Der dünne Umhang über dem Kleid schützte sie nicht vor der Kälte des Maitages. Einige der Frauen starrten sie an und tuschelten.

»So allein?«, sagte eine Männerstimme.

Das Sonnenlicht offenbarte jede Pore in dem länglichen Gesicht des jungen Küsters der Pfarrei, der sich ihr vor dem Gottesdienst vorgestellt hatte. Das dunkle Haar hatte Philipp streng zurückgekämmt. »Darf ich Euch mit Kölner Bürgern bekanntmachen?«

»Ja, gern.« Erleichtert nickte sie.

»Darf ich Euch meine Schwester Waltraud vorstellen, Katharina?«, krächzte eine Stimme hinter ihr.

Abrupt wandte Katharina sich um und blickte in das faltige Gesicht von Jannis' Großmutter Henriette. In dem schwarzen Kleid und gestützt auf ihren Stock wirkte die alte Frau so gebrechlich, als könnte der leiseste Windhauch sie umwehen. Nur ihre Augen wirkten lebhaft wie die eines jungen Mädchens.

»Es freut mich, Euch zu sehen, Henriette.« Aus dem Augenwinkel bemerkte Katharina, dass der Küster Philipp sich wieder entfernte.

»Meine Güte. Dass Ihr so jung seid, hat mir Henriette nicht erzählt«, plapperte Henriettes Schwester Waltraud los. »Und dass die Geburt Eures Kindes schon bald bevorsteht auch nicht.« Waltrauds Stimme klang schrill. Ihr rötliches Gesicht war so rund wie ein Apfel und ihre Mundwinkel waren so geformt, als könnte nichts auf der Welt ihr das Lächeln verdrießen. »Unbedingt möchte ich Euch kennenlernen, habe ich zu Henriette gesagt. Witwe seid Ihr, nicht wahr? Habt Ihr Euch in Köln schon eingelebt?«

»Ja, ein bisschen.«

»Sicher versteht Ihr Euch mit Agnes gut.«

Katharina spürte den forschenden Blick von Jannis' Großmutter Henriette auf sich ruhen. »Ja, natürlich. Agnes ist wunderbar zu mir«, log sie deshalb.

»Das freut mich«, zwitscherte Waltraud. »Ihr müsst mich bald mal besuchen. Dann schwatzen wir ein wenig.« Unstet glitt ihr Blick über die Menschen. »Was ist heute eigentlich mit deinem Enkelsohn los, Henriette? Selten habe ich Jannis mit so verdrießlicher Miene gesehen.«

Henriette hob die Augenbrauen. »Nichts, was dich etwas anginge, Schwester.«

»Dann ist es wegen der toten Dirne, ja?«, ließ Waltraud sich in ihrer Neugier nicht beirren. »Jannis war dabei, als Marie gefunden wurde.«

Ärger glomm in Henriettes Miene auf. »Das hier ist wohl der falsche Ort, um darüber zu reden, Waltraud.«

»Aber die halbe Stadt spricht bereits darüber.«

Unmutig klopfte Henriette mit dem Stock auf den Boden. »Du plapperst zu viel, Waltraud.«

Katharina hörte das kaum. Sie schaute zu Jannis. Die Tatsache, dass er wegging, ohne sie begrüßt zu haben, schmerzte. Was hatte sie nur getan, dass sie seine Gunst verloren hatte?

Ein ziehender Schmerz ließ sie abrupt die Hand auf ihren Bauch legen. Nein, bitte noch nicht jetzt! Für die Geburt des Kindes war es noch zu früh. Ganz kurz kam ihr der Gedanke, dass Agnes ihr Kräuter ins Essen getan haben könnte, um ihrem Kind zu schaden. Doch sofort verwarf sie das wieder. So etwas würde Agnes gewiss nicht tun. Sie spürte Henriettes Hand auf ihrem Arm.

»Geht es Euch nicht gut, Kind? Vielleicht solltet Ihr Euch ausruhen.«

Katharina blickte in Henriettes faltiges Gesicht. Ausruhen? Nichts anderes tat sie jeden Tag. Sticken und Lesen. Mehr erlaubte Hinrich ihr nicht. Außerdem musste sie sich auf sein Geheiß für ein Ölgemälde porträtieren lassen – ihre einzige Abwechslung, obwohl sie so gerne etwas Sinnvolles getan hätte.

Nicht einmal das Haus verlassen durfte sie noch ohne Begleitung. Aber wegen des Kindes würde sie Hinrich Belberg dennoch heiraten. Ja, sie würde und *musste* es tun.

Aber was, wenn sie keinen Jungen, sondern ein Mädchen gebar? Gabriel und Agnes würde das freuen. Doch wie würde Hinrich reagieren? Was würde er tun? Und falls sie doch einen Jungen gebar, was würden Gabriel und Agnes dann tun? Wie weit würden sie gehen, um an Hinrichs Erbe zu gelangen?

*****

Noch immer ließ der Anblick von Katharina Jannis nicht los, während er durch eine Gasse in Richtung Stadtmauer davonging. So wundervoll wie eine erblühte Rose hatte sie unter all den Menschen gewirkt.

Aber wie hätte er sie begrüßen oder ihr auch nur in die Augen sehen können, nachdem was gestern Abend geschehen war?

Zu schwer wog die Last auf seiner Seele, die er selbst auf sich geladen hatte. Zu groß war seine Schuld, als dass er die Nähe der Frau hätte ertragen können, die er so mochte. Wenn er wenigsten mit ihr darüber hätte reden können. Aber das durfte er nicht. Im Augenblick durfte er nur an Samuel denken, der im Frankenturm saß, und musste versuchen, ihm zu helfen.

»Wie konntest du nur?«, hatte sein Vater ihn gestern Abend angeschrien. Deutlich hatte er den stattlichen Mann mit Halbglatze und graubraun meliertem Bart vor Augen. »Wie konntest du es wagen, einen Torwächter mit Münzen zu bestechen und einen Juden ohne Geleitsbrief in die Stadt zu bringen? Begreifst du denn nicht, was du deiner Familie damit antust?«

»Hier geht es nicht um mich oder Euch, sondern um Samuel, Vater.«

»Das denkst du wahrhaftig, ja? Und was, wenn man dich ebenso der Teufelsbuhlschaft und Zauberei anklagt? Hast du vergessen, dass unser Kurfürst Ferdinand von Bayern ein Anhänger der Hexenlehre ist? Dass fast überall im Land Menschen auf Scheiterhaufen brennen?«

»Ihr seid einer der Kölner Ratsherren, Vater.«

»Und du glaubst, das bewahrt dich vor einer Anklage, Jannis? Menschen brennen, weil jemand erkrankt, weil ein Kind totgeboren wird, weil eine Kuh ihr Kalb verliert, weil ein Nachbar den anderen nicht mag. Wag es also nicht, Jannis. Kein Wort davon, dass du den Torwächter bestochen und mit Samuel den Teufel in die Stadt gelassen hast.«

»Aber …«

Wütend hatte sein Vater ihn bei den Schultern gepackt. »Willst du uns alle unglücklich machen? Dich, mich, deine Großmutter und deinen Bruder? Was würde deine Mutter dazu sagen, wenn sie noch lebte?«

Unwirsch hatte er sich von seinem Vater losgerissen

und das Zimmer verlassen.

»Ist dir das Leben dieses Juden wichtiger als deine Familie, Jannis?«, hatte sein Vater ihm noch hinterhergerufen.

Verdammt! Jannis atmete tief durch, während er jetzt durch die Gasse lief. Wütend auf sich selbst, schoss er einen Kieselstein gegen die Stadtmauer, als er sie erreichte und sich nach rechts wandte. Abrupt drehte er sich zu seinem Verfolger um, den er längst bemerkt hatte. »Was willst du?«

»Nur eine Münze, werter Herr.« Sein kräftiger roter Haarschopf leuchtete in der Sonne, während der Junge eine winzige Holzflöte aus seiner Hosentasche zog. Vierzehn oder fünfzehn Jahre mochte er alt sein. Sein Gesicht war von Sommersprossen übersät und sein Hemd und seine Hose waren erbärmlich verschlissen. »Für eine Münze spiele ich Euch ein Lied auf der Flöte, werter Herr.«

»Nein, schon gut. Hier.« Jannis nahm zwei Münzen aus seinem Beutel, reichte sie ihm und wandte sich ab.

»Ihr mögt sie, nicht wahr? Ihr seid ihr zugetan.«

Die Worte ließen Jannis sich wieder zu dem Jungen umwenden. »Wie bitte?«

»Katharina. Ihr mögt sie. Ich habe es in Euren Augen gesehen an der Kirche.« Der Junge lächelte schwach. »Ich mag sie auch.«

»Was soll das? Wer bist du?«

»Caspar.«

»Also gut, Caspar. Mit den Münzen hast du doch, was du willst.«

»Ihr seid Jannis, ja? Vorhin an der Kirche habe ich gehört, wie die Leute über Euch getratscht haben. Ihr habt die Dirne Marie gestern Abend sterben sehen.«

Jannis hielt den Atem an. »Was soll das?«

»Draußen vor der Stadt hab ich die andere Dirne Helena sterben sehen.«

Jannis runzelte die Stirn. »Aber es heißt doch, ein Bauer hätte sie tot am Rande eines Feldes gefunden.«

»Nein.« Caspar schüttelte den Kopf. »Zuvor haben mein Bruder Valentin und ich sie gefunden. Sagen konnten wir das allerdings niemandem. Sicher hätte man uns verdächtigt, sie totgezaubert zu haben.«

»Was weißt du noch?«

»Nichts.«

»War jemand bei Helena? Habt ihr jemanden gesehen, als ihr sie gefunden habt?«

»Nur einen Schatten im Gebüsch, bevor ich sie entdeckt habe. Ich glaube, es war der Teufel. Mehr weiß ich nicht.«

»He! Warte!« Jannis packte ihn am Arm und hielt ihn fest, als er davonlaufen wollte. »Hat Helena noch gelebt? Hat sie noch etwas gesagt?«

»Dass sie Schmerzen hätte, hat sie gesagt, und Blut hatte sie erbrochen.«

»War sie verletzt?«

»Nur ein paar Kratzer, glaub ich.«

Also tatsächlich Gift, dachte Jannis, während Caspar sich losriss und davonrannte. Aber warum hatte Marie gestern Abend die Worte »Feuer« und »freigelassen« gesagt, bevor sie gestorben war? Hielt jemand die Dirnen gefangen, bevor er sie vergiftete und wieder freiließ, um sich dann an ihren Qualen zu ergötzen?

Einen Moment stand Jannis ratlos da, während ihm Caspars Worte über Katharina in den Sinn kamen. *»Ihr* *seid ihr zugetan.«*

Ja, natürlich war das so. Denn bereits der Gedanke, dass sie Hinrich Belberg heiraten würde, war eine Qual. Ganz gewiss wusste der alte Mann weder Katharinas Liebreiz noch ihren wachen Verstand zu schätzen. Hinrich schätzte Menschen nicht, er benutzte sie nur.

Abrupt drehte Jannis sich um und lief weiter durch die Gasse. Rechts war die Stadt und links erhob sich die Stadtmauer mit ihren Rundbögen an der Innenseite. Eine Magd mit einem vollen Korb und eine Gruppe Minoriten in schwarzen Kutten kamen ihm entgegen.

Der Holzmarkt, auf dem die Händler ansonsten um den besten Preis feilschten, war heute am Sonntag wie leer gefegt, als er ihn überquerte. Immer weiter ging er an der Stadtmauer entlang, bis er jäh stehen blieb. *Hier ist es,* dachte er.

Die Ruine des Hauses vor ihm war so verkohlt, als hätte das Höllenfeuer selbst sie angeleckt. Wie des Teufels Brutstätte kam ihm dieser Ort vor, an dem Wochen zuvor Häuser gebrannt hatten und Menschen gestorben waren. Nichts als Lehm- und Aschehügel, aus denen schwarze Holzbalken ragten, waren von den anderen Häusern geblieben. Vielleicht hatte eine Kerze den Brand ausgelöst, vielleicht aber auch der Leibhaftige selbst. Niemand wusste es.

Ein Bettler namens Zacharias hatte ihm von dem Brand erzählt. Gestern Abend, nachdem Samuel von der Meute verschleppt worden und er selbst zur Stadtmauer gelaufen war, hatte sich der Mann mit dem Schlapphut aus der Düsternis geschält. Zuerst hatte er sich vor ihm erschreckt, aber dann –

»Eine milde Gabe, Herr.« Mit Augen, die in tiefen

Höhlen lagen, hatte der Bettler ihn angestarrt.

»Verschwinde!«

»Ihr wirkt aufgewühlt, mein Herr, und seid bleicher als der Tod«, war der Mann hartnäckig geblieben. »Erzählt mir, welch Unbill Euch widerfahren ist. Gegen eine Gabe bin ich ein guter Zuhörer.«

Zögerlich hatte Jannis sich auf den Bettler eingelassen, weil er das gebraucht hatte, weil er mit jemandem hatte sprechen müssen. Von ihm hatte er von diesem Ort hier erfahren.

Unschlüssig stand er jetzt da.

Wie unsinnig zu hoffen, dass er hier etwas finden würde, das Samuel helfen konnte, nur weil Marie vor ihrem Tod das Wort »Feuer« geflüstert hatte. Andererseits benötigte ein Mörder einen einsamen Ort, um seine Taten zu begehen.

Falls hier doch etwas war, konnte es gefährlich werden, und vorsichtshalber zog Jannis sein Messer aus der Scheide an seinem Gürtel, während er das knirschende Gemisch aus Asche und Lehm betrat. Zerbrochene Tongefäße und eine Spindel zeugten davon, dass hier einmal Leben gewesen war, bevor die Flammen alles zerstört hatten. Die Tür des verkohlten Hauses knarrte, als er sie öffnete.

Wenn er falsch lag, wenn er hier nichts fand, wusste er nicht mehr weiter. Denn sein Vater hatte recht. Der Glaube an Zauberei war im deutschen Lande weit verbreitet, und für den Kölner Erzbischof Kurfürst Ferdinand von Bayern war es eine Mission »das gräuliche und abscheuliche Unwesen der Zauberei« in Köln zu bekämpfen. Keinesfalls wollte er anderen Geistlichen dabei nachstehen. Wenn Samuel also wegen Maries Tod tatsächlich der Zauberei angeklagt werden würde …

Nein. Besser war es, nicht daran zu denken, sich nicht verrückt zu machen.

Das Loch in der Decke war nicht zu übersehen, als er das Haus betrat. Zwischen den geschwärzten Dachsparren erblickte er die Wolken am Himmel. Schutt und Tonscherben lagen auf dem Boden des Raumes, Stühle waren umgekippt. Ein Spinnrad stand in einer Ecke und der Geruch von kalter Asche nahm ihm den Atem.

Ein Knarren ließ ihn zusammenzucken. Aber da war niemand. Zumindest sah er niemanden. Vielleicht ein Tier, eine Ratte. Ein Rascheln ließ ihn aufhorchen. Ja, natürlich eine Ratte. Was sonst?

Das lenkte ihn ab. Weder hörte er das Knirschen von Schritten draußen vor der offenen Tür, noch nahm er den Schatten wahr, der durch die Tür in den Raum fiel.

Erst als er einen umgekippten Stuhl wieder aufstellte, geschah es. Wie ein Wolf sprang ihn jemand von hinten an und stieß ihn zu Boden. Das Messer fiel ihm aus der Hand und Schmerz durchzuckte ihn, als er hart auf der Erde aufschlug.

Krampfhaft schnappte er nach Luft. Nur indem er sich auf die Seite rollte, gelang es ihm, dem Messer seines Gegners auszuweichen. Dennoch traf die Messerklinge sein Bein, und der Schmerz war, als ob sich ein glühender Speer hineinbohrte, bevor das Messer sogleich wieder herausgezogen wurde.

Voller Panik kroch Jannis zu seinem eigenen Messer, das er verloren hatte. Doch ein brutaler Schlag ließ ihn zu Boden gehen. Hart schlug er mit dem Kopf auf und in dem Wissen, dass er sterben würde, verlor er die Besinnung.

8

Das Licht der Kerze spiegelte sich in ihren Augen und das offene hellbraune Haar fiel ihr bis auf die Hüften, als Katharina im Nachtgewand vor das Fenster ihres Schlafgemaches trat.

Längst hatte die Nacht den Tag vertrieben und dennoch war es ihr unmöglich zu schlafen.

Mehr und mehr sehnte sie sich nach ihrem alten Leben mit ihrem Gemahl in Trier zurück. Heute nach dem Gottesdienst hatte sie gehofft, einige Kölner Bürger kennenzulernen, um sich hier weniger einsam zu fühlen. Doch Hinrich hatte sie bereits kurz nach der Messe von Gabriel nach Hause bringen lassen, noch bevor Jannis' Großmutter ihr weitere Leute hatte vorstellen können.

Warum hatte ihr zukünftiger Ehemann das getan? Schämte er sich für sie? War sie etwa nicht gut genug oder nicht sprachgewandt oder belesen genug, um der vornehmen Gesellschaft Kölns vorgestellt zu werden?

Das Ächzen der Deckenbalken über ihr riss sie aus ihren Gedanken. So vertraut war ihr das Geräusch mittlerweile, dass es zu ihrem Leben gehörte. Inzwischen war klar, dass dieser Urban, der Mann mit der schwarzen Haut, dort oben wohnte. Sonderbar war nur, dass das Ächzen der Balken selbst dann zu hören war, wenn er sich gar nicht dort aufhielt.

Sicher eine Dienstmagd, sagte sie sich, *die den Dachboden sauber macht.*

Traurig lehnte sie die Stirn gegen die Wand neben dem Fenster. So brennend sehnte sie sich nach Trier zurück, dass es fast schon körperlich schmerzte.

Warum hatte Jannis sie heute nach der Messe draußen vor der Kirche nicht beachtet? War es, weil er sie nicht mehr mochte oder weil sie Hinrich heiraten würde? Oder war es wegen dieser toten Dirne? Selbst Hinrich und Gabriel hatten darüber gesprochen, dass Jannis dabei gewesen war, als man sie gefunden hatte.

Autsch. Sie strich sich über den Bauch. Der Tritt ihres Kindes war heftig gewesen und sie löste sich von der Wand.

Das Bett fühlte sich angenehm weich an, als sie dorthin gegangen war und sich darauf legte. Morgen in aller Frühe reiste Hinrich für ein paar Tage geschäftlich nach Münster und sie war mit Gabriel und Agnes allein. Doch für ihr Kind würde sie stark sein und deren Abneigung aushalten. Hier in ihrem Gemach fühlte sie sich sicher. So groß die Einsamkeit hier auch war, mehr und mehr wurde es zu ihrer Zuflucht.

Die Balken über ihr knarrten wieder. Aber das merkte sie nicht mehr, da ein traumloser Schlaf sie umfing.

*****

So als wollten sie in das Speisezimmer eindringen, prasselten am nächsten Mittag Hagelkörner gegen das Bleiglasfenster hinter Katharina. Wie ein Vorbote nahenden Unheils war das Unwetter in der Nacht herangezogen und verdunkelte den kalten Tag.

Das Licht der Kerzen huschte über die prächtigen Ölgemälde an den Wänden, und wieder war der Esstisch reich gedeckt, obwohl Katharina alleine daran saß. Gabriel und Agnes hatten sich nach der Mahlzeit zurückgezogen.

»Noch einen Tee?«

»Ja, danke.« Katharina schenkte dem Diener namens Sebastian, der neben sie getreten war, einen freundlichen Blick, während er ihr Tee nachschenkte. Kurz nickte er ihr zu, bevor er den Raum verließ.

Was sollte sie jetzt tun?

Mit dem Becher Tee in der Hand stand sie auf, ging zum Kamin an der hinteren Wand, stellte sich davor und beobachtete das Züngeln der Flammen.

Eine Weile stand sie so da, als sie es plötzlich hörte. Es klang nach einer Stimme, so leise, dass sie glaubte, sich getäuscht zu haben. Gewiss war es nur die Einsamkeit, die ihr etwas vorgaukelte.

Doch dann vernahm sie es erneut.

Eine helle Stimme. Die Stimme eines Kindes, gefolgt von einem heftigen Husten. Das konnte doch nur Hinrichs Sohn Max sein. Jener kranke Junge, der so überraschend vor der Tür ihres Gemachs gestanden hatte.

Irritiert löste sie den Blick vom Kamin. Zwei Türen hatte das Speisezimmer, in dem sie sich befand, und durch die Tür hinter ihr betrat sie es stets. Aber die andere rechts von ihr führte zu einem Teil des Hauses, den sie noch nie betreten hatte. Da musste der kleine Junge sein.

Langsam ging sie zu der Tür. Es klang, als ob er weinte. Zögerlich legte sie eine Hand auf den Messingknauf. Max wollte nichts mit ihr zu tun haben. Deutlich hatte er ihr das gesagt, bevor Agnes aufgetaucht war und ihr erklärt hatte, dass Max Hinrichs Sohn sei. *»Du bist nicht meine neue Mutter!«*, hatte er geschrien.

Es kostete sie Überwindung, die Tür zu öffnen. Wie

würde der Junge reagieren?

Wider Erwarten stand sie in einem Flur, statt in einem Zimmer. Mit aller Macht rüttelte der Sturm an dem Fenster an dessen Ende und tauchte alles um sie herum in ein Zwielicht, als wäre es bereits Abend.

Max' Stimme erklang hinter einer halb geöffneten Tür auf der rechten Seite, die sich im Windzug bewegte, und Katharina nahm einen Leuchter mit flackernden Kerzen von einem Schränkchen. Dann öffnete sie die Tür ganz.

Kalte Windböen schlugen ihr entgegen, als sie in das Zwielicht des Zimmers trat. Im ersten Augenblick wollte sie nicht glauben, was sie sah. Hagel klatschte durch das weit offene Fenster auf den Holzboden und der Wind ließ die Kerzen des Leuchters in ihrer Hand verlöschen.

O mein Gott! So bleich und schmal wirkte Max auf dem breiten Bett, dass sein Anblick ihr fast das Herz zerriss. Von Fieberträumen geplagt warf der schmächtige Junge sich wimmernd hin und her und hustete erbärmlich. Die Bettdecke hatte er offenbar beiseite gestrampelt.

Eilig stellte Katharina den Kerzenleuchter auf den Boden und lief zum Fenster. All ihre Kraft musste sie aufwenden, um es trotz des Sturmes zu schließen.

»Was tut Ihr da, Katharina?«

Agnes trat in das Zimmer. In dem Licht wirkte sie noch blasser als sonst. »Warum öffnet Ihr das Fenster?« Ihr schwarzes Kleid raschelte, als sie näher kam.

»Es war offen. Ich habe es nur geschlossen.«

»Das mag sein. Aber zuvor habt Ihr es geöffnet, damit das kranke Kind Regen, Hagel und Wind ausgesetzt ist.« Mit jedem Wort hatte Agnes lauter gesprochen. »Eure Hand leitet der Teufel. Ihr wolltet dem Kind ein Leid antun.«

»Warum sollte ich das tun?«

»Damit Euer Kind einmal der Herr im Hause Belberg wird und nicht Max.«

»Was ist hier los?«, sagte eine Männerstimme.

Hektisch wandte Agnes sich zu Gabriel um, der in der Tür erschienen war. Ein Blitz draußen vor dem Fenster erhellte sein bärtiges Gesicht.

»Katharina ist ein Hexenweib«, zischte Agnes. »Sturm und Regen hat sie hereingelassen, damit das kranke Kind noch kränker wird.«

Gabriel verzog keine Miene. »Das ist eine schwerwiegende Anschuldigung, Agnes.«

»Das Fenster war offen, ich habe es nur geschlossen.« Katharina ging zu Max' Bett. »Jemand sollte das Kind endlich zudecken.« Doch im gleichen Moment wurde sie von Agnes beiseite gestoßen.

»Bleibt fern von ihm!« Agnes beugte sich über Max und deckte ihn zu. Noch immer wälzte er sich in Fieberträumen hin und her.

»Einen Heilkundigen«, sagte Katharina. »Er braucht einen Heilkundigen. Kalte Tücher senken das Fieber. Er braucht …«

Zorn stand Gabriel ins Gesicht geschrieben, als er näherkam. »Melchior von Sachsen ist der beste Arzt der Stadt. Leider sieht auch er keinen Weg, Max zu heilen. Allerdings ist das Eure Sache nicht. Ihr betretet nie wieder das Zimmer meines Bruders Max. Habt Ihr verstanden?«

»Ich könnte für ihn sorgen«, ließ Katharina sich nicht beirren.

»Das ist meine Aufgabe.« Agnes setzte sich neben Max auf das Bett. »Nur vorübergehend war ich erschöpft und das habt Ihr ausgenutzt und das Fenster geöffnet.«

»Ihr wisst, dass das nicht stimmt.«

»Seid Ihr taub, Weib?« Gabriel umklammerte Katharinas Handgelenk. »Sagte ich nicht, nie wieder betretet Ihr das Zimmer meines Bruders.«

Max ist nur Euer Stiefbruder, wollte Katharina sagen, *weil Ihr nur Hinrichs Stiefsohn seid.* Aber sie biss sich auf die Lippen und wehrte sich nicht, als Gabriel sie durch den Flur zurück in das Speisezimmer zerrte.

»Lasst mich los!«, sagte sie, als er sie dort gegen eine Wand drückte und ihr nahekam. Die Abscheu, die sie empfand, war unbeschreiblich.

»Ihr solltet Euch nicht in Dinge einmischen, die Euch nichts angehen, Katharina.«

Trotz Gabriels dichten dunklen Barts sah sie das Zittern seiner Lippen.

»Lasst mich los, Gabriel!«

Doch stattdessen packte er sie so fest bei den Schultern, dass es schmerzte. »Ihr erdreistet Euch, hierher nach Köln zu kommen, um mir alles zu nehmen, was mir gehört. Und nun …«

»Ihr selbst habt mich hierher gebracht, Gabriel. Erinnert Ihr Euch.«

»Und nun seid Ihr so schön, dass es einen Mann in den Wahnsinn treibt.«

»Euer Weib ist nebenan«, sagte sie überrascht und erschrocken, als sie den begehrlichen Ausdruck in seinen Augen sah. »Lasst mich los!« Angewidert stieß sie ihn von sich, als sie seinen Atem spürte und seine Lippen ihre Wange streiften. »Ich will Euch nichts wegnehmen, Gabriel. Aber Ihr wollt das ja nicht verstehen. Ich werde jetzt in mein Gemach gehen«, fügte sie hinzu. Bevor sie allerdings den ersten Schritt tun konnte, sah sie Urban neben dem Esstisch stehen. Die Miene des Mannes mit der schwarzen Haut ließ nicht erkennen, was er dachte. Schweigend ging sie an ihm vorbei in den Flur, der zu ihrem Schlafgemach führte.

»Was willst du, Urban?«, hörte sie Gabriel sagen.

»Ihr selbst wart es, der mich beauftragt hat, Jannis zu suchen und Euch Bericht zu erstatten.«

Die Worte ließen Katharina im Flur vor der Balustrade stehen bleiben und lauschen.

»Und? Hast du ihn gefunden, Urban?«

»Nein.«

»Muss ich das etwa deiner Unfähigkeit zuschreiben?« Gabriels Stimme klang eisig. »Ein Mensch verschwindet nicht einfach so. Gestern vor der Kirche war Jannis noch bei mir.«

Katharina spürte das Klopfen ihres Herzens. Jannis war verschwunden?

»Sein Vater fürchtet, dass sein Verschwinden mit dem Juden zu tun hat«, sagte Urban.

»Dieser Samuel ist im Frankenturm. Was sollte er von dort aus anrichten?«

»Samuel behauptet, Jannis hätte ihn ohne Geleitsbrief in die Stadt gebracht, und so mancher Kölner Bürger verübelt Jannis das. Für manche Leute ist er deswegen ebenso mit dem Teufel im Bunde wie der Jude selbst.«

»Du denkst, jemand könnte ihm etwas angetan haben?«

»Pfarrer Matthias hat mir von einem rothaarigen Jungen berichtet, der Jannis gestern nach der Kirche gefolgt ist.«

»Ein Junge?«

»Ja, vierzehn oder fünfzehn Jahre alt und mit rotem

Haar. Fast noch ein Kind.«

»Was tust du dann noch hier, Urban? Finde ihn.«

Hastig lief Katharina den Flur entlang zu ihrem Schlafgemach.

Jannis war verschwunden?

Das beunruhigte sie.

Was ist mit ihm? Wo ist er?, hämmerte es in ihrem Schädel. Nichts anderes konnte sie mehr denken.

Gestern nach dem Gottesdienst hatte Jannis sie kaum beachtet. Also warum sorgte sie sich überhaupt um ihn?

Aber sie tat es dennoch, sie konnte nicht anders.

9

Nein! Er wollte nicht sterben.

Jannis hörte seine eigenen Schreie.

Immer wieder stach sein Gegner mit dem Messer auf ihn ein, bis er blutüberströmt dalag.

Deutlich spürte er das Schlagen seines eigenen Herzens. Von Augenblick zu Augenblick schlug es langsamer und würde ganz versagen. Nie zuvor hatte er solche Todesangst gespürt.

Doch jäh wachte er auf.

Anscheinend hatte er nur geträumt. Aber warum sah er nichts? Absolut gar nichts! Um ihn herum war nichts als Schwärze.

Schlief er etwa noch? Träumte er immer noch? Wo war er? Und warum war er blind? Seine Augen waren doch offen und sein Kopf und sein Bein schmerzten. Und weshalb roch es muffig nach Schimmel und Moder?

Fahrig tastete Jannis umher und fühlte links eine Wand. Seine Finger glitten durch die Fugen von feuchten Mauersteinen, und jetzt spürte er auch die Tropfen, die auf sein Gesicht fielen. Der Boden unter ihm war nass.

Wo bin ich?

An die Messerklinge in seinem Bein und den Fremden in dem verkohlten Haus erinnerte er sich. Was die Kraft des Fremden betraf, war das ein Mann gewesen, den er wegen dessen Kapuze leider nicht hatte erkennen können. Danach fehlte ihm die Erinnerung.

Offenbar war er ohne Bewusstsein gewesen. Aber wie lange? Oder war die völlige Dunkelheit hier die Hölle? War er tot? Nein, er war bekleidet und vor allem spürte er sein Herz gegen seine Brust pochen. Also lebte er. Der Fremde hatte ihn nicht getötet.

Zittrig streckte er die Hände vor. Aber da war nichts. Vor Schmerzen keuchend stand er vorsichtig auf. Wider Erwarten konnte er stehen, ohne sich den Kopf zu stoßen. Doch als er die Arme hob und die Decke ertastete, fühlte er Holzbalken. Nach oben gab es also keinen Ausweg.

Nur nicht panisch werden, nicht durchdrehen, ganz ruhig bleiben. Unaufhörlich sagte er sich das, während er ein paar Schritte vorwärtsging. Aber es half nichts. Die Panik hatte ihn längst im Griff, schüttelte ihn und schnürte ihm die Kehle zu wie ein Henker, der den Strick enger und enger zieht. Irgendetwas knackte unter seinen Schuhen, bevor er erneut eine Wand ertastete.

Irgendwie war er hier reingekommen, also musste auch irgendwo eine Tür sein.

Stück für Stück tastete er sich an den Wänden entlang und atmete auf, als er tatsächlich eine Holztür fand. Leider war sie massiv und offenbar fest verschlossen. Erbittert rüttelte er daran und warf sich dagegen, aber es war vergeblich.

Nein! Er wollte hier raus. Sofort und unbedingt! Er bekam keine Luft mehr. Das hier war ein verdammtes Grab.

Gott hilf mir!

Gott war der Einzige, der ihn jetzt noch sah. Der Einzige, der ihm jetzt noch helfen konnte. *Gott, hilf mir doch!* Wie ein Wahnsinniger trommelte er gegen die Tür. Aber nichts geschah.

Nach kurzer Zeit lief ihm Schweiß von der Stirn in die Augen und er fror und schwitzte gleichzeitig. Sein Bein schmerzte so sehr, dass er sich setzen musste. Hektisch tastete er die Fugen zwischen den Mauersteinen ab. Vielleicht war ja irgendwo ein Stein locker. Die vierte Wand! Die hatte er noch nicht untersucht. Während er dorthin kroch, verletzte er sich die Hand an etwas Spitzem. Knochen! So fühlte es sich zumindest an. Winzige Knochen. Sicher waren das die Knochen einer Ratte.

Voller Hoffnung tastete er die vierte Wand ab. Doch auch hier war kein Stein locker. Ohne es zu spüren, schabte er sich die Fingerkuppen an den Fugen blutig.

Raus! Ich muss hier raus!

Ansonsten würde er den Verstand verlieren und sich aus Verzweiflung den Kopf an den Wänden einschlagen.

*****

Nervös lief Katharina währenddessen in ihrem Schlafgemach hin und her.

Eindeutig war es ein Fehler gewesen, überhaupt hierher nach Köln zu kommen, wo sie weder gewollt war noch respektiert wurde. Ein grober Fehler, sich aus Furcht vor Armut und Hunger auf andere zu verlassen, anstatt auf sich selbst. Aber nun war sie einmal hier und so rasch gab sie nicht auf.

Der Sturm hatte sich gelegt. Doch noch immer verdunkelten Regenwolken den Tag. Wenn sie hier in dem Gemach blieb, würde sie nie erfahren, ob Jannis gefunden worden war und wie es Hinrichs Sohn Max ging. Selten hatte ihr jemand so leidgetan wie dieses Kind.

Zum zigsten Mal knarzten wieder die Deckenbalken über ihr, obwohl sie jetzt ganz sicher wusste, dass der schwarzhäutige Mann namens Urban nicht dort oben war. Schließlich war er auf der Suche nach Jannis.

Wer war Urban überhaupt und wie kam er hierher nach Köln? Offenbar stand er in Hinrichs Diensten. Allerdings wirkte er für einen Diener viel zu stolz. Seiner Art zu sprechen und seinen Blicken fehlte die Unterwürfigkeit.

Wild entschlossen, dem Ächzen der Balken keine Beachtung mehr zu schenken, ging sie zur Tür. Warum sollte sie sich hier verkriechen? Schließlich war sie bald Herrin des Hauses und musste lernen, sich durchzusetzen.

Stimmen waren aus dem Speisezimmer zu hören, als sie ihr Gemach verließ und durch den Flur dorthin ging.

»Das ist eine wirklich heikle Anschuldigung, Agnes«, hörte sie Pfarrer Matthias sagen, der gestern in der Kirche den Sonntagsgottesdienst abgehalten hatte. »Ihr wisst, was das nach sich ziehen kann. Was würde Hinrich dazu sagen, wenn er nicht in Münster wäre?«

»Agnes ist nur ein wenig müde, Pfarrer Matthias«, sagte Gabriel entschuldigend. »Max' Krankheit macht ihr schwer zu schaffen.«

»Ja, Max' Krankheit ist entsetzlich«, erklang Agnes' Stimme, als Katharina die Tür erreichte. »Schließlich ist er wie ein Sohn für mich. Aber ungeachtet dessen ist Katharina eine Hex, eine Zauber'sche. Daran gibt es keinen Zweifel.«

»Ihr wisst sehr wohl, dass ich das Fenster in Max' Schlafgemach während des Sturms nicht geöffnet habe.« Mit diesen Worten trat Katharina durch die Tür und alle Gesichter wandten sich ihr zu. »Weder mit meinen

Händen habe ich das Fenster geöffnet noch durch Zauberei.«

Agnes stand vor dem Eichentisch, während Pfarrer Matthias mit seiner schwarzen Soutane bekleidet auf einem der Stühle saß.

Ihr schwarzes Kleid aus schwerem Stoff und der breite runde Mühlenkragen verliehen Agnes etwas so Steifes, als wäre sie Teil eines Gemäldes. Ihr helles Haar war kunstvoll hochgesteckt und ihre Miene regungslos.

Entschlossen, sich nicht einschüchtern zu lassen, ging Katharina zu ihr und erwiderte ihren Blick. »Wer sagt denn, dass nicht *Ihr* es wart, die das Fenster geöffnet hat, Agnes?«

Ein rosa Schimmer überzog Agnes' Gesicht. Theatralisch griff sie sich an die Stirn. »O mein Gott! Und das sagt Ihr mir, wo ich doch seit Wochen in Sorge um Hinrichs Sohn bin. Erst seit dem Tag, an dem Ihr gekommen seid, wird Max' Befinden täglich schlechter, Katharina.«

»War es nicht Eure Aufgabe, dafür zu sorgen, dass das Fenster bei Sturm geschlossen ist?«, ließ Katharina sich nicht beirren. »Oder war Euch das gleichgültig, weil Max' Leben Euch ein Dorn im Auge ist, weil Ihr um den Anteil Eures Mannes von Hinrichs Erbe fürchtet? Nie hätte ich geglaubt, dass Ihr dem Kind ein Leid zufügen könntet. Aber nun, da Ihr mich beschuldigt …«

Bloßer Zorn erwachte in Gabriels Miene. »Das ist eine Unverschämtheit.«

»Gabriel ist Hinrichs leiblicher Sohn«, ließ Pfarrer Matthias mit ruhiger Stimme hören und wandte Katharina sein fülliges Gesicht zu. »Agnes hat also keinen Grund, in Sorge um sein Erbe zu sein. Und tatsächlich ist es unerhört, ihr solches zu unterstellen.«

Mit einem kalten Lächeln öffnete Agnes ihre Hand. »Das hier ist der Beweis, dass Ihr eine Hex seid, Katharina.«

Verblüfft starrte Katharina auf ihre glänzende Gewandnadel, die sich von Agnes' Handfläche abhob, und nahm das Schmuckstück mit den winzigen roten Granatsteinen an sich. »Wo habt Ihr die her? Ich hatte sie bereits vermisst. Wart Ihr in meinem Gemach?«

»In Max' Bett hat das Schmuckstück gelegen.« Agnes' Stimme klang eisig. »Von Euch mit einem Schadenzauber belegt, Katharina, um das Kind totzuhexen.«

Katharina erschauerte. »Wie könnt Ihr mir so etwas unterstellen?« Ihr Blick glitt zu der Tür im Raum, durch die sie während des Sturms zu Max' Schlafgemach gegangen war.

Die junge Dienstmagd Fronicka kam durch die Tür und schaute zu Agnes. »Der Herr Pfarrer möge bitte kommen. Max geht es schlechter. Er atmet kaum noch.«

»Lass sofort nach dem Arzt Melchior von Sachsen schicken«, wies Agnes die Dienstmagd an und ging durch die Tür zu Max, gefolgt von dem Pfarrer.

»Wagt es ja nicht, Katharina«, hielt Gabriel sie zurück, als sie den anderen zu Max folgen wollte. »Ein weiterer Streit zwischen Euch und meinem Eheweib fügt dem Kind nur Schaden zu.«

Kurz hingen ihre Blicke ineinander. Dann nickte Katharina. »Also gut. Aber beantwortet mir eine Frage. Was ist mit Jannis von der Laar? Ich weiß, dass er verschwunden ist. Wurde er gefunden?«

Das Erstaunen in Gabriels Miene war deutlich. »Woher wisst Ihr davon? Und was geht es Euch an?«

»Bitte sagt es mir.«

»Nichts«, war die knappe Antwort. »Keine Spur von ihm.« Ein Funkeln trat in seine Augen. »Falls Ihr Max tatsächlich ein Leid antun wolltet, werdet Ihr dafür büßen, Katharina.«

»Dann glaubt Ihr Agnes also?«

»Ich weiß es nicht. Wegen Max' Erkrankung ist sie verstört und müde.«

»So? Ist sie das?« Nun waren es Katharinas Augen, die funkelten. »Und deshalb darf sie mich zu Unrecht beschuldigen, ja?«

Wütend und gleichzeitig entsetzt darüber, dass es Max noch schlechter ging, wandte Katharina sich abrupt ab und lief aus dem Zimmer bis zu ihrem Gemach, nahm dort ihren Umhang und trat den Weg zurück durch den Flur bis zur Treppe an.

Als sie an der Tür des Speisezimmers vorbeikam, sah sie, dass Gabriel sich an den Tisch gesetzt hatte. Ohne ihn weiter zu beachten, legte sie sich den Umhang um und lief die Treppe hinab. Nur raus hier! Gleichgültiger hätte es ihr nicht sein können, dass Hinrich ihr verboten hatte, allein das Haus zu verlassen.

Im Erdgeschoss lief sie nach rechts zur Haustür und trat hinaus. Feuchtkalte miefige Luft schlug ihr in der Rheingasse entgegen. Aber dennoch lehnte sie sich neben der Tür gegen die Wand und atmete tief durch.

Als müsste sie sich daran festhalten, umklammerte sie ihre Gewandnadel, die Agnes angeblich in Max' Bett gefunden hatte. Nein. Hier konnte sie nicht leben. Nicht in diesem Haus!

Rechts am Ende der Gasse sah sie das Rheingassentor der Stadtmauer, wodurch man zum Ufer des Rheins gelangte, und neben ihr durch die Tür trat ein junger Diener nach draußen und ging davon. Sicher holte er einen Heilkundigen für Max, und tatsächlich kam er kurz darauf mit einem hochgewachsenen Mann zurück. Keiner von beiden beachtete sie.

»Lasst mich los! Was wollt Ihr von mir?«, hörte sie die Stimme eines Jungen in einer Quergasse.

»Hör endlich auf zu zappeln, Junge!«, drang Urbans Stimme an ihre Ohren, und Katharina überlegte fieberhaft, wo sie sich verstecken konnte. Denn wenn der schwarzhäutige Mann, der über ihr wohnte, sie sah, würde er sie sicher nötigen, ins Haus zurückzugehen und dort zu bleiben.

Hastig huschte sie deshalb zurück ins Haus und in eine dunkle Nische unter der Treppe, die ins erste Stockwerk führte.

Abrupt wurde die Haustür geöffnet.

In dem halbdunklen Flur erkannte Katharina kaum mehr als die Statur des Jungen, der an ihr vorbeilief. Urban folgte ihm, ohne sie in der Nische zu bemerken, und kurz darauf hörte sie über sich auf der Treppe die Schritte der beiden.

»Ich denke, das ist der Junge, den Ihr sucht«, erklang Urbans Stimme einen Augenblick später im ersten Stockwerk. »Auf dem Heumarkt hat er sich rumgetrieben.«

»Dass das der Junge ist, können nur Pfarrer Matthias oder der Küster Philipp bestätigen«, sagte Gabriel. »Ich hole einen von beiden. Sie sind bei Max im Zimmer.«

Die Dielen knarzten, als Katharina bis zum unteren Treppenabsatz ging und horchend dort stehen blieb.

»Ja, das ist der Junge. Der ist Jannis gestern nach dem Gottesdienst gefolgt«, war der junge Küster von St.

Maria in Lyskirchen kurze Zeit später zu hören und sofort hatte sie dessen längliches Gesicht und den dunklen Haarschopf vor Augen. Bisher hatte sie nicht einmal gewusst, dass der Küster Philipp überhaupt im Haus war. Ständig stand er dem Pfarrer offenbar zur Seite, folgte ihm wie ein Schatten.

»Wer ist Jannis?«, fragte der Junge.

»Tu nicht so, als wüsstest du nicht, von wem ich rede«, sagte Philipp barsch.

»Mag sein, dass ich jemanden, der womöglich Jannis heißt, gestern nach dem Gottesdienst um ein paar Münzen angebettelt habe.«

»Dich und deinen roten Haarschopf habe ich doch schon mal gesehen«, sagte Gabriel. »Leider kann ich mich nicht erinnern, wo.«

»Sicher auf dem Markt. Da bin ich oft.«

»Ein Dieb, ja?«

»Nein, ich wohne bei meinem Onkel.«

»Sag mir deinen Namen.«

»Caspar.«

»Wohin ist Jannis nach dem Gottesdienst gestern gegangen?«

»Bekomme ich eine Münze, wenn ich sage, was ich weiß?«

»Wohin ist er gegangen, Caspar?«

»An der Stadtmauer entlang. Sicher zum Holzmarkt. Mehr weiß ich nicht. Bitte nur eine Münze.« Gekonnt schlug Caspar einen flehenden Ton an. »Mein Onkel hat viele Mäuler zu stopfen.«

»Mehr hast du nicht zu sagen, als dass du nichts weißt? Dann verschwinde.«

»Nur eine einzige Münze.«

»Raus hier. Deine Frechheit ist nicht zu ertragen. Bring ihn weg, Urban. Und du reitest sofort nach Münster und setzt Hinrich von Max' verschlechtertem Zustand in Kenntnis.«

»Ich finde allein raus«, sagte der Junge.

Hastig huschte Katharina zurück in die Nische unter der Treppe, als sie die Schritte des Jungen auf den Stufen hörte. Caspar sah sie nicht, als er eilig an ihr vorbeilief.

Noch bevor die Haustür ins Schloss fiel, durch die er nach draußen gegangen war, folgte sie ihm. Doch er rannte bereits nach rechts durch die Gasse Richtung Rhein.

»Warte!«, rief sie. Aber er hörte sie nicht und entschlossen raffte sie ihr Kleid hoch und folgte ihm.

Pferdefuhrwerke ratterten durch das breite Rheingassentor in die Stadt, als sie die hohe Stadtmauer erreichte. Zöllner kontrollierten die eingeführten Waren. Der Junge dagegen war nirgendwo mehr zu sehen. Sie hatte ihn verloren. Aber ein kleiner Durchgang neben dem Tor weckte ihre Aufmerksamkeit und sie ging hindurch.

Gerüche nach Holz, Tran, Teer, Hanf und Gewürzen schlugen ihr auf der anderen Seite der Mauer entgegen. Mit einem solch wirren Getümmel hatte sie nicht gerechnet. Geschäftige Hafenarbeiter schleppten Säcke, Kisten und Fässer von den Schiffen, die vor dem Rheinufer lagen. Händler boten ihre Waren feil und Kinder liefen zwischen ihnen her.

Verunsichert blieb Katharina stehen, als sie bemerkte, dass einige der Hafenarbeiter sie anstarrten. *Der Junge ist nicht hier,* dachte sie. Doch dann –

Da ist er!

Neben einem Krämer, der Kämme und anderes Allerlei in seinem Bauchladen feilbot, stand er und starrte sie mit offenem Mund an.

Sofort lief sie zu ihm. »He, warte!«, sagte sie, als er sich umdrehte und davonlaufen wollte. »Bitte warte!«

Das Gefühl, ihn zu kennen, überfiel sie, als er ihr sein sommersprossiges Gesicht zuwandte. »Caspar heißt du, ja?« Sie runzelte die Stirn. »Kennen wir uns?«

Er senkte den Blick. »Nein, ich glaube nicht.«

»Soeben warst du in unserem Haus. Urban hatte dich hergebracht und Gabriel hat mit dir über Jannis von der Laar gesprochen. Er ist verschwunden, und offenbar bist du der Letzte, der ihn gesehen hat. Weißt du wirklich nicht mehr, als du Gabriel erzählt hast?«

»Nein. Nicht mehr, als ich bereits gesagt habe.« So selbstbewusst, wie er vorhin gewesen war, so schüchtern wirkte Caspar jetzt. Kaum konnte er ihr in die Augen schauen.

»Und wenn du nochmal darüber nachdenkst und ich dir diese Gewandnadel hier schenke, fällt dir dann etwas ein? Sicher bekommst du ein paar Münzen dafür.« Mit einem aufmunternden Blick hielt sie ihm das Schmuckstück hin. Doch seine Antwort war nur ein Kopfschütteln.

»Dann weißt du also wirklich nichts.«

Größer hätte Katharinas Enttäuschung nicht sein können. Denn für die Gewandnadel als Belohnung hätte Caspar schließlich auch eine Geschichte erfinden können. Aber er tat es nicht. Also war er ehrlich und wusste tatsächlich nichts.

Ich kann dir nicht helfen, Jannis?, dachte sie und das tat ihr weh. Denn wenn sowohl seine Familie als auch Gabriel ihn suchten, musste ihm ein schlimmes Übel widerfahren sein. Und Max konnte sie auch nicht helfen. Nur beten konnte sie für ihn.

Sie sah Caspar wieder an, der verschüchtert dastand. So hilflos kam sie sich vor. *Was soll ich denn nur tun?* Einfach nur abzuwarten, ob Jannis wieder auftauchte, machte sie verrückt.

»Nein, bitte geh noch nicht«, sagte sie, als Caspar erneut davonlaufen wollte. Sie nahm seine Hand und legte die Gewandnadel darauf, nicht ahnend, was deswegen geschehen würde, welch üble Folgen das haben würde. »Ich hab noch eine Bitte an dich.«

10

Das helle Haar klebte an seinem Gesicht. Fieber quälte ihn und nur das Pfeifen seiner Atemzüge erfüllte die Stille.

An die kalte Mauer gelehnt saß Jannis in seinem finsteren Gefängnis. Gott hatte ihn verlassen. Davon war er überzeugt.

Zwar fielen nur noch wenige Tropfen von der Decke. Doch zumindest konnte er mithilfe der Pfützen seinen brennendsten Durst stillen.

Aber was änderte das?

Er war lebendig begraben.

Oder war er bereits tot?

Nein, die Schmerzen in seinem verletzten Bein bewiesen, dass er noch lebendig war.

Fühlte sich so das Sterben an? Nichts als Schwärze ringsherum, das Gefühl nicht mehr atmen zu können und unerträglicher Schmerz?

Nur wenn er die Augen schloss, war alles anders. Dann war er frei und sah Licht. Glitzernd schlugen die Wellen des Rheins gegen das Ufer. Spielende Kinder liefen an ihm vorbei und Katharina stand neben ihm und ihr offenes braunes Haar wehte in einer sanften Brise.

Solche Tagträume verhinderten, dass er vollends durchdrehte, dass er den Verstand verlor. Sobald er jedoch die Augen öffnete, war da jedes Mal nichts als die erdrückende Schwärze.

Wie oft hatte er bereits wie ein Geisteskranker um Hilfe geschrien, gegen die Tür getrommelt und Gott um Rettung angefleht? Er wusste es nicht mehr.

Nichts wusste er mehr, außer dass er ein einziges Mal geglaubt hatte, ein Geräusch hinter der Tür zu hören. Ein verzweifelter Funken Hoffnung, der allerdings wieder erloschen war.

Seine Fäuste schmerzten, so heftig hatte er gegen die Tür geschlagen. Lange hatte es gedauert, bis er begriffen hatte, dass er sich offenbar getäuscht hatte, dass hinter der Tür gar niemand war.

Mir ist kalt.

Nie zuvor hatte er so gefroren. Sein Körper schüttelte sich, und in dem hilflosen Versuch, sich zu wärmen, schlang er die Arme um sich und ließ sich auf die Erde sinken. Er konnte nicht anders. Er weinte wie ein Kind.

*****

Dieser sommersprossige rothaarige Junge namens Caspar konnte ihr also auch nicht helfen, Jannis zu finden. So schwer es ihr auch fiel, sie musste sich damit abfinden.

Eine kühle Brise ließ Katharina frieren, während sie vom Hafen durch die Rheingasse zurücklief. Es war besser, sich zu beeilen, bevor Gabriel merkte, dass sie das Haus ohne Begleitung verlassen hatte.

Die sinkende Sonne spiegelte sich in den Bleiglasfenstern ihres Zuhauses, als sie davor stehen blieb. Obwohl das Haus prunkvoll war, hatte es etwas Unheiliges, zumindest kam es ihr so vor. Denn schließlich kämpfte Max dort jetzt um sein junges Leben und niemand glaubte, dass er diesen Kampf noch gewinnen konnte.

Viel zu laut hallte es wider, als sie an die Haustür klopfte und augenblicklich hatte sie das Gefühl, dass hier etwas nicht stimmte.

Deutlich hörte sie Schritte hinter der Tür. Die Scharniere quietschten laut, als sich die Tür weit öffnete. Kein Mensch war zu sehen.

Erschrocken schrie sie auf, als jemand ihr Handgelenk fasste und sie brutal in den halb dunklen Flur zog.

Gabriel!

Ein seltsamer Schimmer glomm in seinen dunklen Augen. »Wo wart Ihr, Katharina?«

»Nirgendwo. Ich ...«

»Es war Euch nicht erlaubt, allein das Haus zu verlassen.«

»Bin ich eine Gefangene?«

»Ich befolge nur Hinrichs Anweisungen.«

»Ja, natürlich tut Ihr das, Gabriel. Denn Ihr fürchtet Euch vor ihm.«

Erneut schrie sie auf, als Gabriel sie brutal durch den Flur und die ersten Stufen der Treppe hochzerrte. »Steht auf!«, sagte er, als sie stolperte und hinfiel.

»Warum tut Ihr das?« Ihre Stimme zitterte.

»Steht auf!« Er half ihr auf die Beine und zerrte sie den Rest der Treppe hinauf und durch den oberen Flur in ihr Schlafgemach.

Ihr Herz klopfte so heftig, als wollte es sich überschlagen, als er sie dort gegen die Wand drückte. Gier loderte in seinen Augen.

»Lasst mich los!« Doch ihre nächsten Worte erstickten, als er seine Hand gegen ihre Kehle und seinen Mund auf ihre Lippen drückte.

»Nein!« Angewidert stieß sie ihn von sich, wurde jedoch sofort wieder von ihm gepackt und auf das Bett geworfen.

Schmerz durchzuckte ihren Bauch. »Bitte nicht, Gabriel.

Bitte denkt an mein Kind.«

»Das tue ich, Katharina. Immerzu.«

Fiebrig schob er ihren Rock hoch und drückte ihre Beine auseinander. Sein Gewicht lastete schwer auf ihr.

»Nein, bitte nicht!«

Sein Gesicht war ganz nah. Doch plötzlich begann es, vor ihren Augen zu verschwimmen. Sein Haar wurde heller, seine Gesichtszüge weicher, und was sie sah, war Agnes.

»Glaubst du wahrhaftig, ich dulde eine Zauber'sche in meinem Haus, Katharina? Eine, die mir nicht nur mein Leben, sondern auch noch meinen Gemahl stiehlt?«

Nein!

Schweißgebadet schnellte Katharina in ihrem Bett hoch und streckte die Hände aus in dem Bestreben, Agnes von sich zu stoßen.

Aber niemand war hier.

Sie war allein und draußen war es längst dunkel. Der Abend hatte den Tag vertrieben und nur die Kerze auf dem Fenstersims schenkte ihr Licht.

Es dauerte eine Weile, bis sie begriff, dass das gerade nicht wirklich geschehen war, dass weder Gabriel noch Agnes ihr etwas angetan hatten.

Ja, sie war nach Hause gekommen. Aber es war die junge Dienstmagd Fronicka gewesen, die sie hereingelassen hatte, gerade als der Küster Philipp das Haus hatte verlassen wollen.

»Es steht sehr schlecht um Max«, hatte sie Philipp zu Fronicka sagen hören. »Pfarrer Matthias bleibt noch. Aber ich muss noch einiges für den nächsten Gottesdienst vorbereiten.«

Kurz hatte sie Philipp zugenickt, bevor sie die Treppe hochgelaufen und später in ihrem Gemach völlig angekleidet eingeschlafen war.

Erleichtert strich sie jetzt über ihren Bauch. Alles war in Ordnung. Dem Kind ging es sicher gut.

Durst!

Sie musste etwas trinken. Auf der Truhe stand eine Karaffe und sie schwang ihre Beine über den Bettrand.

Das Ächzen von Holz war nicht zu überhören. Doch dieses Mal war es anders. Dieses Mal waren es nicht die Deckenbalken über ihr, die ächzten.

Vorsichtig stand sie auf.

Nein, das Knarren kam nicht von der Decke, sondern von der Treppe, die neben ihrem Gemach hoch in das nächste Stockwerk führte. Zigmal hatte sie Urbans Schritte auf der Treppe gehört. Aber derzeit war der Mann mit der dunklen Haut gar nicht da, sondern auf dem Weg zu Hinrich nach Münster.

Wispernde Stimmen klangen durch die Wand an ihre Ohren. Was war hier los? Was geschah hier?

Beunruhigt lief sie zur Tür und horchte daran. Noch immer waren die Stimmen zu hören und sie drehte den Türknauf. Nein! Was sollte das? Warum ließ sich die Tür nicht öffnen?

Aufgewühlt rüttelte sie daran.

War sie eingesperrt, weil sie unerlaubt das Haus verlassen hatte? Wollte Gabriel ihr deutlich machen, was es bedeutete, wenn sie Hinrichs Willen zuwiderhandelte?

Die Stimmen waren nun direkt vor ihrem Gemach. Doch anstatt sich bemerkbar zu machen, hielt Katharina den Atem an. Etwas ging in diesem Hause vor sich, das sie nicht verstand, und das ängstigte sie.

Die Stimmen verstummten, und wie eine Besessene rüttelte sie erneut an der Tür und klopfte dagegen. »Macht die Tür auf! Lasst mich raus!«

Aber niemand kam. Niemand ließ sie frei.

War sie gefangen, weil Agnes sie als Zauber'sche, als Hex bezichtigte? Würde sie morgen abgeholt und in einen Kerker gesperrt werden?

»Macht die Tür auf! Lasst mich raus!« Zig Mal schlug sie gegen die Tür, bis ihre Hände schmerzten. Dann lehnte sie ihre Stirn an die Wand daneben. Gefangen zu sein konnte sie nicht aushalten.

Beruhig dich, redete sie sich gut zu. Niemand konnte sie ewig hier einsperren. Irgendwann musste derjenige sie wieder freilassen. Und in den nächsten Tagen kehrte auch Hinrich zurück.

Stille herrschte, während sie zu Boden glitt und um Fassung kämpfte. Lange saß sie so da, den Kopf an die Wand gelehnt. Irgendwann erklangen erneut Stimmen im Flur. Aber die hörte sie nicht mehr, weil ihr die Augen zugefallen waren.

11

Die Dunkelheit war undurchdringlich. Denn an diesem Abend verbargen die Sterne ihr Antlitz hinter den Wolken und letzte Tropfen eines Regenschauers zerplatzten auf Caspars und Valentins Gesichtern. Trotz der Laterne, die sie mit sich trugen, konnten sie kaum zwei Klafter weit sehen. Köln war so finster wie ein Grab. Nur vereinzelt brannten Laternen in den Gassen.

Eine Pfütze plätscherte leise, während sie furchtsam an den Häusern rechts von ihnen entlangschlichen. Denn die mächtige Stadtmauer links von ihnen hatte fortlaufend Rundbögen an der Innenseite, die so hoch, breit und tief waren, dass dort des Nachts nicht selten gefährliches Gesindel Unterschlupf fand.

»Wie lächerlich ist es, wegen dieses Weibes durch die Dunkelheit zu schleichen«, flüsterte Valentin mürrisch. »Wozu soll das gut sein? Jederzeit kann uns ein Strolch überfallen, und morgen in aller Früh erwartet der Onkel wieder, dass ich mein Tagwerk für ihn verrichte und wir …«

»Ich hab es dir doch erklärt.« Caspar blieb stehen. »Mehrmals habe ich dir sogar erklärt, dass Katharina sich Sorgen um diesen Jannis macht und dass ich der Letzte war, der ihn gesehen hat, und zwar hier in der Nähe.«

»Katharina, Katharina.« Hohn schwang in Valentins Stimme mit, als er ebenfalls stehen blieb. »Seit wir die Kutsche überfallen haben, höre ich nichts anderes von dir.«

»Schließlich war sie es, die dich an dem Abend vor

dem Höllenfeuer gerettet hat«, brauste Caspar empört auf. »Nicht einmal beichten hättest du noch können, bevor dieser Gabriel dich getötet hätte.«

»Ach was. Unsinn.« Wehleidig betastete Valentin seine allmählich verheilende Schulter. »Erst dachte ich ja auch, diese Katharina sei ein Engel. Aber in Wahrheit ist sie nichts anderes als ein Weib mit schwachem Verstand wie all die anderen auch. Dieser Gabriel Belberg hätte mich so oder so verschont.«

Mit offenem Mund starrte Caspar seinen Bruder an. Er liebte Valentin sehr, obwohl der ein solcher Hohlkopf war. »Der eine von euch ist mit Torheit geschlagen und der andere mit feuerrotem Haar«, pflegte ihr Onkel sie zu necken.

»Mach was du willst.« Valentin gähnte. »Ich verschwinde jetzt. Deine Katharina ist mir gleichgültig und dieser Jannis auch. Die Laterne lass ich dir. Ich finde den Weg schon irgendwie.« Abrupt drehte er sich um und ging davon.

Dann geh doch! Es bedeutet dir wohl nichts, wenn ich überfallen oder getötet werde, wollte Caspar ihm hinterherrufen, verkniff es sich jedoch. Valentin begriff ja sowieso nicht, worum es ihm ging. Vor allem, dass er nicht bis zum nächsten Morgen hatte warten wollen, weil Jannis bereits seit gestern verschwunden war. Deshalb war es ihm auch völlig egal, dass Valentin wegging und bereits jetzt seine Schritte nicht mehr zu hören waren.

Nein! Das stimmte nicht! Es war ihm nicht egal. Denn die jähe Einsamkeit gepaart mit der Düsternis war erschreckend. Verängstigt hob er die Laterne etwas an. Mehr sehen konnte er dadurch auch nicht. All die

Geräusche hatte er zuvor nicht gehört, Stimmen, Schritte, ein Knacken, ein Hund, der irgendwo bellte, eine Tür, die zugeschlagen wurde. Ein Schauer lief ihm über den Rücken. Unheimlicher und finsterer hätte dieser Abend nicht sein können.

Vielleicht hatte Valentin ja doch recht. Warum tat er das hier eigentlich?

Aber die Antwort war einfach.

So verzweifelt und traurig hatte Katharina vorhin am Hafen gewirkt, als sie ihn nach diesem Jannis gefragt hatte. Kaum hatte er gewagt, sie anzusehen. Doch ein einziger Blick in ihre Augen hatte genügt. Genauso wie Katharina hatte auch seine Mutter ihn früher angeschaut, voller Wärme und Herzlichkeit.

Nein, er konnte nicht anders. Er musste das hier tun, um Katharinas willen. Allein der Gedanke an sie ließ sein Herz rasen.

Entschlossen ging er den Weg weiter.

Wie dunkle Augenhöhlen schienen ihn die Fenster der Häuser rechts von ihm anzustarren. Kaum eine Kerze brannte noch dahinter. Gott sei Dank schob sich nun endlich der Mond hinter den Wolken hervor und tauchte Köln in ein fahles Licht.

Auf leisen Pfoten huschte eine Katze über den geisterhaft leeren Holzmarkt, als er ihn hastig überquerte. Wie sollte er Jannis bloß finden? Wo war der hingegangen, nachdem sie gestern nach dem Gottesdienst miteinander gesprochen hatten?

In der Ferne hörte er Hufgetrappel. Doch weder Reiter noch Pferd waren zu sehen. Ein Knacken ließ ihn zu der Mauer blicken. Jederzeit konnte dort eine tödliche Gefahr lauern.

Nein, da war nichts. Gar nichts! Dennoch befiel ihn bleierne Angst und ließ ihn schneller gehen, bis er rannte. Vielleicht war ja gar nicht sein Bruder töricht, sondern er selbst. Ein verliebter Narr, der sich noch närrischer benahm als jeder andere Narr. Was, wenn irgendwo der Teufel lauerte? Was, wenn das Geschwätz der Leute stimmte und dieser Jude Samuel den Leibhaftigen mit in die Stadt gebracht hatte? Wenn der Teufel hier und jetzt auf ihn wartete?

Keuchend blieb er stehen und nahm die Gestalt, die aus der Düsternis auftauchte, erst im letzten Moment wahr.

O Gott erbarme dich! Vor Schreck hechtete er nach links. Aber die Mauer verhinderte seine Flucht und hart schlug er gegen die Steine. Die Laterne fiel ihm aus der Hand und verlosch, während er sich zitternd umdrehte. »Bitte sucht Euch eine andere Seele, nicht meine, Herr Teufel«, wimmerte er. »Noch am Morgen habe ich gebeichtet, das schwöre ich, und seither keine Sünde begangen.«

»Was tust du hier, Junge?«, sagte die tiefe Stimme. »So bleich wie du bist, sollte man meinen, dass du gleich umfällst. Keine Sorge, ich will dir kein Leid antun. Und der Teufel bin ich erst recht nicht.«

»Warum schleichst du dann hier rum, Bettler?«, sagte Caspar erbost, als er merkte, dass er sich der Lächerlichkeit preisgegeben hatte.

»Weil ich nachts hier an der Mauer schlafe und du mich erschreckt hast. Woher sollte ich denn wissen, dass du kein Strolch bist?« Der Blick des bärtigen Mannes mit verschlissenem dunklem Mantel und Schlapphut hing an Caspar. »Oder bist du doch einer?«

»Wo denkst du hin!« Caspar starrte in die tiefen

Augenhöhlen seines Gegenübers. »Ich hab mich nur verlaufen«, log er.

»So? Hast du das? Na, da bist du nicht der Erste. Vor zwei Nächten war schon so einer hier. Hast du Zunder, Feuerstein und ein Schlageisen dabei, damit wir die Kerze wieder anzünden können?«

Mit flinken Fingern öffnete Caspar den Beutel an seinem Wams und reichte dem Bettler all das Zeug, das er seinem Onkel gestohlen hatte. Es dauerte einige Augenblicke, bis der Mann den Zunder zum Glimmen und ein Stück Birkenrinde zum Brennen gebracht hatte.

»Was ist hier los?«, war plötzlich eine weitere Stimme zu hören, und erst jetzt bemerkte Caspar den anderen Mann, der unter dem nächsten Rundbogen der Mauer auf dem nackten Boden lag.

»Schlaf weiter, Wentzel. Es ist nichts«, sagte der Bettler mit dem Schlapphut, während er Zunder, Feuerstein und das Schlageisen in seinen eigenen Beutel steckte.

»Was soll das heißen, vor zwei Nächten war schon so einer hier?«, bohrte Caspar neugierig nach, während er die Laterne aufhob und die erloschene Kerze herausnahm.

»Einer, der vor Entsetzen so bleich war wie du.« Das Licht der brennenden Birkenrinde huschte über das hagere Gesicht des Bettlers, während er die Kerze entzündete und sie zurück in die Laterne tat. »Dabei gewesen wäre er, als die Dirne Marie gestorben sei, hat er erzählt.«

Caspar hielt den Atem an. »Jannis? War das sein Name?«

»Weiß nicht.« Die Birkenrinde verglühte auf der Erde, als Zacharias sie wegwarf.

»War der Mann wohlgebaut, ansehnlich und jung?«, ließ Caspar nicht locker. »War sein Haar so hell wie Flachs und trug er keinen Bart?«

»Mag sein.«

»Dann war er es.«

»Wie nennst du dich?«

»Caspar.«

»Und ich heiße Zacharias.«

»Was hat Jannis noch gesagt, Zacharias?«

»Was gibst du mir dafür, Caspar?«

»Ich habe nichts.«

»Vielleicht ein Stück Brot?«

»Nein. Aber das hier.« Es kostete Caspar viel Überwindung, Katharinas Gewandnadel aus seinem Beutel zu nehmen. Mit der Bitte, etwas über Jannis' Verbleib herauszufinden, hatte sie ihm das Schmuckstück vorhin am Hafen gegeben. »Nimm die hier, Zacharias.« Schweren Herzens gab er sie dem Bettler.

Im Licht der Laterne beäugte Zacharias das Schmuckstück. »Wertvoll ist die aber nicht.«

»Also, was hat Jannis an dem Abend gesagt?«

»Na gut.« Zacharias steckte die Gewandnadel mit den roten Steinen an seinen Mantel. Morgen würde er sie verkaufen. »Von der toten Dirne Marie hat er geredet, die gerade gefunden worden war, und …«

»Das will ich nicht wissen.«

»Was willst du denn hören?«

»Etwas von Bedeutung.«

»Hm.« Zacharias strich sich nachdenklich über den Bart. »Feuer«, sagte er nach einer Weile.

»Wie bitte?«

»Eines der letzten Worte der toten Dirne sei ›Feuer‹

gewesen, hat dieser Jannis gesagt. Deshalb habe ich ihm von dem Unglück erzählt.«

»Von welchem Unglück?«

»Menschen sind hier in der Nähe in ihren Häusern verbrannt. Einige Wochen ist das her.«

Ein Schauer lief Caspar über den Rücken. Nicht selten wachte er nachts auf und sah seine Eltern brennen. Nie würde er verwinden, dass sie in ihrem brennenden Haus gestorben waren, auch wenn das inzwischen viele Jahre her war.

»Bitte bring mich dorthin, Zacharias«, sagte er.

»Niemand geht dorthin. Da hausen die Geister der Toten, sagen die Leut.«

»Bring mich dorthin.«

*****

So groß seine Hoffnung auch gewesen war, umso größer war Caspars Enttäuschung.

Hier war nichts. Gar nichts! Die Dielen ächzten unter seinen nackten Füßen, während er eine halbe Stunde später in dem fast gänzlich von Feuer zerstörtem Haus umherging.

Sorgsam leuchtete er mit der Laterne in jeden Winkel. Staub und Asche regneten an manchen Stellen auf ihn hinab und als hausten die Geister der Toten tatsächlich noch hier, erhellte der Schein der Laterne ein verkohltes Spinnrad, einen Holztisch und Stühle. Tonscherben lagen verstreut auf dem Boden und das gewaltige Loch im Dach offenbarte den inzwischen klaren Sternenhimmel.

»Lass uns wieder gehen, Zacharias. Hier ist nichts.«

»Alles haben wir noch nicht gesehen, Junge.« Den Schlapphut tief ins Gesicht gezogen und mit einer brennenden Kerze in der Hand ging Zacharias zu einer Tür. »Komm mal her.« Die Tür knarrte leise, als er dagegen drückte und sie sich öffnete.

»Ach, da ist auch nichts«, stellte Caspar fest, als er in dem angrenzenden Raum verkohlte Holzlatten und Asche sah.

»Manchmal bergen solche Orte aber auch Schätze.« Mit einem Lächeln, das sein hageres Gesicht zu einer Fratze verzerrte, ging Zacharias durch die Tür. Erwartungsvoll hob er den Deckel einer Truhe an, die dort stand, und sein Lächeln verlosch. »Nur ein Sack Mehl.«

»Ich gehe jetzt.« Enttäuschter hätte Caspar gar nicht sein können. Nichts konnte er jetzt noch tun, um Jannis zu finden und Katharina damit glücklich zu machen. »Gib mir die Gewandnadel zurück, Zacharias.«

»Wo denkst du hin!«

»Aber sie bedeutet mir viel. Morgen bring ich dir stattdessen …«

»Dann hättest du sie mir erst gar nicht geben dürfen. Verschwinde einfach!«

Unentschlossen schaute Caspar noch zu, wie Zacharias den Deckel der Truhe wieder schloss. Es hatte keinen Sinn hierzubleiben. Also drehte er sich um und ging zur Haustür und nach draußen. Seine Schritte knirschten auf dem Gemisch aus Lehm und Asche, als er mit gesenktem Kopf traurig davonging.

»Caspar? Bist du noch da?« Mit der Kerze in der Hand ging Zacharias zurück in den Raum, in dessen Dach das Loch prangte. Ganz bestimmt war der Junge noch da. Er hatte doch etwas gehört. »Caspar?«

Nein, anscheinend war der Junge nicht mehr da. Er blickte sich um. Irgendetwas war hier gewiss zu finden, das er gegen Geld eintauschen konnte.

Ein Quietschen wie von Scharnieren ließ ihn heftig zusammenzucken. Also hatte er doch richtig gehört. Er war nicht allein.

Woher war das gekommen?

Er ging zur Haustür, aber draußen war niemand zu sehen. Er schaute zurück in den Raum. Nicht nur im Dach prangte ein Loch. Nein, das Loch in der rechten Wand war sogar noch größer.

Langsam schlurfte er dorthin und blickte nach draußen. Doch er sah nichts als Lehm, Steine und Aschehügel, aus denen geschwärzte Holzbalken ragten - die Reste der anderen abgebrannten Häuser.

War das Geräusch von dort gekommen?

Jetzt herrschte wieder Stille.

Aber er hatte es doch gehört. Ganz sicher!

Die Geister der Toten, hämmerte es in seinem Schädel.

Vorsichtig stieg er durch das Loch in der Wand nach draußen. Der Gestank von kalter Asche war allgegenwärtig. Nur allzu leicht vorstellbar, dass hier Geister hausten oder Hexen ihren Tanzplatz hatten.

Aber das war nicht so, zumindest nicht im Moment, denn nichts war zu sehen.

In dem Glauben, sich getäuscht zu haben, wollte er wieder gehen. Doch dann sah er sie plötzlich, die einzige Stelle auf dem Boden, die wie leergefegt wirkte - eine geschwärzte Bodenplatte! Ohne Frage war das der Eingang zu einem Keller.

Zacharias spürte das Kribbeln in seinen Fingern. Vielleicht war ja da unten etwas zu holen.

Dennoch zögerte er. Was, wenn dort unten jemand war?

Vorsorglich schnappte er sich einen großen Stein, bevor er sich neben der Bodenklappe niederkniete. Den Beutel mit seinen wenigen Habseligkeiten, den er ständig mit sich schleppte, legte er auf die Erde. Geister konnten da unten hausen oder ein Dämon. Aber daran wollte er lieber nicht denken.

Vorsichtig umfasste er den Griff und hob die Bodenklappe so weit an, dass sie nach hinten umkippte und offenblieb. Was er sah, war ein schwarzer Schlund. Feuchtkalte muffige Luft schlug ihm entgegen.

Langsam beugte er sich vor und hielt die Kerze in das Loch. Eine Leiter und Gegenstände, die auf dem Boden lagen, waren zu sehen. Zwei Mal atmete er tief durch, bis er Mut fasste und die Leiter hinabkletterte.

Vereinzelte Pfützen konnte er erkennen. Doch erst, als er die vorletzte Sprosse erreicht hatte, erkannte er im Licht der Kerze, was das für Gegenstände auf dem Boden waren. Ein Becher, ein großer Lederbeutel und zwei Kerzen, mehr nicht. Und das alles lag so da, als hätte es jemand dort platziert.

O mein Gott! Was ist das?

Hastig sprang Zacharias von der Leiter und starrte mit Grauen auf das, was verstreut auf der Erde lag. Das hatte er von oben nicht erkennen können.

O Gott! Nein! Er bekreuzigte sich. Offenbar hatte er des Teufels Brutstätte entdeckt. Ganz Köln wusste, dass den beiden toten Dirnen Helena und Marie das Haar abgeschnitten worden war - rotes und helles Haar - und genau solches Haar lag nun vor seinen Füßen. Das Licht der Kerze huschte darüber und auch über die eisernen

Ketten, die aus einer Wand ragten.

»Du hättest nicht herkommen sollen, Bettler.« Die Stimme klang dumpf.

Hastig drehte Zacharias sich um. »Ihr?«, sagte er, als er den Mann aus der dunklen Ecke treten sah. Er kannte ihn. So mancher kannte ihn, und eigentlich war dieser Mann ein guter Mensch. Zumindest dachten das alle, und er selbst hatte das auch gedacht. Bis heute!

»Glaubt mir, ich will das nicht tun, Bettler.« Schritt für Schritt ging er auf Zacharias zu.

»Dann tut es nicht.« Bebend hob Zacharias seine Hand mit dem Stein hoch über seinen Kopf. »Verschont mein Leben. Ich werde schweigen. Ich schwöre es.«

»Und du denkst, das würde ich dir glauben? Schließlich hast du das Frauenhaar und mein Gesicht gesehen.«

Einen Augenblick zögerte der Mann noch. Einen Wimpernschlag lang schien er der Mensch zu sein, für den ihn alle hielten. Nein! Das stimmte nicht. Normalerweise war der Blick seiner Augen nicht so kalt. Wie ein Wolf sprang er Zacharias im nächsten Moment an und stieß ihn zu Boden.

Schmerz durchzuckte Zacharias, als er hart mit dem Rücken aufschlug und das Gewicht des Mannes auf sich spürte. Die Kerze und der Stein fielen ihm aus der Hand. Die Flamme verlosch. »Nein, bitte! Ich schwöre, ich werde schweigen.« Verzweifelt versuchte er, sich zu wehren, als sein Gegner ihn mit aller Kraft auf den Boden drückte. Doch Zacharias' mageren Armen fehlte die Kraft, den anderen von sich zu stoßen. Etwas Weiches drückte sich so fest auf sein Gesicht, dass er nicht mehr atmen konnte.

Luft! Bitte! Atmen! Ich muss atmen. Ich will nicht sterben. Bitte Gott! Hilf mir! Irgendwie musste er sich von diesem Dämon doch befreien können. Aber es gelang ihm nicht. Voller Todesangst krallte er seine Finger in die Schultern des Mannes und tastete mit der anderen Hand nach dem Stein, den er verloren hatte. Aber seine Finger fanden ihn nicht. *Nein! Atmen! Luft! Bitte!* Seine Brust schmerzte. Grelle Blitze explodierten vor seinen Augen und verzweifelt wehrte er sich. Doch allmählich verlor er das Bewusstsein. Dann wurde es dunkel.

Stille herrschte, als Zacharias sich nicht mehr rührte. Im Mondlicht wirkte dessen hageres Gesicht so blass, als wäre er bereits vor Tagen gestorben.

Mitleidlos hob der Mann mit den kalten Augen den Schlapphut auf, legte ihn auf Zacharias' Gesicht und bekreuzigte sich. Was machte es schon, dass der Bettler tot war? Gab es ein sinnloseres Leben als das eines solchen Hungerleiders, der tagsüber gebettelt und nachts an der Stadtmauer geschlafen hatte? Dennoch meldete sich sein Gewissen. Schließlich hatte der Bettler ihm nichts getan.

Den Blick noch immer auf Zacharias gerichtet, stand er auf. *Dein Pech, dass du gerade jetzt hier auftauchen musstest, Bettler. Denn eigentlich habe ich nur noch meine Sachen holen wollen.* Schließlich hatte er nun eine ganz andere Mission.

Wilder Hass wallte in ihm auf.

Deutlich sah er das Gesicht desjenigen vor sich, den er seit Jahren zutiefst verabscheute.

Du bist der Nächste!, pochte es in seinem Schädel. *Für deine Sünden wirst du büßen!*

Eilig nahm er den Becher und die beiden Kerzen vom Boden, tat sie in den Lederbeutel und wollte über die Leiter nach oben steigen. Über sich durch die offene Klappe sah er die Sterne am Himmel, während er die erste Sprosse betrat.

»Zacharias!«, hörte er völlig unerwartet jemanden rufen und hielt inne. Wie die Stimme eines Halbwüchsigen hatte das geklungen. Um einem ausgewachsenen Mann zu gehören, war sie zu hell, aber wie die Stimme einer Frau klang sie auch nicht.

»Zacharias, wo steckst du?«, vernahm er die Stimme erneut. Ja, eindeutig gehörte sie einem Jungen. Er runzelte die Stirn. Aus irgendeinem Grunde kam sie ihm sogar bekannt vor.

»Gib mir den Zunder und den Feuerstein zurück, den du eingesteckt hast, Zacharias!«, rief der Junge nun. »Das Zeug gehört meinem Onkel.«

Eine Weile herrschte Schweigen.

»Zacharias?«

Gleich würde der Junge die geöffnete Bodenklappe entdecken und wie eine Spinne im Netz auf ihr Opfer lauert, bereitete sich der Mann im Keller darauf vor. Geräuschlos zog er sein Messer aus der Scheide an seinem Gürtel und huschte in eine dunkle Nische.

12

Bin ich noch immer eingesperrt?, war Katharinas erster Gedanke, als sie am nächsten Morgen aufwachte. Draußen war es bereits hell. Ihre Glieder fühlten sich steif an und ihr Kopf schmerzte. An die Wand neben der Tür gelehnt war sie in der Nacht eingeschlafen. Aber irgendwann zu später Stunde war sie aufgestanden und hatte sich auf das Bett gelegt.

Sie sah an sich hinab, während sie sich aufrichtete. Noch immer trug sie das Kleid vom Tag zuvor.

Ihr Blick glitt zur Tür, während sie die Beine über den Bettrand schwang. War sie noch immer verschlossen? Beinah traute sie sich nicht, das zu überprüfen.

Leichter Schwindel überfiel sie, als sie zu rasch aufstand. Dennoch ging sie zur Tür, drehte den Knauf und zu ihrer Erleichterung schwang die Tür auf. Doch die Gestalt auf dem dunklen Flur ließ sie zusammenzucken.

»Fronicka.«

»Ich wollte Euch wecken«, sagte die junge Dienstmagd. »Darf ich eintreten?«

»Ja, gewiss.«

Mit einem schwarzen Kleid auf dem Arm trat Fronicka ein. Umrahmt von der weißen Haube wirkte ihr Gesicht so zart wie das eines Kindes.

»Ist Max …?«, sagte Katharina, als sie die vom Weinen verquollenen Augen der Dienstmagd sah. »Ist er …?«

»In den frühen Morgenstunden hat Gott ihn zu sich geholt.«

Fronickas tiefes Schluchzen ließ Katharina erschauern.

Erschüttert ging sie zum Bett und setzte sich darauf.

»Ist Euch nicht gut?« Fronicka klang besorgt. »Euer Kind? Ist es …?«

»Sorg dich nicht. Alles gut.«

»Sicher geht es Max jetzt besser«, schluchzte Fronicka erneut. »Sicher hat Jesus Christus ihm die Pforten des Himmels weit geöffnet. Er war doch ein unschuldiges Kind und so ein lieber Junge.«

Bestimmt war er das, pochte es in Katharinas Schädel, auch wenn sie Max nie hatte näher kennenlernen dürfen.

Der Tod von Max verstärkte das dumpfe Gefühl, das sie sowieso empfand. Wie von selbst legten sich ihre Hände auf ihren Bauch. Ein Leben war gegangen und ein neues würde kommen. Aber wie würde es ihrem Kind in diesem Hause ergehen, sobald es geboren war?

»Ich soll Euch helfen, Euch zu waschen und dieses schwarze Kleid anzuziehen.« Wie aus weiter Ferne drang Fronickas helle Stimme an ihre Ohren. »Und das Haar soll ich Euch auch richten, sagt der Herr.«

»Der Herr?« Gedankenverloren schaute Katharina zu Fronicka hoch.

»Gabriel Belberg.«

»Das ist er nicht!«, entfuhr es Katharina erbost, obwohl sie wusste, dass dieses junge Geschöpf nichts für ihre Sorgen und die Traurigkeit konnte, die sich ihrer in diesem Haus täglich mehr bemächtigten. »Der Herr dieses Hauses ist noch immer Hinrich Belberg. Das solltest du wissen.«

»Ja, das tue ich auch. Es tut mir leid. Ich …«

»Warum war ich in der letzten Nacht eingesperrt, Fronicka?«

»Eingesperrt? Wie meint Ihr das?«

»Tu nicht so, als wüsstest du nicht, wovon ich rede. Laut gerufen und geklopft habe ich. Jemand muss mich gehört haben.«

Die Dienstmagd senkte den Kopf. »Davon weiß ich nichts.«

»Du lügst. Das sehe ich an deinen Augen.«

»Nein, es ist die Wahrheit.«

»Wer ist da oben, Fronicka?« Katharina sah zur Decke. »Wer hält sich dort oben auf?«

»Urban hat dort seine Räume.«

»Du weißt, dass er auf dem Weg nach Münster ist.«

»Manchmal mache ich dort oben sauber.«

»Mitten in der Nacht? Warum lügst du?« Sie stand auf und packte Fronicka bei den Schultern. »Warum lügst du mich an?«

»Aber das tue ich nicht.«

»Hol mir eine Waschschüssel, damit ich mich waschen kann. Nun mach schon!«

»Ja, natürlich.« Eingeschüchtert ging Fronicka aus dem Zimmer.

Erstaunt über sich selbst verbarg Katharina das Gesicht in den Händen. Warum behandelte sie die Dienstmagd derart schroff? Fronicka war nicht schuld an dem, was hier geschah.

»Sei bedankt«, sagte sie deshalb besonders freundlich, als Fronicka mit einer Waschschüssel zurückkehrte.

Eine Weile dauerte es, bis sie gewaschen war und die Dienstmagd ihr geholfen hatte, das schwarze Kleid anzuziehen.

»Wenn Ihr schon nichts essen wollt, solltet Ihr wenigstens den Tee trinken«, sagte Fronicka mit Blick auf Brot, Butter und Tee auf dem Holzbrett, das sie auf den Tisch in der Ecke gestellt hatte. »Tee ist ein neuartiges Getränk. Aber es tut gut.«

»Ja, das werde ich.« Katharina schenkte ihr ein Lächeln. »Du darfst jetzt gehen.«

»Gabriel Belberg erwartet Euch im Speisezimmer.« Fronicka knickste, bevor sie das Zimmer verließ. Hastig trank Katharina den Becher mit Tee leer, bevor sie das Gemach ebenfalls verließ. Essen konnte sie nichts. Ihr Magen war wie zugeschnürt.

Eine schnarrende Männerstimme drang im Flur an ihre Ohren. Aber das beachtete sie nicht. Stattdessen huschte sie so leise wie möglich die Treppe neben ihrem Gemach hoch. Sie wollte endlich wissen, wer sich außer Urban dort oben aufhielt. Hatte man sie deshalb eingesperrt? Weil derjenige des Nachts das oberste Stockwerk verlassen hatte? Wer hauste hier? Der Teufel?

Das Knarren der Stufen ließ sich nicht vermeiden und am oberen Treppenabsatz stieß sie auf eine Tür. Leider war die verschlossen. Kurz rüttelte sie daran und horchte. Nichts war zu hören.

Enttäuscht ging sie die Treppe wieder hinab und hörte im Flur erneut die schnarrende Männerstimme, die aus dem Speisezimmer drang. »Die heilige Pflicht von Pfarrer Matthias wäre es gewesen, den Schadenzauber zu melden, als Ihr ihm davon berichtet habt.«

Wie am Tag zuvor mit einem schwarzen Kleid und steifem weißem Mühlenkragen bekleidet saß Agnes hinter dem Tisch, als Katharina den Raum betrat. Im Gegensatz zu Fronickas Augen waren die von Agnes kaum verquollen. Lange hatte sie den Tod von Max also nicht beweint. Dennoch wischte sie sich in diesem Moment mit einem Tuch eine Träne weg.

Ein Mann von schlanker Gestalt und mit spitzem grauem Kinnbart saß neben ihr und blickte sie an. Gabriel stand, eine Hand auf den Kaminsims gestützt, hinter den beiden und wandte ihnen den Rücken zu.

»Das ist sie.« Agnes' Kopf ruckte in Richtung Katharina. »Die Hexe, die Teufelshure, die unseren Max totgezaubert hat.«

Kalte Wut wallte in Katharina hoch. »Das kann nicht Euer Ernst sein.«

Das Unbehagen in Gabriels Miene war nicht zu übersehen, als er sich umwandte. Sein Blick streifte Katharina nur, während er zu den beiden anderen ging.

»Das ist sie also.« Bloße Neugier spiegelte sich in den Augen des dunkel gekleideten Mannes mit dem Kinnbart, als er aufstand. Sein bis auf die Schulter reichender breiter weißer Kragen war mit reichlich Spitze veredelt. Also gehörte er zu den Reicheren der Stadt. Seine ausgesprochen gerade Haltung gab ihm etwas Hölzernes, als er auf Katharina zuging und vor ihr stehen blieb. »Die eigentliche Frage ist doch, warum Katharina Anstett das Gemach von Hinrichs Sohn Max überhaupt betreten hat.«

»Ist es nicht eine grobe Unhöflichkeit, sich mir nicht vorzustellen?«, sagte Katharina.

»O ja, natürlich. Dafür bitte ich sehr um Vergebung. Wernhold von Hagen, Syndikus, Ratsmitglied und Rechtsprofessor der Universität zu Köln. Allerdings bin ich nicht amtshalber hier, sondern weil meine Familie und die von Hinrich Belberg miteinander bekannt sind.« Das Lächeln verstärkte die Falten unter seinen Augen. »Ihr wisst, wessen Ihr beschuldigt werdet?«

»Ein Anlass für eine Beschuldigung besteht nicht.«

»Ist das so, ja? Also entspricht es nicht der Wahrheit, dass Ihr durch ein Fenster Sturm und Regen in das Gemach von Max gelassen habt, obwohl der Junge bereits unter Husten und hohem Fieber litt?«

»Ist das ein Verhör?«

»Nein, keinesfalls. Wie ich bereits sagte, bin ich nur als Vertrauter der Familie hier. Wo ist die Gewandnadel?«

»Wie bitte?«

Wernhold von Hagen hob die Augenbrauen. »Die Anstecknadel, von der Agnes Belberg sagt, Ihr hättet sie mit einem Schadenzauber belegt und in das Bett des Kindes gelegt.«

»Ich hab sie nicht mehr.« Katharina krallte die Hände ineinander. »Und natürlich war sie mit keinerlei Schadenzauber belegt.«

»So, Ihr habt sie nicht mehr.« Seine Lippen wurden dünn.

»Nichts habe ich getan. Gar nichts. Weder habe ich das Fenster geöffnet noch die Gewandnadel in Max' Bett gelegt.«

Aber warum sagte sie das überhaupt? Dieser Mann glaubte ihr ja sowieso nicht. Er *wollte* ihr nicht glauben. Aber welche Bedeutung hatte das schon? Sie war unschuldig und Gott ließ nicht zu, dass eine Unschuldige angeklagt oder gar hingerichtet wurde. Das war ihr bester Schutz. Außerdem war sie kurz davor, ein Kind zu gebären, und niemand würde eine schwangere Frau anklagen und in einen der Türme sperren oder gar einer peinlichen Befragung unterziehen. Und noch dazu würde sie bald einen der angesehensten Männer der Stadt heiraten.

Keiner außer Agnes würde ernsthaft behaupten, dass

sie eine der Zauber'schen war, die Böses im Sinn hatten. Eine, von der die Leut glaubten, dass sie Menschen Gebrechen anhexte oder für kalte Sommer und Missernten sorgte oder Kinder totzauberte. Aber dennoch verstärkten die Worte dieses Mannes das dumpfe Gefühl in ihrem Innern und die Angst, dass es doch anders sein könnte, dass sie doch angeklagt werden könnte.

»Nun denn«, ließ Wernhold von Hagen hören. »Offenbar steht hier ein Wort gegen das andere.« Sein Blick wechselte von Katharina zu Agnes und wieder zurück zu Katharina. »Ob Ihr der gräulichen Missetat der Hexerei schuldig seid, kann ich nicht beurteilen, Katharina Anstett. Und ob Ihr angeklagt werdet, entscheiden andere. Ich werde den Rat der Stadt nur darüber in Kenntnis setzen.«

*****

Mit geschlossenen Lidern lag Caspar am Nachmittag dieses Tages auf der nackten Erde. Deshalb sah er die Wut im Gesicht desjenigen nicht, der auf ihn hinabblickte.

Erst als ihm jemand auf die Wange schlug, schreckte er hoch. »Wie? Was? Nicht! Hör auf!« Hastig rutschte er seitwärts gegen die raue Friedhofsmauer, als er sah, dass sein Bruder ein weiteres Mal zuschlagen wollte.

Die Wut in Valentins Gesicht brannte wie Feuer. »Verschlafen hast du also den ganzen Tag, Caspar. Treibst dich wieder rum, statt für den Onkel dein Tagwerk in der Färberei zu verrichten. Und ich muss trotz meiner verletzten Schulter deine Pflichten auch noch erledigen.«

»Ja, ja, ist ja schon gut.« Gähnend strich sich Caspar durch das rote Haar und richtete sich an seinem Lieblingsplatz zwischen Friedhofsmauer und der Kirche St. Aposteln auf. Die Sonne neigte sich bereits gen Westen. Bald würde es wieder Abend werden. Tatsächlich hatte er den ganzen Tag verschlafen, nachdem er am frühen Morgen auf einem der Märkte ein Frühstück stibitzt hatte.

Auf einem der Grabkreuze des Friedhofs zwitscherte ein Vogel, während Caspar aufstand und sich reckte. Er fror, sein Magen fühlte sich an wie ein leerer Sack Kartoffeln und seine Hand brannte, als hätte er sie in Feuer gehalten. Erst jetzt sah er die Brennnesseln an der Mauer. Wie ein Schwall aus kaltem Wasser kehrte die Enttäuschung darüber zurück, dass er in der letzten Nacht völlig umsonst mit dem Bettler Zacharias zu dem abgebrannten Haus gegangen war. Nichts hatten sie dort gefunden.

»Zunder, Feuerstein und ein Schlageisen hast du dem Onkel auch gestohlen, Caspar.« Die Wut hatte sich in Valentins Miene festgesetzt. »Denkst du, das hätte er nicht gemerkt? Dafür wirst du zwei Tage lang kein Essen bekommen, hat er gesagt.«

Deswegen bin ich ja zurückgelaufen, dachte Caspar, *um mir das Zeug von Zacharias zurückzuholen.* Aber in dem verkohlten Haus war der nicht mehr gewesen. Zumindest hatte Zacharias auf keinen seiner Rufe reagiert. Da war er einfach wieder gegangen.

»Ich hole es mir zurück.«

»Was?« Valentin packte ihn am Arm. »O nein. Wag das ja nicht! Auf der Stelle kommst du mit mir nach Hause.«

Mit Leichtigkeit riss Caspar sich los. Flink lief er von dem Friedhof auf den Neumarkt und stillte in Gesellschaft von zwei Pferden, deren Besitzer in ein Gespräch vertieft waren, seinen Durst an der Viehtränke.

Dann lief er über den nahezu leeren Markt und durch die Gassen, bis er den Teil der Stadtmauer erreichte, wo er Zacharias in der Nacht angetroffen hatte. Ein Blick zurück besagte, dass er Valentin längst abgehängt hatte.

Zacharias musste ihm Zunder, Feuerstein und das Schlageisen zurückgeben. So wie er den Onkel kannte, würde der ihn sonst wohl tatsächlich tagelang hungern lassen.

Ein leeres Pferdefuhrwerk, das seinen Weg kreuzte, ließ ihn stehen bleiben, bevor er zu dem breiten Rundbogen auf der Innenseite der Stadtmauer ging.

Ein Totenschädel!, war sein erster Gedanke, als er den Mann vor der Mauer sitzen sah. Die Wangen des Bettlers waren eingefallen, seine Augen gerötet und seine Kehle ließ einen bellenden Husten hören. So dünn wie Stecken waren seine Beine und sein Mantel und die Hose so zerrissen, als müssten sie ihm von dem hageren Körper fallen. Aber auf keinen Fall war das Zacharias.

Ja natürlich! Zacharias war ja nicht allein gewesen. Unter dem Rundbogen der Mauer hatte noch ein anderer Bettler gelegen. »Wentzel. So heißt du, ja?« Direkt vor dem hageren Mann blieb Caspar stehen. »So hat Zacharias dich in der Nacht doch genannt. Wo ist er?«

Die geröteten Augen des Mannes richteten sich auf ihn. »Das sollte ich doch wohl eher dich fragen, Junge. Du bist schließlich des Nachts mit ihm fortgegangen. Was hast du ihm angetan, dass er nicht zurückgekehrt ist?«

Verblüffung machte sich in Caspar breit. »Gar nichts habe ich ihm getan.«

»Zacharias kommt sonst immer zurück. Er weiß, dass ich ihn brauche, weil mir selbst alle Kraft abhandengekommen ist.«

»Dann kommt er auch wieder.«

»Aber wohin seid ihr beide denn gegangen?«

»Zu dem Ort mit den abgebrannten Häusern.«

»Dort hausen die Geister der Toten oder sogar der Teufel, sagen die Leut. Niemand traut sich dorthin. Bring mir Zacharias zurück, Junge. Bitte! Ohne ihn verhungere ich. Er sorgt für mich.«

»Lass mein Bein los.«

»Bring ihn mir zurück, Junge!«

»Wenn ich kann, werde ich das tun.« Sanft befreite er sich aus Wentzels Umklammerung und wandte sich ab.

»Bitte, Junge!«, verfolgte ihn Wentzels Stimme. »Niemand außer Zacharias schert sich um mich.«

»Dort haust der Teufel, sagen die Leut.« Wentzels Worte gingen Caspar nicht aus dem Sinn. Warum war Zacharias nicht zurückgekehrt? War ihm etwas zugestoßen?

Ganz kurz erwog er, an dem Ort aus Lehm, Asche und Steinen nach Zacharias zu suchen. Aber was, wenn dort wahrhaftig der Teufel hauste? Vielleicht war er dem Teufel ja in der Nacht nur zufällig nicht begegnet. Vielleicht hatte er selbst den Ort gerade noch rechtzeitig wieder verlassen, wohingegen Zacharias geblieben war.

Zacharias war dort verschwunden und Jannis vielleicht auch. Da war es naheliegend, dass es mit dem Teufel zuging.

Aber wer würde ihm das schon glauben?

Nachdenklich drehte er sich zu Wentzel um, der noch

immer vor der Mauer saß und ihn anstarrte, und fasste einen Entschluss.

Ja, das war es! Das war die Lösung!

Abrupt wandte Caspar sich nach links und lief, so schnell er konnte, an der Stadtmauer entlang.

Voll beladene Pferdefuhrwerke, die durch das Tor in der Mauer in die Rheingasse fuhren, kreuzten schon bald seinen Weg und er folgte ihnen in die Gasse.

Zwei sittsam gekleidete Frauen, die ihr Haar sorgsam unter weißen Hauben versteckt hatten, standen vor dem Haus auf der linken Seite, wo Katharina wohnte.

»Totgezaubert soll diese Katharina den armen Max haben, hat Agnes erzählt«, hörte er die eine sagen, während er näher kam.

»Eine Schande für unsere feinen Ratsherren, dass es ihnen nicht gelingt, das Hexenübel auszurotten«, sagte die andere. »Selbst ob sie den Jüd anklagen, diesen Samuel, erörtern sie noch.«

»Eine Teufelshur hat sich Hinrich Belberg mit dem Weib ins Haus geholt«, bemerkte die Erste. »Die Kölner Frauen sind diesem Herrn zum Heiraten wohl nicht gut genug. Nur ein einziges Mal hat diese Katharina bisher den Gottesdienst besucht.«

Vorsichtig drückte Caspar sich entlang der Hauswand an den tratschenden Frauen vorbei. So angeregt waren die beiden in ihr Geschwätz vertieft, dass sie ihn nicht einmal bemerkten.

Schluchzend trat eine schwarzgekleidete Frau aus dem Haus von Hinrich Belberg, die er nicht kannte. Ein älterer Herr folgte ihr.

Vielleicht war ja jemand gestorben. *Nein, nicht Katharina. Ganz bestimmt nicht!* Blitzschnell huschte Caspar hinter den beiden in das Haus und in eine dunkle Nische unter der Treppe, die ins erste Stockwerk führte.

Seine Hände wurden kalt, als er Schritte hörte.

»Schließ die Haustür, Fronicka«, hörte er eine Frauenstimme, die keinesfalls Katharina gehörte. »Ich hab dir doch befohlen, die Leute, die Max im Trauerzimmer besucht haben, zur Tür zu begleiten. Und dann geh in die Küche und bring Katharina das Abendessen in ihr Gemach. Eine Zauber'sche dulde ich nicht länger an meinem Tisch.«

»Hör auf, so zu reden, Agnes«, war Gabriel Belbergs barsche Stimme zu hören. »Die Leute tratschen schon. Was wird Hinrich sagen, wenn er zurückkehrt?«

Wundervoller Essensduft hing in der Luft, und Caspar presste beide Hände fest auf seinen Magen, um ein Knurren zu verhindern.

»Dankbar sollte Hinrich uns sein, dass wir ihn vor diesem Weib warnen«, war die Stimme der Frau zu hören. »Ein Hasenfuß bist du, dass du dich vor ihm fürchtest. Das warst du schon immer. Denkst du, ich hätte nicht bemerkt, wie du Katharina ansiehst? Erwartest du, dass ich das dulde? Reicht es dir nicht mehr aus, dich mit Dirnen rumzutreiben?«

»Was war das?«, sagte Gabriel plötzlich und die Worte erschreckten Caspar, denn sein leerer Magen hatte ein Gluckern hören lassen.

Verängstigt drückte er sich tiefer in die Nische. Zu lebendig war die Erinnerung daran, wie Gabriel Belberg mit einem Schwert vor Valentin gestanden hatte, nachdem ihnen der Überfall auf die Kutsche missglückt war.

Bebend horchte Caspar auf die Schritte, die sich ihm näherten. *Gleich sieht er mich!*

*****

Einige Zeit später flackerte das Licht der Kerzen sanft über das Gesicht des toten Kindes. Längst hatte der Abend den Tag vertrieben.

Als ob er schliefe, lag der Junge mit einem Strauß Maiglöckchen in den gefalteten Händen auf dem Bett in der Kammer, und Katharina lief eine Träne über das Gesicht, während sie sich am Fußende des Bettes niederkniete. *Ein Bruder hättest du für mein Kind sein können,* dachte sie. *Und ich wäre dir eine Freundin gewesen.*

Agnes hatte ihr verboten, zu Max in das Trauerzimmer zu gehen, und dennoch hatte sie es getan. Wenigstens einmal hatte sie für den Jungen, dem sie eine Freundin hätte sein können, noch beten wollen.

Mit leisen Schritten hatte sie sich über die Treppe ins Erdgeschoss geschlichen und war zu einer Tür unter der Treppe gegangen, hinter der das Trauerzimmer eingerichtet worden war.

Wie erwartet war sie allein. Niemand hielt Totenwache für Max. Niemand in diesem Haus trauerte um Hinrichs Sohn außer ihr selbst und die Bediensteten.

Sorgenvoll legte sie eine Hand auf ihren Bauch. Bereits eine ganze Weile hatte ihr ungeborenes Kind sich nicht mehr bewegt. Aber dennoch ging es ihm gut. Da war sie sich sicher, es schlief bestimmt nur.

Das schwarze Kleid raschelte, als sie aufstand. Heftiger Schmerz durchzuckte ihren Bauch. Nein, das hatte nichts zu bedeuten. Alles war in Ordnung. Das war so. Das musste einfach so sein!

Ein Geräusch ließ sie aufhorchen, während sie sich noch einmal bekreuzigte. Wie erstarrt hielt sie in der

Bewegung inne. Gab es hier Ratten? Oder war sie etwa nicht allein?

Da! Da war das Geräusch wieder.

Eindeutig hockte jemand in dem Schrank in der Ecke. Entschlossen nahm sie allen Mut zusammen, lief zu dem zweitürigen Schrank, riss ihn auf und blickte zu ihrem Erstaunen in ein sommersprossiges Gesicht. »Caspar!«

»Ein Glück. Ihr seid es.« Erleichterung schwang in Caspars Stimme mit, während er aus dem Schrank kletterte und die Tür hinter sich schloss. »Lange hätte ich es hier nicht mehr ausgehalten. Ich dachte schon … Vorhin war auch schon eine Frau hier. Aber das wart nicht Ihr. Laut gebetet hat sie und so bitterlich geweint, dass mir fast selbst die Tränen kamen.«

»Was tust du hier?«

»Beinah hätte mich dieser Gabriel vorhin erwischt. So knapp war das.« Mit Zeigefinger und Daumen formte Caspar einen schmalen Schlitz. Befangen schielte er dann zu dem Leichnam auf dem Bett. »Wieso ist der Junge tot?«

»Max war sehr krank. Wie bist du denn hier reingekommen?« Hoffnung keimte in Katharina auf. »Weißt du etwas über Jannis?«

»Ja und nein.« Er blickte ihr ins Gesicht. »Eine lange Geschichte«, fügte er hinzu, als er ihr Stirnrunzeln sah.

»Bitte erzähl sie mir.« Katharina setzte sich auf den Stuhl zwischen Schrank und Bett, als sie erneut einen stechenden Schmerz spürte.

Es dauerte eine Weile, bis Caspar alles berichtet hatte. Anfangs stotterte er ein bisschen. Doch dann sprudelte alles aus ihm heraus.

»Du denkst also, dass beide Männer an jenem Ort

verschwunden sind«, sagte Katharina, als er fertig war. »Sowohl Jannis als auch der Bettler.«

»Ich weiß nicht. Zacharias auf jeden Fall, glaube ich.«

»Recht hast du getan, zu mir zu kommen.« Zu ihrer Erleichterung spürte Katharina dieses Mal keinen Schmerz im Bauch, als sie aufstand. »Sei bedankt, dass du mir das erzählt hast. Dafür belohnen kann ich dich leider nicht.«

»Aber das habt Ihr doch längst«, platzte es aus Caspar heraus. »Mit der Gewandnadel.« Auch wenn er die törichterweise Zacharias gegeben hatte. »Und als Ihr meinen Bruder gerettet habt.«

»Deinen Bruder?«

»Ach, nichts. Ich gehe jetzt.« Er wandte sich ab.

»Warte, Caspar!«

Nein. Nur raus hier! So sehr er Katharina auch mochte, vor dem toten Kind auf dem Bett grauste es ihm. Außerdem war er inzwischen so hungrig, dass sein Magen schmerzte.

Ratlos stand Katharina da, nachdem Caspar gegangen und das Öffnen und Schließen der Haustür zu hören war. Was sollte sie denn nun machen? War Caspars Geschichte nur das Hirngespinst eines Kindes oder konnte das wahr sein?

»Hab ich mich also nicht getäuscht, als ich Stimmen hörte?« Mit einem Kerzenleuchter in der Hand trat Agnes durch die Tür in das Zimmer. »Mit wem habt Ihr gerade gesprochen, Katharina? Mit dem Teufel? Ist es nicht genug, dass Ihr Max totgezaubert habt? Müsst Ihr seine Seele auch noch schänden?«

Katharina atmete tief durch. »Manchmal denke ich, Hinrich täte Recht daran, Euch aus dem Haus zu jagen, Agnes«, sagte sie, weil die Anschuldigungen sie wütend machten. Natürlich wusste sie, dass solche Worte nicht gut gewählt waren und sie sich Agnes damit noch mehr zur Feindin machte. Aber sie konnte und wollte derartige Beleidigungen nicht mehr über sich ergehen lassen. »Eure Worte sind widerwärtig, beleidigend und demütigend, Agnes. Wie könnt Ihr es wagen, so mit mir zu reden?«

13

Der steife Leichnam auf dem Boden, an den sich Wentzel in dem Keller verzweifelt klammerte, war kalt. Kein Blut pulsierte mehr durch die Adern seines Freundes Zacharias. Längst hatte der Tod ihn besiegt.

»Zacharias, bitte wach auf! Sie kommen. Sie holen uns. Ich höre sie.«

Im Mondlicht, das durch die Öffnung in der Kellerdecke über ihnen fiel, wirkte Zacharias' lebloses Gesicht aschfahl. Sein Schlapphut lag neben ihm. Mit der wenigen ihm verbliebenen Kraft gelang es Wentzel, Zacharias' Oberkörper ein Stück anzuheben. Doch steif wie ein Brett fiel der sofort wieder zurück auf den Boden.

Wentzels Beine, die so dünn waren wie Stecken, drohten nachzugeben, als er aufstand und die Sprossen der Leiter hochkletterte. Lichter! Wie Glühwürmchen sah er sie draußen durch die Nacht schwirren, als er den Kopf durch die Öffnung in der Decke steckte. Dämonen! Die Hölle hatte sich geöffnet!

»Zacharias, bitte wach auf! Sie kommen.« Mit zitternden Knien stieg Wentzel die Leiter wieder herab und kniete sich neben ihn. Nein, sein Freund war nicht tot, er schlief nur. Zacharias' Seele hatte dessen Körper nicht verlassen. Noch während des Tages hatte er ihn hier gefunden und sofort war klar gewesen, dass Zacharias nur schlief. Manchmal schlief er eben so fest, dass man ihn für tot halten konnte. Jeden anderen Gedanken konnte Wentzel nicht ertragen.

Weil der rothaarige Junge ihm erzählt hatte, dass er mit Zacharias die abgebrannten Häuser aufgesucht hatte, war er hier. Und wegen des Beutels mit Zacharias' Habseligkeiten oben neben der Bodenklappe hatte er ihn hier im Keller gefunden.

»Ja, du musst dich ausruhen«, hatte er gesagt, als er Zacharias so ruhig auf dem Kellerboden hatte liegen sehen. »Schlaf nur.«

Erleichtert, seinen Freund gefunden zu haben, waren Wentzel Tränen über das Gesicht gelaufen. Mit zittriger Hand hatte er Zacharias' offene starre Augen geschlossen, sich neben ihn gelegt und war vor Erschöpfung eingeschlafen. Seit Tagen hatte Wentzel nichts gegessen und nur ein wenig Regenwasser getrunken. Aber sobald er aufwachte, würde Zacharias wieder für sie beide sorgen. Ganz bestimmt.

Doch nun war alles anders. Draußen war es finster und die Ausgeburten der Hölle kamen. Dämonen!

Jetzt waren sie über ihm an der Öffnung in der Decke, und plötzlich ging alles ganz schnell. Behände kletterten sie die Leiter herab und Wentzel schrie auf, als einer der Dämonen ihn packte. »Nein, nein! Gott, erbarme dich! Rette meine Seele!«

Kräftige Hände umklammerten ihn und zogen ihn auf die Füße. Die Lichter, die er draußen hatte herumgeistern sehen, umschwirrten ihn hier und jetzt.

»Der ist tot.« Die Stimme klang dumpf.

Nein, das stimmt nicht!, schrie Wentzel innerlich auf. *Zacharias lebt!*

Ihm fehlte die Kraft, sich zu wehren, als er mit dem Rücken gegen die Wand gestoßen wurde. Zu seiner Verblüffung erblickte er allerdings keinen Dämon, sondern einen kräftigen Mann mit dunklem Haar und Bart, und das Licht war eine Laterne.

»Wo ist Jannis?«, schrie der Dunkelhaarige ihn an.

»Ich … Ich weiß nicht, wovon Ihr sprecht.« Wentzels Stimme war nur ein Krächzen. Dann folgte ein bellender Husten.

»Halt den Bettler fest, Martin.«

»Ja, ist gut, Gabriel.«

Jäh ließ der Dunkelhaarige Wentzel los, bevor ein anderer Mann mit braunem Haar ihn erneut gegen die Wand drückte.

»Geh nur, Gabriel«, bestätigte der Mann namens Martin, und mit vom Husten tränenden Augen sah Wentzel zu, wie dieser Gabriel zu einer Tür am Ende des Kellerlochs ging.

»Sie ist verschlossen.« Etliche Male trat Gabriel gegen die Tür, bis sie endlich nachgab und aufschwang. »Nichts«, sagte er, als er mit der Laterne in die Kammer dahinter leuchtete.

»Gott, Herr im Himmel! Was ist das?« Mit weit aufgerissenen Augen starrte Martin, ohne Wentzel loszulassen, auf den Boden. »Sieh dir das an, Gabriel. Ist das nicht …? Ist das …?« Erschauernd bekreuzigte er sich. »Ist das nicht langes Frauenhaar? Heißt es nicht, den beiden toten Dirnen sei das Haar abgeschnitten worden?«

Doch Gabriel hörte ihn nicht. Längst war er in der Kammer hinter der Tür verschwunden, tauchte aber rasch wieder auf. »Ich brauche Hilfe, Martin.«

»Würde ich ja gern. Aber wenn ich den Bettler loslasse, sehen wir ihn nur noch von hinten.«

»Da kommt Franz bereits. Der kann mir helfen.«

Erst jetzt bemerkte Wentzel den Mann mit welligem rotem Haar, der die Sprossen der Leiter herab in das Kellerloch stieg.

»Komm mit mir, Franz.« Anstatt allerdings vorauszugehen, blieb Gabriel abrupt stehen und hob etwas auf, das neben Zacharias' Leichnam auf der Erde lag. Sprachlos hielt er die Laterne höher, um es auf seiner Handfläche deutlicher sehen zu können. Das konnte doch nicht sein. Das war unmöglich! Eindeutig war das die Anstecknadel, die laut Agnes in Max' Bett gelegen hatte. Katharinas Gewandnadel! Was tat die hier?

Völlig verblüfft konnte er den Blick nicht von dem Schmuckstück aus Bronze lassen. Mit winzigen roten Granatsteinen war es besetzt und einer davon fehlte. Ja, das war tatsächlich Katharinas Gewandnadel. Bereits als Agnes sie ihm gezeigt hatte, hatte er den fehlenden Stein bemerkt.

Stimmte es also doch?

War es also kein Wahn oder übles Blendwerk von Agnes, wenn sie hartnäckig darauf beharrte, Katharina sei eine Zauber'sche?

Allein der Gedanke, dass Katharina tatsächlich eine Teufelshur sein könnte, ließ ihn bereits schlucken.

»Möglicherweise weiß ich, wo Jannis von der Laar ist«, hatte Katharina vorhin behauptet, nachdem Agnes sie bei Max im Trauerzimmer angetroffen hatte. Zuerst hatte er ihren Worten keinen Glauben geschenkt und nur gelacht. Aber Katharinas ehrlicher Blick und ihre Bitte, Jannis an diesem Ort hier zu suchen, waren eindringlich gewesen. Sosehr hatte sie ihn angefleht, dass er sich gegen seinen Willen darauf eingelassen hatte und mit drei Freunden hierhergekommen war.

»Was ist?« Die tiefe Stimme seines Freundes Franz riss Gabriel aus seinen Gedanken. »Was hast du da? Eine Gewandnadel?«

»Nichts. Folg mir einfach.«

Die Kammer hinter der Tür, die er zuvor mit Gewalt geöffnet hatte, war eng. Übel riechende Luft nahm ihnen den Atem. Pfützen standen auf dem Boden.

»Gott, stinkt das hier«, sagte Franz mit Blick auf die zwei toten Ratten in einer Ecke. »Wie nach faulen Eiern.«

»Hilf mir mal.« Gabriel positionierte sich vor einer weiteren Holztür am Ende der Kammer. »Die ist abgeschlossen und alleine bekomme ich sie nicht auf.«

Gemeinsam traten sie gegen die Tür, einmal, zweimal, dreimal, viermal.

»Verflucht!«, sagte Gabriel, als es noch immer nicht gelingen wollte. Kraftvoll warf er sich mit der Schulter gegen die Tür, während Franz erneut dagegen trat. Mit einem Knirschen gab die Tür endlich nach und schwang auf.

Wie in einer Gruft roch es in der engen Kammer dahinter, als sie eintraten. Der süßliche Gestank von Verwesung hing in der Luft. Das Skelett einer Ratte knirschte, als Franz versehentlich darauf trat.

»Jannis!« Mit zwei Schritten war Gabriel bei ihm. »O mein Gott, Jannis!«

»Ist er tot?«, fragte Franz.

Währenddessen drückte Martin im anderen Teil des Kellers noch immer den Bettler gegen die Wand. »Du und der andere Bettler wart das, ja?«, zischte er. »Du und der tote Bettler da, ihr beide habt den Dirnen Helena und Marie das angetan.« Sein Blick glitt zu Zacharias' Leichnam und dann zu dem hellen und roten Haar auf dem Boden.

»Zacharias ist nicht tot«, ließ Wentzel ein Wimmern hören. »Das ist er nicht.«

»Natürlich ist er das. Genauso tot wie ein geschlachteter Ochse. Aber da ist kein Blut. Nirgendwo. Wie hast du ihn also getötet?«

»Ha-hab ich nicht.« Speichel lief aus Wentzels Mund in seinen filzigen Bart, während er sich kaum noch auf den Beinen halten konnte.

»Durch Zauberei?«, ließ Martin nicht locker. »Ist es so?«

»Was? Nein. Weiß nicht.« Mit aufgerissenen Augen starrte Wentzel Martin an. »Was wollt Ihr von mir?«

»Was ist hier los?«, sagte jemand und Wentzel sah einen weiteren Mann, den er nicht kannte, durch die Öffnung in der Kellerdecke zu ihnen herabblicken. »Habt ihr Jannis gefunden?«, fragte der.

»Darum kümmern sich Gabriel und Franz.« Martin schaute zu dem Mann hoch. »Wir müssen den Bettler hier zu einem Gerichtsdiener bringen. Der Jude aus Deutz, der im Gefängnisturm hockt, war's wohl gar nicht. Die beiden Bettler haben die Dirnen Helena und Marie getötet. Und danach hat der eine den anderen umgebracht.«

»Nein, bitte.« Wentzels dürre Beine drohten einzuknicken, als er von Martin zu der Leiter gestoßen wurde. »Ich kann nicht mitkommen. Ich kann Zacharias nicht alleinlassen.«

*****

»Was ist das?«, brüllte Gabriel einige Zeit später und hielt Katharina ihre Anstecknadel hin.

Nie zuvor hatte Katharina ihn so zornig gesehen wie jetzt, wo er sie in ihrem Gemach gegen die Wand drückte.

»Meine Gewandnadel.« Verblüfft blickte sie auf das Schmuckstück mit den roten Steinen, das sich von seiner Handfläche abhob.

»Die lag neben der Leiche eines Bettlers.«

»Wie bitte?«

»Habt Ihr eine Erklärung dafür, Katharina?«

»Ich hatte sie verschenkt.«

»An wen? An den Teufel?«

»Nein. An ...« Sie zögerte. Sie durfte Caspar nicht verraten. Ganz sicher würde Gabriel ihn dann nicht in Ruhe lassen.

»Also? An wen habt Ihr sie verschenkt?«

»An den Bettler, bei dem Ihr sie gefunden habt«, log sie.

»Wann soll das gewesen sein? Ihr wart doch die ganze Zeit über hier.«

»Nein. Gestern war ich kurz am Rhein und habe mit dem Bettler gesprochen. Wenn die Gewandnadel neben ihm lag, hat er sie verloren. Bitte glaubt mir.«

Wut und Anspannung wichen aus Gabriels Miene. »Woher wusstet Ihr, wo Jannis war?«

»Der Bettler hat mir von jenem Ort mit den abgebrannten Häusern erzählt«, log sie ein weiteres Mal. »Als Dank für die Gewandnadel.«

Gabriel ließ sie los. »Und das soll ich Euch glauben?«

»Es ist die Wahrheit. Bitte sagt mir, ob Ihr Jannis gefunden habt und ob er noch lebt?«

»Ja, das tut er. Aber er ist dem Tode näher als dem Leben. Vermutlich wird er sterben.«

»Nein.«

»Doch.« Erneut flammte Argwohn in Gabriels Augen auf. »Wenn Ihr etwas damit zu tun habt, dann …«

Ihre Lippen zitterten. »Das habe ich nicht. Nichts wünsche ich mir mehr, als dass Jannis von der Laar am Leben bleibt.«

»Warum interessiert Euch das? Ihr kennt ihn kaum.« So nah kam er ihr, dass sein Atem über ihre Wange glitt.

Sein Blick streifte ihre Lippen, und im nächsten Moment wusste sie nicht, wie ihr geschah, als er sie bei den Schultern packte und gewaltsam einen Kuss auf ihren Mund drückte.

»Lasst mich!« Erbost stieß sie ihn von sich. »Welch Schande bringt Ihr über mich und Euer Weib. In Kürze werde ich Euren Vater heiraten.«

Nackte Wut über ihre Abfuhr verdunkelte sein Gesicht. »Dass ich nicht Hinrichs leiblicher Sohn bin, wisst Ihr genau. Kein Grund also, Euch zu zieren.«

»Ja, und ich weiß auch, dass Ihr deshalb nur von Hinrichs Gunst und Gnade abhängig seid. Ich werde das nicht ausnutzen, glaubt mir, auch wenn ich Hinrichs Frau werde. Weder Euch noch Eurem Eheweib Agnes will ich schaden, Gabriel. Es muss doch irgendwie möglich sein, einvernehmlich miteinander zu leben.«

Seine Mundwinkel zuckten. »Ihr hättet mich nicht zurückstoßen sollen. Um Jannis sorgt Ihr Euch, und einen alten Mann wie Hinrich, der Euer Vater sein könnte, wollt Ihr zum Manne nehmen. Und mich weist Ihr ab?«

Aus dem Augenwinkel sah Katharina durch die offene Tür eine Bewegung auf dem Flur. Regungslos stand dort eine Gestalt, die sich jetzt umdrehte und davonlief. *Agnes!*

Gabriel hatte sie offenbar auch bemerkt. »Verflucht!« Widerwillig ließ er von Katharina ab und folgte ihr. »Agnes, warte!« Im Speisezimmer holte er sie ein und packte sie am Arm. »Warte. Du verstehst das falsch.«

»Was ist daran falsch zu verstehen, Gabriel?«

»Es hatte nichts zu bedeuten.«

»Was hast du da?«, sagte sie, als sie die Anstecknadel in seiner Hand sah. »Ist das Katharinas Gewandnadel? Ist es jene, die ich bei Max gefunden habe? Wo hast du die her?«

»Nirgendwo. Ich …«

»Erzähl es mir.«

Unschlüssig stand er da. Die Abfuhr, die Katharina ihm erteilt hatte, demütigte ihn zutiefst. »Nicht hier«, sagte er. »Komm mit.«

Mit gefalteten Händen setzte sich Katharina währenddessen auf ihr Bett. So gerne wollte sie bei Jannis sein. Zu wissen, dass er vielleicht starb, war grausam. Nein. Das durfte er nicht. Er durfte nicht sterben. *Bitte, Gott! Lass das nicht zu.*

Morgen früh würde Gabriel ihn sicher aufsuchen, und irgendwann würde sie dann erfahren, was mit Jannis war. Aber das reichte ihr nicht. Das dauerte zu lange. Andererseits konnte sie nichts tun. Es blieb ihr also nichts als abzuwarten. Irgendwie musste sie die Nacht überstehen.

14

»Nein, verschwinde!«, rief Jannis am nächsten Morgen, während er sich auf seinem Bett hin und her wälzte.

Schwer lastete der Dämon auf seiner Brust, sodass er kaum atmen konnte. Heiß wie Feuer wischte die Ausgeburt der Hölle mit der Zunge über sein Gesicht. Es fühlte sich an, als würde er brennen.

»Jannis! Jannis, hört Ihr mich? Ich bin es?«

»Katharina?« Ja, das war sie, das war ihre Stimme. Krampfhaft tastete er nach ihrer Hand und klammerte sich an sie, als er sie endlich fand.

Nur mit Anstrengung öffnete er die Augen und sah sie an. Reglos stand sie neben seinem Bett und hielt seine Hand fest. Tränen liefen über ihr Gesicht. Doch sogleich verschwamm ihr Antlitz vor seinen Augen und er fiel wieder zurück in seine Fieberträume und kämpfte gegen die Dämonen, die ihm den Atem nahmen.

»Wir brauchen kaltes Wasser und Tücher.« Bittend sah Katharina Jannis' Großmutter Henriette an, die am Fußende des Bettes stand. »Wir müssen doch das Fieber senken.«

»Ihr dürftet gar nicht hier sein, Kind.« Auf ihren Stock gestützt stand Jannis' Großmutter Henriette in ihrem dunkelgrauen Kleid ruhig da. Ihr sorgenvoller Blick war auf Jannis gerichtet. »Wenn mein Sohn erfährt, dass Ihr hier seid, wo Ihr doch bald mit Hinrich Belberg vermählt sein werdet und Jannis mit Sophia von Eschenau, dann …«

Ja, Henriette hatte recht. Katharina hielt Jannis' Hand ganz fest. Auch wenn sie Jannis zugetan war, gehörte sie nicht hierher. Sie hatte hier nichts zu suchen. Sie hätte nicht hierher kommen dürfen. Aber sie hatte nicht anders gekonnt. In aller Früh war sie Gabriel zu einem Haus am Rande des Platzes namens Alter Markt gefolgt. Dort lebte Jannis' Familie und Henriette hatte sie hereingelassen, nachdem Gabriel wieder gegangen war.

»Bitte geht jetzt, Katharina.« Trotz des forschen Klangs versteckte sich in Henriettes Stimme ein warmer Ton. »Auch wenn mein Enkelsohn Euch offenbar viel bedeutet, was ja deutlich zu spüren ist. Aber eine Verbindung zwischen Euch und meinem Enkel darf nicht sein.«

Katharinas Blick hing an Jannis. Noch immer hielt sie seine Hand, während er unverständliche Worte murmelte. Das helle Haar klebte ihm feucht an Stirn und Wangen und seine kurzen krampfhaften Atemzüge erschreckten sie. Ab und zu entrang sich seiner Kehle ein bösartiger Husten. Sein Gesicht glühte. Sein Körper war schweißgebadet.

In einem feuchtkalten Kellerloch sei er gefunden worden, hatte Henriette ihr erzählt. Zwar hatte hereintropfendes Regenwasser wohl sein Leben gerettet, weil er deshalb nicht verdurstet war. Aber die feuchte Kälte hatte ihr Übriges getan und ihn krankgemacht. Noch dazu war sein verletztes Bein entzündet.

Wie Gabriel gesagt hatte, war er dem Tode näher als dem Leben. Sie konnte doch jetzt nicht einfach gehen und ihn so zurücklassen.

»Bitte geht, Katharina.« Henriettes Stimme klang eindringlicher als zuvor.

Tränen liefen über Katharinas Wangen, als sie ihre kühlen Finger aus Jannis' heißer Hand zog.

Ja, sie musste gehen. Eine andere Wahl hatte sie nicht.

Nur kurz waren Stimmen vor der Zimmertür zu hören, bevor sie plötzlich geöffnet wurde, und hastig wischte Katharina sich die Tränen weg.

Ein Mann mit Halbglatze und graubraun meliertem Bart kam herein, hochgewachsen und stattlich wie Jannis. Ihm folgte eine junge Frau mit rötlichem Haar. Trotz des schwarzen Kleides wirkte sie schön, wenn auch ein wenig hager. In ihren hellen Augen spiegelte sich jedoch keinerlei Gefühl, weder als sie Henriette noch als sie Jannis ansah.

Der Blick des Mannes glitt zu Katharina, während er zu Henriette an das Fußende des Bettes trat. »Was macht dieses schwangere Weib hier, Mutter?«

»Darf ich sie dir vorstellen? Das ist Katharina Anstett«, sagte Henriette kühl. »Und das ist mein Sohn, Katharina. Albrecht von der Laar, Jannis' Vater. Und die junge Frau neben ihm ist Sophia von Eschenau, Jannis' zukünftiges Eheweib.«

»Ihr seid also die Frau, die Hinrich Belberg heiraten wird.« Schnellen Schrittes ging Albrecht um das Bett herum und reichte Katharina die Hand. »Dennoch solltet Ihr nicht hier sein. Das ist unschicklich.« Sie sah das Erstaunen in seinen Augen, als er eine verbliebene Träne auf ihrer Wange bemerkte.

»Ja, ich weiß.« Beschämt senkte Katharina den Blick. »Ich bin Eurem Sohn ja auch nur zwei oder drei Mal begegnet. Gleichwohl wollte ich wissen, wie es ihm geht, und bin Eurer Mutter sehr dankbar, dass sie mich eingelassen hat. Aber natürlich habt Ihr recht. Es ist unziemlich, und deshalb gehe ich nun.«

Sie schaute zur Tür, als drei Männer eintraten. Einer

hatte dunkles lockiges Haar, ein spitzes Gesicht und war ärmlich gekleidet, während die anderen beiden offenbar Stadtsoldaten waren und an der Tür stehen blieben.

»Samuel wird sich jetzt um Jannis kümmern«, sagte Albrecht. »Er ist der Beste. Besser als jeder andere der feinen Herren Ärzte der Stadt.«

»Aber es heißt doch, er säße im Turm.« Erstaunen schwang in der Stimme von Jannis' Großmutter Henriette mit, während sie den Juden mit dem dunklen lockigen Haar anblickte. »Wegen der toten Dirne und weil er mit dem Teufel im Bunde sei.«

»Zu seinem Glück hat Samuel einen guten Leumund. Viele Deutzer Bürger und vereinzelte reiche Kölner haben gegen seine Verhaftung protestiert. Einige verbürgen sich sogar für ihn. Und da sich in der letzten Nacht gezeigt hat, dass nicht Samuel, sondern die Bettler die Dirnen getötet haben, ist alles anders. Meinen Einfluss habe ich geltend machen können, dass er das Gefängnis für kurze Zeit in Begleitung von zwei Stadtsoldaten verlassen darf.«

Katharina legte ihren Umhang um und ging zu Henriette. »Meinen Dank dafür, dass Ihr mir erlaubt habt, Jannis zu besuchen.«

Ruhig und kurzatmig lag er nun da, als sie noch einmal zu ihm blickte. Es schnitt ihr ins Herz, gehen zu müssen. Traurig verließ sie den Raum, huschte durch die Diele zur Haustür und trat nach draußen auf den Marktplatz, der ringsherum von Häusern umgeben war.

Kalter Wind fegte ihr dort ins Gesicht. Noch immer schenkte der Frühling der Stadt nur wenig Wärme.

Nein, das Gewimmel aus Menschen auf dem erwachenden Markt konnte sie jetzt nicht ertragen. Was, wenn Jannis es nicht schaffen würde so wie Max? Falls das Fieber nicht sank, würde er vielleicht nicht einmal die Nacht überleben. Sie konnte doch jetzt nicht einfach nach Hause gehen und so tun, als ob nichts wäre.

Schräg hinter sich sah sie den Turm des Rathauses, und vor ihr über den Häusern an der Ostseite des Platzes erhellte der Schein der Morgensonne den Himmel. Irgendwo dort war auch die Kirche, an der sie mit Jannis vor ein paar Tagen vorbeigelaufen war. Dorthin würde sie gehen und für ihn beten.

*****

Die überdachte schwarze Kutsche vor dem Haus der Familie Belberg war nicht zu übersehen, als Katharina in die Rheingasse zurückkehrte.

Hinrich ist wieder da!

Nie hätte sie geglaubt, dass sie das freuen könnte. Aber es würde alles ändern. Keinen Tag länger würde sie Agnes' Beleidigungen ertragen müssen.

Der Besuch in der Kirche hatte ihr gutgetan. Etliche Gebete hatte sie für Jannis gesprochen. Nein, er würde nicht sterben. Das durfte nicht geschehen.

Vor der schwarzen Kutsche blieb sie stehen. Den Kutscher mit dem sonnengegerbten Gesicht auf dem Bock kannte sie nicht. Doch wen kannte sie in Köln schon? Noch immer war sie hier eine Fremde. Es kostete den Mann Mühe, die nervösen dunklen Pferde ruhig zu halten, und sein Blick folgte ihr, als sie zur Haustür ging.

Fronicka öffnete ihr die Tür und sie schenkte der Dienstmagd ein Lächeln. Im Gegensatz zu sonst wurde es allerdings nicht erwidert.

»Der Herr wartet im Speisezimmer auf Euch.«

Stille herrschte, während Katharina die Treppe hochging. Ach, was sorgte sie sich eigentlich? Was hatte sie denn schon zu befürchten, nur weil sie ohne Begleitung das Haus verlassen hatte? Dennoch legte sich eine Vorahnung wie ein Schleier auf ihre Seele, als sie das Speisezimmer betrat.

Ein kleiner Mann mit dunklem Wams, Kniehosen und hellem Haar, das unter einem breiten Hut mit einer Vogelfeder hervorschaute, kam ihr dort entgegen. An beiden Seiten der Tür standen Stadtsoldaten mit Pistolen bewaffnet, und abrupt blieb sie stehen.

»Wo seid Ihr gewesen, Katharina?«, sagte Gabriel barsch, der mit Agnes vor dem Tisch stand.

»Wo soll eine Zauber'sche schon gewesen sein?« Die Worte des kleinen Mannes mit dem breiten Hut klangen scharf. »Auch während des Tages finden sich abgelegene Orte, um mit dem Teufel zu tanzen.« Er blieb vor ihr stehen und der Blick seiner kleinen Augen heftete sich an sie. »Doktor Heinrich Glimbeck, städtischer Kommissar und Dechant von St. Severin. Doch heute bin ich in der Funktion als Kommissar hier. Gegen Euch liegt eine Anklage wegen Hexerei, Teufelsbuhlschaft und Schadenzauber vor.« Das Papier, das er in seinen klobigen Händen hielt, knisterte leise. »Laut und verständlich werde ich Euch die Anklageschrift jetzt vorlesen, bevor Ihr in Gewahrsam genommen werdet.«

Wie betäubt wagte Katharina nicht, sich zu rühren. Unbewusst legte sie eine Hand auf ihren Bauch, als das Kind von innen dagegen trat, so als ob es sagen wollte: *Flieh! Nur weg von hier! Rette uns!*

Dass sie Gott verleugne, lautete die Anklage, was

man daran erkenne, wie selten sie den Gottesdienst besuche und dass sie beim Beten kaum die Lippen bewege. Außerdem buhle sie mit dem Teufel und habe sich eines Schadenzaubers bedient, um das Kind Max Belberg totzuzaubern. Hernach habe sie außerdem den Leibhaftigen zu Max gelassen, damit der Zugang zu der Seele des toten Kindes fände. Außerdem habe sie mithilfe von zwei Bettlern die Dirnen totgezaubert und Jannis von der Laar dem Tode nahegebracht. Der Beweis sei ihre bronzene Schmucknadel, die neben dem abgetrennten Haar der toten Dirnen und dem toten Bettler gefunden worden sei. Wo und wie häufig sie allerdings mit dem Teufel getanzt habe, müsse noch in Erfahrung gebracht werden. Ebenso ob sie weitere Menschen oder auch Vieh getötet oder Neugeborene erstickt und zu Asche verbrannt habe.

Völlig überrascht und entsetzt stand Katharina da und blickte zu Gabriel. »Ihr wisst, dass nichts davon wahr ist. Ihr wisst es doch!«, wiederholte sie hysterisch, weil sie ihre aufsteigende Panik nicht mehr unterdrücken konnte. Zu oft hatte sie bereits von dem Grauen der Folter während einer peinlichen Befragen gehört. So mancher war danach ein Krüppel. »Ihr wisst, dass das alles Lügen sind, Gabriel. Wollt Ihr das wirklich? Wollt Ihr zulassen, dass eine schwangere Frau gefoltert wird? Dass mein Kind dabei stirbt? Was wird Hinrich dazu sagen, wenn er zurückkehrt?«

Nervös strich sich Gabriel über den Bart und schaute sie mit dunklem Blick an. »Das Schmuckstück. Die Gewandnadel«, sagte er nur.

»Aber das habe ich Euch doch erklärt. Ich hatte sie dem Bettler geschenkt, um …«

»Dann gebt Ihr es also zu«, ließ Heinrich Glimbeck hören. »Gemeinsam mit den beiden Bettlern habt Ihr einen Pakt mit dem Teufel.«

»Nein, natürlich nicht. Bitte denkt an mein Kind. Selbst wenn Ihr mich beschuldigt. Aber mein Kind kann doch nichts dafür.«

Gott hilf mir, flehte sie innerlich. *Bitte lass mich nicht allein. Manch Sünde mag ich begangen haben, jedoch nicht die, derer man mich beschuldigt.*

»Seht ihr das? Der Mund der Hex bewegt sich, aber kein Wort entweicht ihren Lippen.« Ein Anflug von Hysterie schwang in Glimbecks Stimme mit. »Sie fleht den Teufel um Rettung an. Nehmt sie in Gewahrsam!«

Der Hauptmann der Stadtsoldaten nickte und Katharina zuckte zusammen, als die beiden anderen Soldaten sie bei den Armen packten, während der Hauptmann von Fronicka ein Bündel entgegennahm, das diese offenbar bereits gepackt hatte.

Nein, das konnte doch nicht sein. Das geschah doch nicht wirklich. Gleich würde sie aufwachen und alles würde gut sein. Mit flehentlichem Blick schaute Katharina zu Gabriel. »Bitte, bitte lasst das nicht zu!«

Als trügen ihn seine Beine nicht mehr, hatte Gabriel sich auf einen Stuhl gesetzt und verbarg das Gesicht in den Händen. Agnes saß in ihrem schwarzen Kleid mit dem steifen runden Mühlenkragen ruhig neben ihm und hatte den Blick auf ihre gefalteten Hände gerichtet.

»Bitte, Agnes«, sagte Katharina. »Bitte sagt die Wahrheit. Das, was hier gerade geschieht, könnt Ihr doch nicht wollen. Freundinnen hätten wir sein können.«

»Schluss damit«, sagte Heinrich Glimbeck. »Im Gegensatz zu Euch hat Agnes Belberg einen ausgezeichneten

Leumund in Köln. Euch dagegen kennt hier niemand. Eine Gegenhaft der Zeugin Agnes Belberg oder Ähnliches kommt also nicht infrage. Bringt die Beschuldigte zur Kutsche.«

Geschah es wahrhaftig, dass sie von den Soldaten die Treppe hinabgeführt wurde?

Die Augenpaare sämtlicher Bediensteter waren auf sie gerichtet, während die Soldaten sie im Erdgeschoss zur Eingangstür brachten. Das helle Tageslicht stach ihr in die Augen, als sie nach draußen trat. Kölner Bürger, die zufällig durch die Rheingasse gingen, starrten sie an. Schwindlig vor Entsetzen strauchelte sie im ersten Moment, fing sich aber wieder, bevor einer der Soldaten die Kutschentür öffnete und ihr hineinhalf.

Doktor Glimbeck und der Hauptmann nahmen ihr gegenüber Platz und einer der Soldaten setzte sich neben sie, während der andere zu dem Kutscher auf den Bock stieg. Bereits das Zuschlagen der Tür wirkte auf sie, als ob sich eine Kerkertür schloss, und das Klappern der Pferdehufe, während das Gefährt schaukelnd losfuhr, als ob sie zu einer Hinrichtungsstätte gebracht würde.

Abwechselnd jagten Hitze und Kälte durch Katharinas Körper, sodass sie sowohl fror als auch schwitzte. Nein, das geschah nicht. Das träumte sie doch nur.

*****

»Was steht ihr da herum?«, fauchte Gabriel über die Balustrade zu den Bediensteten ins Erdgeschoss hinab, die sich flüsternd über das Geschehene unterhielten. »Geht wieder an Eure Arbeit. Auf der Stelle! Und du,

Fronicka, bring mir einen kräftigen Wein.« Eine kurze Weile stützte er sich auf die Balustrade, um sich zu beruhigen, um sich wieder zu fangen. Dann ging er zurück in das Speisezimmer. »Geh mir aus den Augen«, sagte er, als er Agnes noch immer an dem Tisch sitzen sah.

»Du hast kein Recht, so mit mir zu reden, Gabriel.«

»Solange Hinrich nicht im Haus ist, habe ich jedes Recht. Verschwinde! Du widerst mich an.« Äußerlich erinnerte seine Frau an die Heiligen auf den Gemälden an den Wänden, so sittsam, so schön und so blass. Innerlich dagegen war sie derart hässlich, dass er sich von ihr abgestoßen fühlte. Eindeutig hatte er den Triumph in ihrer Miene gesehen, als Katharina verhaftet worden war. »Ich sagte, verschwinde!«

Deutlich sah er die Tränen in ihren Augen, als sie aufstand. Aber nicht einmal das rührte ihn mehr. Kaum weniger aufgewühlt als zuvor setzte er sich an den Tisch und verbarg das Gesicht in den Händen. Wieso hatte er das nur zugelassen? Ja, er hatte Katharina verabscheut, zumindest anfangs. Doch nun war es anders. Hätte sie ihn nur nicht abgewiesen und hätte er nicht ihr Schmuckstück in dem Kellerloch gefunden. Vielleicht hätte er dann ja den Willen gehabt, sie zu verteidigen.

Eine Bewegung neben ihm ließ ihn die Hände vom Gesicht nehmen. Die Dienstmagd Fronicka stellte eine Karaffe mit Wein und einen Becher auf den Tisch. *Hübsch ist sie,* dachte er und fühlte sich sogleich ein bisschen besser, während er in das ebenmäßige Gesicht der Dienstmagd blickte, bevor er auf ihren Po schaute. Leider verbarg der lange dunkle Rock dessen Rundungen viel zu sehr. »Du darfst gehen, Fronicka. Ich schütte mir den Wein selbst ein.«

Sobald sie den Raum verlassen hatte, kehrten die düsteren Gedanken wieder zurück. Was würde Hinrich tun, wenn er alles erfuhr?

Das Plätschern des Weins beruhigte ihn, als er den Becher füllte. In einem Zug trank er ihn leer und wischte sich über den Mund, während das schmackhafte Getränk noch durch seine Kehle rann. Nein, hier wollte er jetzt nicht bleiben. Nur raus aus diesem Haus! Unbedingt musste er etwas tun, das ihm half, sich besser zu fühlen.

Das Erste war der Wein, mit dem er den Becher noch einmal füllte, um ihn sofort leer zu trinken.

Das Zweite war eine Dirne, die er sich suchen würde. Jederzeit wusste er, wo sie zu finden waren. Eilig schnappte er sich seinen Mantel, der über einem Stuhl hing, und verließ das Haus.

Nicht einen Moment bemerkte er, dass er verfolgt wurde, während er die Rheingasse entlangging. Der kräftige Wein, den er getrunken hatte, vernebelte bereits seine Sinne und ein natürliches Bedürfnis ließ ihn in eine enge Nische zwischen zwei Fachwerkhäusern gehen. Der Gestank dort war unerträglich. Aber das störte ihn nicht, während er die Knöpfe an seiner Hose öffnete.

Zuerst wusste er nicht, wie ihm geschah, als ihn jemand von hinten packte und ein Messer an seine Kehle setzte.

»Nehmt meinen Beutel und verschwindet«, krächzte er. »Es sind reichlich Münzen darin.«

»Leichtfertig geht Ihr mit dem Leben anderer um, Gabriel«, flüsterte die Stimme desjenigen, der ihn von hinten umklammerte. »Darin ähneln wir uns sehr. Allerdings habe ich Euch nie ein Leid angetan, während Ihr mich zu dem gemacht habt, der ich bin.«

»Was soll das? Wer seid Ihr?« Mehr und mehr spürte Gabriel Furcht in sich hochwallen. »Nehmt meinen Geldbeutel. Das ist es doch, was Ihr wollt. Und dann verschwindet.«

»Ihr wisst, wer ich bin.«

»Wenn Ihr nicht flüstern würdet, wüsste ich es vielleicht.«

»Ganz genau wisst Ihr es. Ihr *wollt* Euch nur nicht erinnern.«

»Woran?«

»Nein, Ihr habt das nicht vergessen. So etwas kann niemand vergessen, nicht einmal Ihr. Ich will, dass Ihr Euch erinnert. Sofort könnte ich Euch töten, aber das wäre zu einfach. So viel Glück habt Ihr nicht verdient.«

Der Schlag gegen seinen Hinterkopf ließ Gabriel zu Boden gehen und raubte ihm kurz die Sinne, bevor er stöhnend wieder aufstand.

Ein Blick in die Gasse sagte ihm, dass dort niemand mehr war außer einem alten Mann mit gebeugtem Rücken, der sich nur mit Mühe auf den Beinen hielt.

Momente lang lehnte Gabriel sich gegen die Hauswand. Allmählich beruhigte sich sein unruhig klopfendes Herz. Was war das gewesen? Es gab nur eines, das er nie würde vergessen können. Allerdings hatte er das längst gebeichtet, hatte Buße dafür getan und Ablassbriefe gekauft.

Diese Schuld war ihm längst vergeben.

*****

»Wie konntet Ihr es wagen, Agnes?

Maßlose Wut spiegelte sich am nächsten Morgen in Hinrich Belbergs Miene, während er vor dem Tisch im Speisezimmer hin und her lief. Sein weißes Haar war zerzaust und seine Lippen inmitten des weißen Bartes zitterten. »Welches Recht habt Ihr, mein zukünftiges Eheweib der Hexerei zu bezichtigen?«

In aller Frühe war er mit Urban aus Münster zurückgekehrt. Kerzen brannten noch auf den Leuchtern. Denn erst jetzt graute der Morgen draußen vor dem Fenster. Das Feuer im Kamin war verloschen. Der Geruch von kalter Asche erfüllte die Luft.

»Verschwinde, Fronicka!«, blaffte Hinrich, als die Dienstmagd hereinkam, um das Feuer zu entfachen. »Und du?« Sein Blick glitt zu Gabriel, der auf einem der Stühle neben Agnes saß. »Wieso hast du das zugelassen? Und wie siehst du aus? Wo hast du dich während der Nacht rumgetrieben?«

Gabriel stützte die Ellbogen auf den Tisch und fuhr sich durch das dunkle Haar. Keinen Moment hatte er heute Nacht geschlafen. Angetrunken war er erst vorhin nach Hause gekommen.

»Dankbar solltet Ihr mir sein, Hinrich.« Entschlossen stand Agnes auf, noch bleicher als sonst. »Dankbar dafür, dass Ihr noch zur rechten Zeit erfahren habt, dass Katharina eine Zauber'sche, eine Gefährliche ist.«

Regungslos stand Hinrich da. »Noch heute sucht Ihr einen der beiden Bürgermeister oder Doktor Glimbeck, den Dechanten von St. Severin, auf und gesteht Eure Lügen.«

»Es sind keine Lügen.« Agnes' Stimme zitterte. »Es ist die Wahrheit.«

»Auf meinen Wunsch hin hat Gabriel Euch geheiratet«,

sagte Hinrich kalt. »Großzügig habe ich Euch in mein Haus aufgenommen, in der Erwartung, Ihr würdet Eure Pflicht tun und mir einen Erben schenken. Doch zu meiner Enttäuschung seid Ihr nur ein liederliches, neidisches, unfruchtbares Weib mit falscher Zunge, das Schande über meine Familie bringt. Ihr habt die Wahl, Agnes. Entweder Ihr kehrt zu Eurer Familie zurück oder Ihr fristet ab heute in meinem Haus ein karges Leben und verbringt Eure Tage allein in Eurem Gemach. An den Mahlzeiten dürft Ihr nicht teilnehmen. Die Speisen holt Ihr Euch selbst aus der Küche. Und die Bediensteten erhalten Anweisung, Euch weder zu bedienen noch mit Euch zu sprechen.«

»Das könnt Ihr nicht tun. Voller Liebe habe ich mich um Max gekümmert, als wäre er mein Sohn.«

»Max ist tot. Wollt Ihr also gehen oder bleiben?«

Wie angewurzelt stand Agnes da. Nur das Blinzeln ihrer Augen enthüllte ihren inneren Aufruhr. »Ihr wisst genau, dass mich meine Familie nicht zurücknehmen wird, solange Ihr die Mitgift nicht zurückzahlt.«

»Dann geht in Euer Gemach.«

»Wenn das so ist, habe ich wohl keine andere Wahl, als meine Verschwiegenheit zu brechen«, blieb sie beharrlich.

»Was wollt Ihr damit sagen?«

»Nichts anderes bleibt mir nun, als dem Stadtrat zu offenbaren, was Euer Geheimnis ist.«

Die Kälte in Hinrichs Miene wandelte sich zu blankem Zorn. »Das wagt Ihr nicht, und wenn doch, verlasst Ihr auf der Stelle mein Haus, gleichgültig ob Ihr als Bettlerin endet.«

Agnes' Hände bebten heftig, während sie ihre Finger

ineinander krallte. Abrupt drehte sie sich um und verließ den Raum.

»Ihr wisst, dass es jetzt nichts mehr nützen würde, selbst wenn Agnes ihre Beschuldigungen widerrufen würde, Vater«, sagte Gabriel, um die plötzliche bleierne Stille zu überwinden, und lehnte sich auf dem Stuhl zurück. »Dieser Heinrich Glimbeck ist ein Besessener, was die Hexenverfolgung betrifft.«

»Warum hast du das nicht verhindert?«

»Agnes. Sie wirkte überzeugend. Und dann die Gewandnadel.« Gabriel atmete tief durch. »Dass ich sie in dem Keller neben dem toten Bettler gefunden habe, hat mich zweifeln lassen, ob Katharina nicht doch eine Zauber'sche ist.«

»Hör auf! In Wahrheit hoffst du, so dein Erbe zu retten.«

»Nein.«

»Lüg nicht, Gabriel. Worum hast du dich gekümmert, während ich in Münster war? Um unsere Geschäfte oder Dirnen?«

»Ist das jetzt so wichtig? Max ist tot und Katharina im Turm. Berührt Euch denn Max' Tod gar nicht?«

»Sein Tot war zu erwarten. Von Geburt an war er schwächlich. Wärst stattdessen du ein besserer Sohn …«

»Warum konntet Ihr uns das nicht ersparen, Vater? Warum musstet Ihr Katharina hierher bringen lassen?«

»Wegen ihres Kindes. Weil ich mir mehr davon erhofft habe als von dir.«

»Nicht einmal, ob sie überhaupt einen Sohn gebären wird, wisst Ihr.«

»Katharina ist deine Schwester, Gabriel. Blut von deinem Blut.«

»Wie bitte?« Der Stuhl schrappte rückwärts über den Boden, als Gabriel aufstand.

»Mehr als zwanzig Lenze ist das inzwischen her«, sagte Hinrich ruhig. »Katharina hat damals auf dem Sitz der Kutsche gelegen. Ein Winzling, höchstens ein paar Monate alt. Und du hast neben ihr gesessen, Gabriel. Etwa drei Jahre alt. Eine Frau, die vermutlich Katharinas Amme war, und jemand im Gewand eines Dieners lagen erschossen am Rande des Weges, und der Kutscher saß tot auf dem Bock. Jemand hatte die Kutsche ausgeraubt, die Erwachsenen getötet und euch Kinder zurückgelassen. Hätte mein eigener Kutscher sich nicht verfahren, wären mein Vetter und ich wohl nie an jenem Ort vorbeigekommen. Das war Gottes Wille.«

»Euer Vetter? Der Mann, mit dem Katharina verheiratet war?«, hörte Gabriel sich sagen. Warum fühlte Hinrichs Geständnis sich an, als risse ihm jemand den Boden unter den Füßen weg? »Mitgenommen und getrennt habt ihr uns damals einfach, ja? Euer Vetter hat Katharina nach Trier mitgenommen und Ihr habt mich nach Münster gebracht, bevor Ihr Jahre später nach Köln umgezogen seid. Wenn es … Wenn es tatsächlich so war, habt Ihr dann je versucht herauszufinden, wer unsere Eltern sind und ob sie noch leben?«

»Wie einen Sohn habe ich dich aufgenommen, Gabriel. Reicht das nicht? Und Katharina ist es ebenfalls gut ergangen, obwohl sie nur ein Mädchen war. Meinem Vetter ist es gelungen, sie bei einem befreundeten Ehepaar unterzubringen, dem der Segen eines eigenen Kindes verwehrt blieb. Leider ist dieses Paar früh verstorben und sobald als möglich hat mein Vetter sich dann mit Katharina vermählt.«

Gabriel ballte die Hände zu Fäusten. Seine eigene Schwester hatte er geküsst. Welch ein Frevel gegen Gott! »Habt Ihr es je getan, Vater? Habt Ihr je versucht, unsere wahren Eltern zu finden?«

»An der Kutsche war kein Wappen. Dennoch hat mein Vetter Nachforschungen angestellt. Leider …«

»Euer Vetter vielleicht. Aber Ihr selbst nicht, oder? Von Anfang an wolltet Ihr mich besitzen, als den Sohn, den Ihr damals nicht hattet. Aber zu Eurem Missfallen habe ich mich nicht nach Euren Wünschen entwickelt. Was stimmt nicht mit Euch? Wie lange frage ich mich das schon? Warum genießt Ihr es, uns stets zu demütigen, vor allem Agnes? Und warum berührt Euch Max' Tod so wenig? Längst hättet Ihr von Eurer Reise nach Münster zurück sein können. Doch sicher hattet Ihr erst noch wichtige Geschäfte zu erledigen. Bereits morgen wird Max zur letzten Ruhe gebettet.«

»Wie kannst du es wagen, Gabriel?«

»Mein Gott.« Mit weichen Knien setzte Gabriel sich wieder hin. »Meine eigene Schwester habe ich diesem Widerling, diesem Heinrich Glimbeck, ausgeliefert.«

»Dein Selbstmitleid ist abstoßend.«

»Ihr habt doch Einfluss, Vater. Ihr seid Ratsmitglied. Ihr müsst Euch für Katharina verbürgen.«

»Wohl kaum, da es mich meinen guten Leumund kosten würde und die Gefahr birgt, selbst der Hexerei angeklagt zu werden. Hat dein törichtes Weib Agnes je bedacht, was sie uns allen damit antut, wenn sie Katharina als Hexe bezichtigt?«

15

»In diesem Fall steht die Schuld der Missetäterin doch wohl außer Frage. Ein Schadenzauber mithilfe einer Gewandnadel und das gleich zweimal. Eine Reinigung der Katharina Anstett durch das Feuer ist also unerlässlich. Wie könnt Ihr es also wagen, uns ein solches Anliegen vorzutragen?«

Tief einatmend sog Ferdinand von Bayern, Fürstbischof von Köln, ein paar Tage später die kühle Luft ein, während er aus einem geöffneten Fenster des Palastes blickte. Hier so nahe dem Fluss atmete man nicht den Dunst der Städte. Hier genoss man die frische Bonner Rheinluft.

»Das Volk würde uns anklagen, würden wir das gräuliche Hexenwesen nicht mit allen Mitteln bekämpfen«, ergänzte er, ohne sich umzudrehen. »Es wäre unser Niedergang, vernachlässigten wir unsere heilige Pflicht, Hexen durch Brennen von ihren Sünden zu reinigen.« Er zwirbelte seinen grauschwarzen Bart, während er sich zu Hinrich und Gabriel an den Tisch im Jagdzimmer des Bonner Kürfürstenpalastes setzte.

Das Unbehagen in Gabriels Augen war nicht zu übersehen, wohingegen Hinrich keinerlei Regung offenbarte.

Wegen seines mit Knöpfen besetzten Rocks, den Kniehosen und Stiefeln hatte Ferdinand von Bayern äußerlich wenig von einem Erzbischof. Sein Blick richtete sich auf Hinrich, als er sprach. »Bringt man eine Hexe erst einmal zum Reden, wird sogleich das ganze Ausmaß der Hexenseuche bekannt, und zwar in ganz

Kurköln wie Bonn, Frechen und … Ach, ich mag sie gar nicht alle aufzählen. Viele Missetäter durften die reinigende Wirkung des Feuers bereits erfahren und keinesfalls werden wir darin nachlassen.« Selbstzufriedenheit klang in seiner Stimme mit, als hätte er gerade einen der Hirsche oder Rehböcke erlegt, deren knöcherne Totenschädel die Wände zierten. »Weiß man erst einmal, dass eine Hex in der Nähe wohnt, erklärt sich so manches, das zuvor unbegreiflich war«, sagte er, während er sich auf seinem Stuhl zu Hinrich vorbeugte. »Warum das Wetter so schlecht ist oder es Raupenplagen gibt, sodass die Felder keine Früchte tragen. Warum der Nachbar gestorben ist oder Kinder an Krämpfen oder Fieber leiden. Warum der Rücken schmerzt oder einem nichts gelingen will. Alles wird plötzlich ganz klar.« Er richtete sich auf. »Aber nun zu Euch. Nur weil wir wissen, dass Ihr in Köln ein wohlbekannter und geachteter Mann seid, haben wir Euch diese Audienz gewährt, Hinrich Belberg.«

»Katharina Anstett ist keine Hex, Euer Durchlaucht«, sagte Gabriel eilig, bevor Hinrich sich äußern konnte.

»So? Ist sie das nicht?« Spott schwang in Ferdinands Stimme mit. »Sollten das nicht die Schöffen während einer peinlichen Befragung klären?«

»Genau darum geht es«, sagte Hinrich ruhig. »Katharina ist schwanger, und Folter könnte das Kind im Mutterleib töten, gleichgültig ob die Mutter schuldig oder unschuldig ist. Ob Katharina eine Hexe ist, vermag ich nicht zu sagen. Und Gott sei Dank wurde ich davor bewahrt, eine solche zu heiraten. Das Kind jedoch ist unschuldig.«

Ferdinand lehnte sich zurück. »Das Kind einer

Teufelshur ist ein Kind des Teufels.«

»Nein, in diesem Fall nicht. Es ist das Kind von Katharinas verstorbenem Ehemann, meinem Vetter. Da bin ich sicher. Und gesteht die Constitutio Criminalis Carolina nicht allen Kindern unter sieben Jahren Straffreiheit zu? Wie sollte ein Ungeborenes bereits schuldig sein? Außerdem wird das Sakrament der Taufe den Säugling nach der Geburt von jeglichem Frevel reinigen.«

Ferdinands Augen blitzten. »Befremdlich ist es, dass Ihr Euch für das Kind einer Teufelsbuhle einsetzt, die Euren Sohn mithilfe eines Schadenzaubers getötet hat. Aber geradezu eine Dreistigkeit ist es, von uns zu erbitten, in diesem Fall zu intervenieren.«

Hinrich hob die Augenbrauen. »Gerade weil der Tod meines Sohnes Max mich so unsagbar schmerzt, ist es mir eine Herzensangelegenheit, ein weiteres unschuldiges Leben vor Unheil zu bewahren.«

Nachdenklich schaute Ferdinand zu einem ausgestopften Greifvogel an der Wand. »Wurde die Beschuldigte nicht erst vor wenigen Tagen verhaftet und dem Hohen weltlichen Gericht noch gar nicht überstellt? Wieso belästigt Ihr also bereits den Fürstbischof mit einer solchen Angelegenheit?«

»Weil die Folter Sache des Hohen Gerichts, des Blutgerichts, ist und nicht des Stadtrates. Ich dachte …«

Ferdinands Blick glitt wieder zu Hinrich. »Uns ist bewusst, dass Ihr ein äußerst reicher Mann seid, Hinrich Belberg. Und die Kosten für die Hexenprozesse sind hoch. Eine Gabe Eurerseits würde Euch unser Wohlwollen sichern.«

Hinrich lächelte. »Ja, natürlich.«

*****

»Wie konntet Ihr nur, Vater? Wie konntet Ihr das nur tun?«

Innerlich brennend vor Wut trat Gabriel Augenblicke später neben Hinrich aus dem Palast in den Park, der sich Richtung Rhein erstreckte. »Wie konntet Ihr Euch für das Kind einsetzen, aber nicht für Katharina? Für den Fürstbischof Ferdinand steht Katharinas Schuld außer Frage. Das heißt, sie ist bereits so gut wie tot.«

»Mach dich nicht lächerlich. Warst du es nicht, der zugelassen hat, dass Agnes Katharina beschuldigt? Warst du es nicht, der die Gewandnadel gefunden und es Agnes erzählt hat?«

»Seid still!« Gabriel nahm den Zügel des schwarzen Hengstes, den ein Diener ihm zuführte. »Da wusste ich noch nicht, dass Katharina womöglich meine Schwester ist.« Allein der Gedanke, dass Katharina spätestens nach der Geburt des Kindes Arme und Beine ausgekugelt werden würden, dass Folterknechte sie mit glühenden Zangen peinigen würden, dass … Mein Gott, was hatte er nur getan?

»Es ist zu spät, Gabriel. Weder der Fürstbischof noch der Rat der Stadt werden sich dem Ruf aussetzen, das Hexenunwesen nicht zu bekämpfen. Und spätestens die Folter macht Unschuldige zu Schuldigen.« Hinrich stieg auf seine weiße Stute. »Nicht einmal ein Beistand, jemand, der sie verteidigt, steht Katharina zu. Bei Diebstahl wäre das anders. Aber Zauberei ist das scheußlichste aller denkbaren Verbrechen, deshalb verweigert man den Beschuldigten den Beistand. Immerhin habe ich ihr bis zur peinlichen Befragung Zeit verschafft.« Unruhig warf das Tier den Kopf zurück und trippelte rückwärts, als er die Zügel anzog.

»Wie zynisch kann man sein?« Schwungvoll stieg Gabriel auf den Hengst und trieb ihn an. Hektisch machte das Tier einen Satz nach vorn, bevor es entlang der grünen Wiesen Richtung Rhein galoppierte.

Doch weder die gleichmäßigen Bewegungen des Pferdes noch der kalte Wind, der ihm ins Gesicht fegte, konnten Gabriels Entsetzen lindern.

Was habe ich nur getan?

*****

Zur gleichen Zeit hielt Schwester Theresa Katharina eine Schale mit Suppe hin und bedachte sie mit einem aufmunternden Blick.

»Bitte, Ihr müsst etwas essen, Katharina. Denkt an Euer Kind«, sagte sie, während sie zu einem Schemel ging, sich darauf setzte und die Schale auf das wackelige Tischchen daneben stellte. Das schwarze Gewand der bereits in die Jahre gekommenen Nonne ließ nur ihr faltiges Gesicht erkennen.

Ja, das musste sie. Müde richtete Katharina sich auf der Pritsche in dem muffigen Kerker des Frankenturms auf. An ihr Kind musste sie denken. Wie viele Tage war sie jetzt bereits hier in diesem Turm? Sie hatte es vergessen. Jegliches Gefühl für Zeit war ihr verloren gegangen.

Das Schlimmste war, dass niemand kam. Wenigstens mit Hinrich hatte sie gerechnet. Längst musste er aus Münster zurück sein. Sicher würde er sich für sie einsetzen, sie verteidigen oder jemanden bezahlen, der es tat. Unmöglich konnte er schließlich ernsthaft glauben, dass sie seinen Sohn Max getötet hatte. Aber er kam nicht. Er ließ sie allein.

Der Boden schien zu wanken, als sie aufstand. Gestern und vorgestern hatte sie zu wenig gegessen, und auch heute würde ihr es nicht gelingen, mehr zu essen. Die Traurigkeit schnürte ihr den Magen zu. Der dunkle Abgrund, der sich in ihr aufgetan hatte, zog sie jeden Tag mehr in seinen Bann. Selbst zu beten half nicht. Es war, als raubte dieser Turm ihr die Seele.

»Es wird alles gut, Katharina.«

Jeden Tag sagte Schwester Theresa das, und jeden Tag schenkte Katharina ihr dafür ein Lächeln. Doch ebenso jeden Tag musste Theresa mit ansehen, wie die junge Frau mehr und mehr verfiel. Sie legte die Stirn in Falten, als sie Katharina die Schale Suppe reichte, die aber den Löffel nicht zum Mund führte. »Bitte esst etwas.«

Doch Katharina schaute nur zu dem vergitterten Fenster, das so weit oben war, dass sie es niemals würde erreichen können. Eine Amsel zwitscherte dort, und in ihren Ohren klang es wie Musik.

Ihr Blick glitt zu Schwester Theresa. »Werde ich jemals wieder frei sein? Gott lässt nicht zu, dass Unschuldige hingerichtet werden, oder etwa doch?«

Tränen traten in Theresas Augen, ohne dass sie es verhindern konnte. Bereits so oft war sie von der Unschuld angeklagter Frauen überzeugt gewesen. Aber dennoch hatten die feinen Herren des Kölner Rates diese Frauen dem Blutgericht überlassen und somit Ferdinand von Bayern, dem Hexenbrenner, wie sie ihn heimlich nannte.

Voller Mitleid nahm sie Katharinas kalte Hand in ihre warmen Hände. »Gott weiß, dass Ihr unschuldig seid, Katharina. Gott ist immer bei Euch und wird Euch erlösen.«

Das Klimpern eines Schlüssels ließ sie beide zur Tür blicken, gerade als Katharina den Löffel in die Suppe tauchte.

Voller Hoffnung stellte sie die Schale auf den Tisch und stand auf, als sie statt des Wärters einen vornehm gekleideten Herrn mit spitzem Bart und breitkrempigem Hut eintreten sah. Seinen Umhang hatte er locker über eine Schulter geworfen. Ihm folgte ein jüngerer Mann, der weniger gut gekleidet war. Vielleicht hatte Hinrich sich ja doch für sie eingesetzt. Vielleicht ließ man sie ja jetzt endlich frei.

Dass der vornehme Herr sich vor ihr verbeugte, verstärkte ihre Hoffnung noch.

»Darf ich mich vorstellen?«, sagte er. »Doktor Wallram Blankenburg, Jurist. Ich bin im Auftrag des Stadtrates hier, um gewisse Dinge in Erfahrung zu bringen. Und das hier ist der Turmschreiber Sebolt Springer. Er wird unser kleines Gespräch mitschreiben.«

Wie schön die Hexe ist, dachte Blankenburg, während er Katharina betrachtete, obwohl ihr offenes hellbraunes Haar durch den Aufenthalt hier stumpf und das schwarze Kleid zerknittert waren. Die Schatten unter ihren Augen ließen sie zerbrechlich wirken. Aber dennoch würde er sich von ihrem Zauber nicht einfangen lassen. In den Jahren als Hexenkommissar und Schöffe des Hohen Gerichts hatte er eine gewisse Abhärtung erlangt. Hexen nutzten ihren Liebreiz, um willfährige Männer zu täuschen. Doch unter ihrer Maske verbarg sich die

Hässlichkeit des Teufels.

Katharinas Herz schlug schneller. »Gewisse Dinge? Wie meint Ihr das?«

»Wieso seid Ihr im Auftrag des Stadtrates hier?«, sagte Schwester Theresa, bevor er antworten konnte.

Mit kaltem Blick sah sie Wallram Blankenburg an, und Katharina wunderte sich über ihren scharfen Ton. »Seid Ihr nicht ein Schöffe des Hohen weltlichen Gerichts und somit Ferdinand von Bayern unterstellt?«

»Was erlaubst du dir, Fragen zu stellen, Nonne? Demütig vor Gott solltest du sein und vor denen, die ihm dienen.«

»Also wurde Katharina Anstett bereits dem Hohen weltlichen Gericht überstellt?«

»Nein, in diesem Fall arbeiten der Kölner Rat und der Erzbischof zusammen. Fürstbischof Ferdinand hat ein besonderes Interesse daran.«

Tief erschüttert senkte Schwester Theresa den Kopf. Dann war es bereits zu spät. Auch bei dem Fall der Postmeisterin Katharina Henot vor zwei Jahren hatten der Stadtrat und das Hohe weltliche Gericht zusammengewirkt und die arme Frau war gefoltert und hingerichtet worden.

»Welche Dinge meint Ihr?«, sagte Katharina leise. Aus dem Augenwinkel sah sie, dass der Turmschreiber zu dem Tischchen ging, Feder, Tinte und Papier aus einem Holzkästchen nahm und sich setzte.

Wallram Blankenburgs Augen verengten sich zu Schlitzen. »Doktor Glimbeck sagte mir, er hätte Euch die Anklage vorgelesen. Aber gerne sage ich alles noch einmal. Dass Ihr Hinrich Belbergs Sohn Max totgezaubert habt, dass …«

»Nein, schon gut.« Katharinas Stimme bebte. Längst hatte sie begriffen, dass dieser Mann keineswegs hier war, um hier zu helfen. Denn seine Blicke sprachen eine andere Sprache. Seine Augen betrachteten sie, als wäre sie etwas Widerwärtiges.

Blankenburg hob die Brauen. »Zusätzlich zu Euren anderen Missetaten wolltet Ihr auf dem Markt auch noch ein Kind vor einen Ochsenkarren stoßen. Das wurde beobachtet. Und dieselbe Zeugin hat Euch auf dem Neumarkt mit dem Teufel tanzen sehen.«

»Nichts von alldem habe ich getan. Wer seid Ihr denn, dass Ihr mir solches vorwerft? Nur das Fenster habe ich in Max' Zimmer geschlossen. Und warum meine Gewandnadel in jenem Keller lag …«

»Die Beweise gegen Euch sind eindeutig.« Doktor Blankenburg atmete tief durch. »Ein Bettler namens Wentzel hat Euch als Hexe besagt. Während der Folter hat er eingestanden, gemeinsam mit Euch den Bettler Zacharias und die Dirnen getötet zu haben.«

»Ich kenne den Mann nicht. Es muss sich um eine Verwechslung handeln. Sicher lässt sich das klären, wenn ich mit diesem Wentzel reden kann.«

»Gott hat Wentzels verwirrter Seele die Gnade erwiesen, sie während der Folter zu sich zu holen.«

Zitternd legte Katharina ihre Hände auf den Bauch, als sie einen ziehenden Schmerz spürte. Wozu noch hoffen? Längst war sie für schuldig erklärt und noch dazu eine Fremde in Köln. Niemand würde sich für sie verbürgen. »Gott weiß, dass ich unschuldig bin. Und steht nicht jedermann ein Beistand zu? Also auch mir?«

»Nein. Schließlich ist Zauberei das ehrloseste aller Verbrechen. Deshalb ist das ausgeschlossen. Nun denn.

Da Ihr nicht einsichtig seid, habe ich keine andere Wahl. Zieht Euch aus.«

Katharina stockte der Atem. »Was verlangt Ihr da von mir?«

»Um zu erfahren, ob Ihr mit einem Hexenmal gezeichnet seid, ist das unerlässlich.«

»Ein Hexenmal?«

»Ja. Einer der wichtigsten Beweise. Oft ist es ein Kuss, ein Kratzer von seiner Kralle oder ein Tritt mit seinem Bockhuf, wodurch der Teufel die Hexe zeichnet. So besiegelt er das Bündnis mit ihr, und nicht selten zeigt sich das Hexenmal in Form eines Muttermals, einer Warze oder Narbe. Das Diabolische offenbart sich dadurch, dass das Mal unblutig und schmerzlos ist. Die Nadelprobe wird das zeigen. Die Nonne wird Euch beim Ausziehen behilflich sein.«

»Wie könnt Ihr es wagen, das von mir zu verlangen?« Katharina wich zurück, als er näher kam.

»Sicher findet sich bei Euch gar kein solches Mal. Dann kann die Untersuchung Euch sogar dienlich sein.«

»Nein.«

Blanke Wut glomm in seinen Augen auf. »Dann sag es mir endlich, Hexe! Wo außer auf dem Neumarkt hast du noch mit dem Teufel getanzt? Wie oft bist du ausgefahren, um dich mit ihm zu treffen? Hast du dich mit ihm vereinigt? Ist dein Kind ein Kind Satans?«

Aufstöhnend legte Katharina eine Hand auf ihren Bauch, als der Schmerz unerträglich wurde. Wimmernd krümmte sie sich.

Verängstigt wich Doktor Blankenburg zurück. »Da! Jetzt zeigt sie es! Jetzt zeigt die Hexe ihr wahres Gesicht. Sie ruft den Teufel.«

Auch der Turmschreiber war von dem Schemel aufgesprungen.

Dankbar spürte Katharina, dass Theresas Arme sie auffingen, als sie in die Knie ging.

»Seht Ihr denn nicht, dass das Kind auf die Welt will, Herr Doktor Blankenburg?« In Schwester Theresas Stimme schwang Verachtung mit. »Besorgt mir Wasser und Tücher. Schnell! Und dann geht und sorgt dafür, dass eine Hebamme kommt.«

»Bitte, bitte!« Der Schmerz machte es Katharina schwer, mithilfe von Theresa bis zu der Pritsche zu gehen und sich hinzusetzen. »Es ist ein Kind Gottes und nicht des Teufels«, wimmerte sie. »Wenn Ihr mich richten wollt, dann tut es. Aber verschont mein Kind.« Sie schaute zu dem Mann, der ihr all die demütigenden Fragen gestellt hatte. »Bitte, bitte, verurteilt nicht mein Kind, so wie der Herr Jesus es auch nicht getan hätte. Bitte schenkt ihm Eure Gnade!«

*****

Strähnen seines dunklen Haars fielen Gabriel auf die Stirn, während er leicht angetrunken durch die Kölner Gassen ging. Müde wischte er sich Reste von Bier aus dem Bart. Kaum gelang es ihm, am Abend dieses Tages nach Hause zu finden, so finster war es. Wenigstens brannte in der Rheingasse eine Laterne, als er sie endlich erreichte.

»Was soll das?«, sagte er, als er die Gestalt vor der Tür seines Zuhauses sah. »He! Bleib stehen!« Doch sie rannte bereits durch die Gasse davon und verschwamm mit der Düsternis. »Bleib stehen!« Trotz der vielen Becher Bier, die er im Wirtshaus geleert hatte, gelang es ihm, ihr zu folgen. Die Gestalt war schnell. Aber er war schneller, stieß sie auf den Boden, riss ihr die Kapuze des Umhangs vom Kopf und drehte sie auf den Rücken. Zornig hielt er dem jungen Mann das Messer an die Kehle, das er inzwischen stets bei sich trug. »Wer bist du? Was hast du vor unserem Haus gemacht?«

»Nichts. Gar nichts hab ich gemacht.«

»Wer bist du?«

»Ich hab nichts damit zu tun. *Er* war es. *Er* hat mich damit beauftragt, gegen Geld.«

»*Wer* hat dich mit *was* beauftragt?«

Zögerlich nahm Gabriel das Messer von der Kehle des Fremden und das rächte sich sofort.

Die brutalen Schläge in seinen Magen und gegen sein Kinn ließen ihn aufstöhnen, und noch bevor er etwas tun konnte, entwand sich der junge Mann seinem Griff und rannte davon. Die Schmerzen und seine Trunkenheit hinderten Gabriel daran, ihm erneut zu folgen.

Was hat der vor unserem Haus gemacht?, schwirrte es durch seinen Kopf, während er aufstand und leicht schwankend zurückging. Nichts war zu sehen, als er die Haustür aufschloss. Kerzen erhellten den Flur und sofort entdeckte er den Brief auf dem Boden. Das war es also gewesen. Den Brief hatte der Kerl unter der Tür durchgeschoben.

Sein durch den Schlag noch schmerzender Magen ließ Gabriel in die Knie gehen. Der rote Lack knackte, als er den Brief an sich genommen hatte und das Siegel brach. *Erinnere dich.* Nur diese Worte standen dort in großen Lettern geschrieben, aber das, was ihm von dem Papier entgegenrieselte, ließ seine Glieder kalt werden. Lange Haarsträhnen! Rote und helle.

Schritte im Haus ließen ihn aufblicken. Zuerst sah er nur die Beine, die auf ihn zukamen. Dann hob er den Kopf und schaute ihm ins Gesicht.

Voller Verachtung sah Hinrich zu ihm hinab. »Bist du so nüchtern, dass man mit dir reden kann?«

»Ja … Ja, natürlich.«

»Was hast du da?«

Das Haar rieselte auf den Boden, als Hinrich ihm den Brief aus der Hand nahm. »Was soll der Schwachsinn?«

»Jemand hat den Brief unter der Tür durchgeschoben.«

»Erinnere dich, steht da.« Hinrich runzelte die Stirn. »Kannst du mir das erklären?«

»Nein. Aber das Haar ähnelt dem, das wir in dem Kellerloch gefunden haben.«

»Sammel es auf.«

»Wie bitte?«

»Ich sagte, sammel es auf und dann verbrenne es.«

»Aber vielleicht kann das Katharina helfen. Vielleicht kann es ihre Unschuld beweisen.«

»Wie töricht bist du eigentlich? Wenn du damit zum Stadtrat gehst, gerätst du selbst in Verdacht. Willst du das? Morgen wirst du eine Aufgabe für mich erledigen. Und danach wirst du wieder unseren üblichen Geschäften nachgehen, anstatt dich zu besaufen. Und falls nicht, werden Agnes und du mein Haus auf der Stelle verlassen.«

16

Mehr als zwei Wochen später schenkte die Sonne Köln endlich ein wenig Wärme.

»Noch immer bist du so bleich, Jannis.« Mit sorgenvoller Miene betrachtete Henriette ihren Enkelsohn. Die Schatten unter seinen Augen waren nicht zu übersehen, und das helle Haar verstärkte die Blässe seines Gesichts. »Du solltest dich noch ausruhen. So lange hatte dich das Fieber im Griff.«

»Seit Tagen bin ich wieder auf den Beinen, Großmutter. Es geht mir gut. Glaubt mir.«

Eine Brise wehte durch das halb offene Fenster, während er sich in seinem Gemach einen Umhang umlegte. Er musste raus, frische Luft schnappen, durchatmen.

Stimmen waren zu hören. Draußen auf dem Platz namens Alter Markt herrschte buntes Treiben und es würde eine Wohltat sein, sich unter all die geschäftigen Menschen zu mischen und über die Märkte zu schlendern. Sicher würde er auch einige Freunde treffen. Im Moment fühlte sich das Leben unglaublich leicht an. So froh war er, dass der Jude Samuel endgültig freigelassen und zurück nach Deutz gebracht worden war, weil der Rat der Stadt ihn für unschuldig hielt.

»Warte noch!« Auf ihren Stock gestützt drehte Henriette sich zu ihm um, während er zur Tür ging. Ihr schwarzes Kleid raschelte leise, als sie zu ihm ging. »So kann ich dich nicht gehen lassen. Zuvor muss ich mit dir sprechen.«

»Nicht jetzt.« Lächelnd drückte Jannis ihr einen Kuss auf die faltige Stirn. »Später, wenn ich wieder da bin. Ich muss mich eilen, um noch ein bisschen den Tag zu genießen.«

»Nein, du musst es jetzt erfahren, bevor es dir jemand anders erzählt.«

Die Entschlossenheit in der Stimme seiner Großmutter machte ihn unsicher. »Was kann denn nur so wichtig sein, dass Ihr es unbedingt sofort erzählen müsst?«

»Besser du erfährst es von mir als von den Leuten da draußen. Und es schert mich nicht, dass dein Vater mir und allen anderen verboten hat, es dir zu sagen.«

»Was ist es?« Besorgnis wallte in Jannis auf, als er den bedrückten Blick seiner Großmutter sah. »Ist irgendetwas mit Vater oder meinem Bruder? Ist einer von beiden krank?«

»Nein, es geht um Katharina Anstett. Sie …«

Jannis lächelte. »Also war es doch kein Fiebertraum, dass sie hier war. Bisher habt Ihr das immer bestritten.«

»Ja, das war sie.«

»Warum durfte ich das nicht erfahren?«

»Darum geht es nicht. Du weißt ja, dass Samuel freigelassen wurde.«

»Ja, natürlich, aber …«

»Stattdessen wurde Katharina verhaftet.«

Unsinn. Was redete Henriette denn da? Warum sollte jemand Katharina verhaften? Seine Großmutter war alt und gewiss manchmal nicht mehr ganz bei sich. Sicher hatte sie irgendein Getratsch aufgeschnappt. »Sicher meint Ihr eine andere Frau, Henriette.«

»Hältst du mich für so altersschwach, dass ich nicht mehr weiß, was ich rede? Ich spreche von Katharina Anstett und niemand anderem.«

Behäbig, weil ihr der Rücken schmerzte, ging Henriette

zu Jannis' Bett und ließ sich darauf nieder. »Komm her, mein Junge.« Sie tätschelte die helle Bettdecke. »Komm. Setz dich.«

»Nein. Erzählt es mir. Auf der Stelle! Wann wurde sie verhaftet und warum?«

Kaum wagte Henriette, ihrem aufgebrachten Enkelsohn in die Augen zu blicken. »Sie soll Max getötet haben, Hinrichs Sohn.«

»Das ist lächerlich.«

»Mithilfe eines Schadenzaubers.«

»Als Hexe? Sie wurde als Hexe angeklagt?« Mit einem Mal schien der Raum zu schwanken, sodass er sich an der Wand neben der Tür abstützen musste.

»Was ist? Geht es dir wieder schlechter?«

»Nein, schon gut.« Vorsichtig löste er sich von der Wand, ging zum Bett, ließ sich neben Henriette nieder und nahm ihre welke Hand. »Erzählt nur weiter, und zwar jede Einzelheit.«

»Also gut.« Henriette erwiderte den Druck seiner warmen Finger. Eine Weile dauerte es, bis sie ihm alles erzählt hatte, was sie von ihrem Sohn Albrecht, der dem Stadtrat angehörte, erfahren hatte.

»Wie könnt Ihr solch einen Unfug glauben?«, platzte Jannis danach heraus und stand wieder auf.

»Aber das tue ich nicht, mein Junge.« Mit Besorgnis sah sie, dass ihr Enkelsohn nun totenbleich war. »Ich selbst halte Katharina für eine gottesfürchtige und angenehme Frau. Aber viele halten sie für eine Teufelshur.«

Mit geballten Fäusten stand Jannis da. »Welch Irrwitz zu glauben, sie könnte die Dirnen vergiftet haben, und ausgerechnet an jenem Ort, wo ich gefunden wurde.

Euch allen, auch Vater, habe ich doch erzählt, dass es ein Mann war, der in dem Haus auf mich eingestochen und mein Bein verletzt hat. Sicherlich hat der Kerl mich für tot gehalten und mich deshalb eingesperrt. Warum, Großmutter? Warum seid Ihr nicht zum Bürgermeister gegangen und habt ihm das erzählt?«

»Das bin ich ja. Aber die Antwort war, dass noch weitere Beschuldigungen gegen Katharina vorliegen würden. Wenn die Leute erst einmal denken, dass jemand eine Hex ist, haben sie einen Schuldigen für ihre Sorgen. Dann erklärt sich all ihr Unglück wie von selbst.«

»Ihr hättet es mir längst sagen müssen.«

»Du warst so lange krank, Jannis, fast drei Wochen. Und in der ersten Zeit warst du nicht einmal ansprechbar. Und da ich wusste, dass du Katharina zugetan bist und es dich furchtbar aufregen würde …«

»Katharina ist schwanger und sitzt in einem feuchten Turm? Und alle glauben, es mir verschweigen zu müssen?«

»Nein.«

»Was?«

Obwohl sie auf dem Bett saß, klammerte sich Henriette an ihren Stock. »Sie ist nicht mehr schwanger. Das Kind ist tot.«

Halt suchend krallte sich Jannis an den Bettpfosten. »Ist es tot geboren worden?«

»Das weiß ich nicht.«

Bedächtig, weil ihm erneut schwindelig wurde, setzte sich Jannis wieder neben Henriette auf das Bett. »Ist das Kind deshalb tot, weil Katharina gefoltert wurde? Haben die sie zum Krüppel gemacht?«

»Das weiß ich auch nicht. Nur dass sie sich aufgegeben und sich selbst in allen Punkten für schuldig erklärt hat, als ihr Kind tot war. Das hat dein Vater mir erzählt.«

»Natürlich haben die sie gefoltert. Schließlich muss jede Hex eine weitere besagen.«

»Wen sollte Katharina denn besagen, da sie in ganz Kurköln niemanden kennt?«

Erneut stand Jannis auf, obwohl sein gerade abgeheiltes Bein ein bisschen schmerzte. »Und Hinrich? Hat er sich denn nicht für sie verbürgt?«

»Nein.«

»Nur er kann sie vor dem Tod retten.«

Henriette senkte den Kopf. »Nein, kann er nicht.«

»Wie meinst du das?«

»Sie ist bereits verurteilt.«

»Wann?« Jannis' Stimme bebte und Henriette sah die aufsteigenden Tränen in seinen Augen. »Wann? Sagt es mir!« Unwirsch packte er sie bei den Schultern und schüttelte sie leicht. »Wann wird Katharina hingerichtet?«

»Morgen wird sie zur Hacht, dem Gefängnis des Hochgerichts, gebracht.« Kaum brachte sie die Worte heraus. »Und übermorgen wird sie hingerichtet.«

Schwer atmend stand Jannis da und starrte aus dem Fenster.

»Jannis, bitte …«

Aber er hörte sie nicht mehr. Weder spürte er den leichten Schmerz in seinem Bein, noch nahm er die Menschen auf dem Markt bewusst wahr, als er das Haus verließ. Nicht einmal die vereinzelten Regentropfen spürte er, als er sich dem Rathaus zuwandte, dessen Turm sich schräg hinter ihm erhob.

»He! Pass doch auf!«, schimpfte ein Mann, der seinen Marktstand aufbaute, als er ihn beim Vorbeilaufen versehentlich streifte.

Sie wollen Katharina hinrichten. Bei lebendigem Leibe wollen die sie verbrennen. Nichts anderes konnte Jannis mehr denken. Selbst wenn er ihr nicht so zugetan gewesen wäre, wenn sie ihm nicht so viel bedeutet hätte, hätte er ihr helfen wollen. Allein der Gedanke an ihren Tod …

»Unschuldige werden als Hexe bezichtigt und brennen, weil Missgunst und Neid im deutschen Volke schlimme Übel sind«, waren die Worte des Jesuitenpaters Friedrich Spee gewesen, mit dem er vor zwei Jahren an der Universität zu Köln gesprochen hatte. Und der Mann hatte recht. Genauso war es doch.

So schnell wie er konnte, lief Jannis zur Rathauslaube, dem Eingang des Rathauses, und betrat durch einen der Rundbögen das Gebäude. Es war Nachmittag und er musste sich eilen, um noch einen der Bürgermeister anzutreffen.

Eigentlich war es eine sinnlose Hoffnung, Katharina so vor dem Tod bewahren zu wollen.

Aber was blieb ihm denn sonst?

*****

Ja, ich komm ja schon.

Müde schlurfte die Dienstmagd Fronicka einige Zeit später im Hause von Hinrich Belberg zur Haustür.

»Ja, ja«, sagte sie, weil es sich anhörte, als wollte jemand die Haustür zertrümmern.

Manchmal hielt sie es bei den Belbergs kaum noch

aus. Stetig schmerzten ihre Beine von der vielen Arbeit, und seit Max beerdigt war und dieser Hexenkommissar Katharina verhaftet hatte, ähnelte das Haus einem Grab. Kaum jemand außer den Bediensteten sprach noch miteinander und aus Agnes' Gemach war nicht selten ein Weinen zu hören. Jeden Tag, wenn sie in die Küche kam, um sich ihre Mahlzeiten zu holen, sah Agnes ungepflegter aus. So elend wirkte sie, dass selbst Fronicka Mitleid für sie empfand. Aber sie konnte ihr nicht helfen. Sie durfte sie ja nicht einmal bedienen oder mit ihr reden.

Mit einem Kerzenleuchter in der Hand, weil es draußen bereits dunkelte, öffnete Fronicka die Tür, als das Klopfen nicht enden wollte. »Weder Hinrich noch Gabriel Belberg sind daheim, werter Herr«, sagte sie, als sie Jannis sah.

»Das ist mir egal.« Brutal stieß Jannis die Tür auf und trat in den düsteren Flur. »Wo ist Agnes? Wo ist Gabriels Eheweib?«

»Krank.«

»Das ist mir gleichgültig. Wo ist sie?«

Fronicka knickste leicht. »Ich sage ihr Bescheid, dass Ihr da seid. Bitte wartet hier.«

Aber anstatt zu warten, rannte er die Treppe hinauf. »Wo ist Agnes' Gemach?«

»Dazu habt Ihr kein Recht.«

»Da irrst du dich. Dazu habe ich jedes Recht.«

»Nein, so geht das nicht. Entweder Ihr wartet hier oder …« Unschlüssig blieb Fronicka im oberen Flur vor der Tür zum Speisezimmer stehen, als Schritte zu hören waren.

Mit einem Leuchter in der Hand kam Urban die

Treppe neben Katharinas Gemach herab. Die Flammen der Kerzen erhellten sein schwarzes Gesicht. »Jannis. Wie kann ich Euch helfen?«

»Auf der Stelle muss ich mit Agnes sprechen.«

»Es geht ihr nicht gut.«

»Warum nicht? Weil ihr Gewissen sie quält? Weil ihre Anschuldigungen gegen Katharina, von denen mir der Bürgermeister erzählt hat, alles Lügen sind? Auf der Stelle nimmt Agnes das alles zurück.«

Die Tür am oberen Absatz der Treppe hinter Urban knarrte und Jannis blickte nach oben. Nur ganz kurz glaubte er dort oben jemanden zu sehen. »Ist sie das?«, sagte er. »Ist Agnes da oben unterm Dach?«

»Nein.« Urban stellte sich ihm in den Weg. »Keinen Schritt weiter.«

»Gar nichts nehme ich zurück«, war eine Frauenstimme von der Tür zum Speisezimmer zu hören.

Erst jetzt sah Jannis, dass Agnes aus dem Speisezimmer zu ihnen in den Flur trat. Obwohl es draußen gerade erst dunkelte, trug sie ein Nachtgewand und sah elend aus. Ihr sonst so gepflegtes Haar war nur locker hochgesteckt, helle Strähnen hingen wirr in ihr Gesicht und ihre Augen waren verquollen.

»Kein Wort nehme ich zurück«, sagte sie kalt. »Katharina ist eine Teufelshur und wird dafür Gottes gerechte Strafe erfahren.«

»Ihr seid ja des Wahnsinns.« Nie zuvor hatte Jannis den Wunsch verspürt, eine Frau zu schlagen. Aber in diesem Falle war es so. Doch Urban packte ihn am Arm und hielt ihn davon ab, sich ihr zu nähern.

»Selbst Euch hat sie offenbar verhext, Jannis von der Laar«, spottete Agnes. »So wie meinen Ehemann und alle hier.«

»Geht zurück in Euer Gemach, Agnes«, sagte Urban in einem Ton, als wäre sie eine Untergebene.

»Aber …«

»Geht endlich. Oder ich werde dafür sorgen, dass Ihr es tut.«

»Nein, das wird sie nicht.« Wütend riss Jannis sich von Urban los. »Auf der Stelle wird sie einen der beiden Bürgermeister aufsuchen und all ihre Beschuldigungen zurücknehmen.«

»Und was sollte das bewirken?«, sagte Urban ruhig. »Liegen nicht weitere Beschuldigungen von anderen Kölner Bürgern vor? Hat Euch das der Bürgermeister nicht erzählt?« Er schaute wieder zu Agnes. »Geht in Euer Gemach. Sofort!«

Einen Wimpernschlag lang starrte Agnes Jannis noch an, bevor sie zurück in das Speisezimmer ging.

»Ich verstehe Euren Schmerz«, sagte Urban rau. »Da Katharina ein warmherziger und freundlicher Mensch ist, bin ich ihr auch zugetan. Doch …«

»Nichts versteht Ihr.« Jannis sah ihm in die Augen. »Nicht das Geringste versteht Ihr.«

An Fronicka vorbei, die alles beobachtet hatte, lief er die Treppe hinab ins Erdgeschoss und durch die Haustür nach draußen.

Dass Urban über die Stufen neben Katharinas Gemach zum Dachboden hinaufging, sah er deshalb nicht mehr.

Langsam öffnete Urban die Tür am oberen Absatz der Treppe und trat in den Raum dahinter. Sein Blick fixierte die Gestalt, die sich von der Düsternis nur wenig abhob. »Habt Ihr alles gehört?«, sagte er so leise, als dürfte nur Gott seine Worte hören.

Ruhig wie ein Schatten stand die Gestalt da. »Ja, das habe ich.«

*****

Was sollte er denn jetzt tun?

Unschlüssig verharrte Jannis draußen vor der Haustür, während sich die Dunkelheit des Abends wie ein Leichentuch über die Stadt legte. Irgendetwas musste er doch tun können. Irgendwie musste er Katharina doch helfen.

Wie aus einer anderen Welt erschienen ihm die Menschen, denen er begegnete, als er durch die Gassen bis zum Frankenturm der Stadtmauer lief.

Für all diese Menschen ging das Leben weiter, während es für ihn mit Katharinas Tod enden würde. Allein der Gedanke, dass sie bei lebendigem Leibe brennen würde, war die Hölle. Bisher hatte er nicht gewusst, wie viel sie ihm bedeutete. Schließlich kannten sie sich kaum und nicht einmal, ob sie ihm auch zugetan war, konnte er wissen. Nur dass sie ein gutes Herz hatte und keinesfalls eine Hexe war, dessen war er sich sicher.

Niemals zuvor hatte Jannis den Frankenturm neben dem Trankgassentor als so bedrohlich empfunden. Jetzt allerdings erschien er ihm wie ein Machwerk des Teufels.

Wie erstarrt stand er jetzt davor. Selbst den erneut einsetzenden Regen bemerkte er kaum. *Katharina!* Am liebsten hätte er das geschrien. Vielleicht konnte sie ihn ja hören und spüren, dass es einen Menschen gab, der sich um sie sorgte, dass sie nicht allein war.

»Selbst wenn ich es ändern wollte, wäre ich machtlos«, hatte der Bürgermeister vorhin im Rathaus zu ihm gesagt. »Längst wurde Katharina Anstett der Hohen Gerichtsbarkeit und somit dem Einfluss von Ferdinand von Bayern unterstellt. Zu viele Anklagen von zu vielen Bürgern, und von Tag zu Tag wurden es mehr. Niemand bedauert den Tod dieser Fremden und niemand kann ihr noch helfen.«

Nein, das darf sie nicht. Sie darf nicht sterben! Und dann schrie er es. »Katharina!« Wieder und wieder und wieder. Der Regen lief ihm aus dem Haar über das Gesicht. Aber das war egal. »Katharina!«

Ein junges Paar, das vor dem Regen flüchtete, blickte ihn erstaunt an, und plötzlich öffnete sich ein vergittertes Fenster in der massiven Eisentür am Fuß des Turms.

»Verschwindet! Seid Ihr geisteskrank?«, zischte eine Stimme.

Nicht mehr als die Stirn, die Augen und die knollige Nase konnte Jannis von dem alten Mann hinter dem Fenster sehen. »Lasst mich zu Katharina Anstett«, flehte er.

»Verschwindet oder ich lasse Euch von ein paar Männern wegschaffen.«

Das Fenster schloss sich wieder.

»Neeeeiiiin!« Wie ein Besessener trommelte Jannis gegen die Eisentür, bis seine Fäuste schmerzten, nur um nicht wahnsinnig zu werden, um das Gefühl seiner Machtlosigkeit nicht zu spüren. Doch nichts geschah. Niemand kam. Niemand öffnete ihm die Tür.

Das könnt ihr nicht machen! Das könnt ihr doch verdammt noch mal nicht tun! Ihr könnt sie doch nicht hinrichten!

Wie lange er dort gestanden hatte, wusste er nicht, als

er endlich wieder zur Besinnung kam. Noch einmal ließ er seinen Blick an der Wand des Turms entlang nach oben gleiten. Dunkel ragte das Bauwerk in den Himmel.

Dass der Regen ihn völlig durchnässt hatte, war Jannis kaum bewusst, als er mit gesenktem Kopf durch die Gassen davonging.

Nicht einen Blick warf er in die Rheingasse, wo Katharina gewohnt hatte. Der Regen ließ den Bach am Filzengrabentor überlaufen, als er ihn überquerte. Kurz darauf erreichte er das Pfarrhaus der Kölner Kirche St. Maria in Lyskirchen.

Kraftvoll schlug er gegen die Tür und es war das längliche Gesicht des jungen Küsters Philipp, das er sah, als die Tür geöffnet wurde. Soweit er wusste, wohnte der auch hier, zusammen mit dem Pfarrer.

»Jannis.« Der Ausdruck von Verblüffung offenbarte sich in Philipps Miene. »Kommt herein.«

Ohne ein Wort der Begrüßung lief Jannis schnellen Schrittes an Philipp vorbei durch den Flur und in die Pfarrstube.

»Jannis. Welch unerwarteter Besuch«, sagte Pfarrer Matthias, der von seinem Stuhl aufstand. Der Ausdruck von Sorge trat in sein speckiges Gesicht. »Ihr zittert ja und seid durchnässt. Nicht dass Euch wieder Fieber befällt.«

Trotz der wohligen Wärme des prasselnden Kaminfeuers hatte Jannis das Gefühl, innerlich zu erfrieren.

»Setzt Euch.« Energisch drängelte Pfarrer Matthias ihn zu dem kargen Tisch in der Mitte und drückte ihn auf einen der Stühle. »Küster Philipp wird Euch einen Wein einschenken. Der wird Euch guttun.« Kurz glitt sein Blick zu dem Küster, bevor er wieder zu Jannis herabblickte.

»Katharina Anstett.« Jannis' Stimme klang heiser. »Übermorgen wird sie verbrannt.«

»Ja, das …« Regungslos stand Pfarrer Matthias vor dem Tisch.

»Und Ihr habt nichts getan. Wie konntet Ihr sie alleinlassen? Ich weiß doch, dass Ihr keiner von diesen Pfaffen seid, die in allem den Teufel sehen und die Menschen durch ihre Predigten aufhetzen. Stattdessen habt Ihr einen klaren Verstand, und Ihr kennt Katharina doch schon ein wenig. Warum habt Ihr Euch denn nicht für sie verbürgt?«

»Aber das habe ich ja.« Der flackernde Schein des Feuers glitt über Pfarrer Matthias' schwarze Soutane, als er gegenüber von Jannis an dem Tisch Platz nahm. »Nur nicht gleich, das muss ich zugeben, da ich so meine Zweifel hatte, ob sie nicht vielleicht doch …«

»Wie konntet Ihr zweifeln, wo Ihr sie doch kennengelernt habt?« Jannis trank einen großen Schluck Wein aus dem Becher, den der junge Küster Philipp vor ihm auf den Tisch gestellt hatte.

»In die Seele eines Menschen blickt nur Gott allein, mein Junge, so auch in die von Katharina Anstett. Leider bin ich nur ein einfacher Diener Gottes und besitze nur wenig Weisheit.«

»Aber inzwischen seid Ihr von ihrer Unschuld überzeugt.«

»Ja, und leider muss ich mir den Vorwurf machen, sie erst aufgesucht zu haben, als ihr Kind bereits tot war.«

»Bitte erzählt es mir.« Jannis ignorierte den leichten Schwindel, der ihn plötzlich befiel, und nahm noch einen Schluck Wein.

»Mit dem Leben hat sie gebrochen, seit ihr Kind tot ist. Es war ein kleiner Junge. Nur deshalb hat sie wohl auch gestanden, eine Hexe zu sein. Mit Gott hat sie allerdings nicht gebrochen. Noch immer ist sie gläubig.«

»Wurde sie gefoltert?« Jannis umklammerte den Becher, als müsste er sich daran festhalten. Warum fiel ihm das Sprechen plötzlich so schwer? Warum konnte er keinen klaren Gedanken mehr fassen? Der Tisch, auf den er starrte, weil er kaum noch den Kopf heben konnte, schien dunkler und dunkler zu werden. »Was …?« Im nächsten Moment kippte er nach vorn auf den Tisch.

»Was soll das, Philipp?«, hörte er den Pfarrer zu dem Küster sagen. »Warum habt Ihr das getan?«

Kaum konnte Jannis die Worte noch begreifen. Was hatten die ihm angetan? Gift? *Haben die mich vergiftet?* Dann wurde es dunkel.

*****

Schweißgebadet wachte er am nächsten Tag auf einer Pritsche auf und hob den Kopf. Was er sah, waren weißgekälkte Wände und ein Kreuz an der Wand zu seinen Füßen.

Die Decke, mit der ihn jemand zugedeckt hatte, rutschte beiseite, als er sich aufrichtete. Schmerz durchzuckte seinen Kopf, als er sich hinsetzte und die Beine über den Rand der Pritsche schwang, und wie ein Schwall Wasser ergoss sich die Erinnerung über ihn, während er aufstand. Heute wurde Katharina zur Hacht, dem Gefängnis des Hochgerichts, gebracht und morgen würde sie brennen. Das löschte alles andere aus, selbst die Frage, warum Pfarrer Matthias und der Küster

Philipp ihn offenbar betäubt hatten.

Wie lange hatte er geschlafen? War es Morgen, Mittag oder bereits Nachmittag? Wie viel Zeit blieb ihm noch, um Katharina vor dem Tod zu bewahren?

Hastig riss er die Tür auf und lief in die Stube des Pfarrhauses. Der Geruch von kalter Asche erfüllte die Luft und das Prasseln des Regens gegen das Fenster war ein unangenehmes Geräusch.

Katharina wird brennen. Morgen!

Wie von Sinnen lief Jannis aus dem Pfarrhaus und durch die Gassen und über die Marktplätze bis nach Hause. Der Regen war ihm gleichgültig. Er musste unbedingt mit seinem Vater sprechen. Immerhin hatte der Einfluss beim Stadtrat. Vielleicht würde es seinem Vater ja gelingen, die Hinrichtung wenigstens erst einmal zu verzögern.

Bereits in der Diele seines Zuhauses am Rand des Platzes Alter Markt kam sein Vater ihm entgegen. »Wo warst du die ganze Nacht über, Jannis? Wir haben uns Sorgen gemacht. Du bist ja durchnässt.«

»Ihr müsst mit dem Stadtrat sprechen, Vater.«

»Wegen dieser Katharina, ja?«, sagte Albrecht von der Laar hart. »Henriette hat mir davon erzählt. Nein, ich denk nicht dran.«

»Aber ich hab Euch doch gesagt, dass es ein Mann war, der mich in den Keller gesperrt hat.«

»Wahrscheinlich einer dieser Bettler, die mit der Hex im Bunde waren.«

»Aber Vater?«

»Zieh dir etwas Trockenes an und dann iss und trink erst einmal etwas, damit du nicht wieder krank wirst.«

»Nein, Vater.«

Überrascht blickte Albrecht von der Laar seinem Sohn hinterher, als der in sein Gemach ging und kurz darauf mit einem Messer und seinem Geldbeutel zurückkehrte.

»Was hast du vor?«

Wortlos ging Jannis an ihm vorbei und durch die Hintertür des Hauses auf den Hof. Der Weg zum Stall war nicht weit, und es dauerte nur Augenblicke, bis er seine braune Stute gesattelt hatte und aufstieg.

»Bist du irrsinnig geworden, Jannis?«

»Geht mir aus dem Weg, Vater!« Jannis blickte zum Himmel, während er die Stute hinaus auf den Hof ritt. Wenigstens hatte es aufgehört zu regnen.

Nervös riss das Tier den Kopf hoch, als Albrecht von der Laar sich ihm in den Weg stellte. »Was hast du mit diesem Weib zu schaffen, Jannis, dass du dein Leben für sie gefährdest? Sophia ist deine zukünftige Frau. Gesunde Kinder wird sie dir gebären. Glücklich werdet ihr beide …«

»Wenn Ihr wollt, dass ich Sophia zum Weibe nehme, dann helft mir, Vater. Sprecht mit dem Stadtrat und reitet mit mir zum kurfürstlichen Palast nach Bonn. Oder lasst wenigstens Christoph mich begleiten.«

»Dein Bruder hat Besseres zu tun, als sich um dieses Weib zu kümmern, das uns fremd ist, mit dem wir nichts zu schaffen haben.«

»Dann geht mir aus dem Weg.«

»Ich verbiete dir, wegen dieser Frau eines unserer Pferde zuschanden zu reiten. Komm zur Vernunft Jannis. Der Weg nach Bonn ist für dich noch zu beschwerlich, und der Kurfürst wird dich nicht einmal empfangen. Wäre diese Katharina unschuldig, würde Gott ihren Tod nicht zulassen. Sie hat dich verzaubert wie auch Hinrichs Sohn Max, und wer weiß wen noch.«

Ja, das hat sie, dachte Jannis. *Weil sie dem Bettler am Rheinufer ein Almosen hat zukommen lassen, weil ihr Lächeln herzlich ist und andere Menschen ihr etwas bedeuten.*

»Geht beiseite, Vater!«

Obwohl es ihn schmerzte, die Besorgnis in den Augen seines Vaters zu sehen, trieb er das Pferd auf ihn zu, bis der endlich beiseitetrat. Aus dem Augenwinkel sah er seine Großmutter, die durch ein Fenster zu ihnen herausblickte. Ohne seinem Vater noch ein Wort zu gönnen, ritt er durch den schmalen Durchgang neben dem Haus bis auf den Marktplatz und weiter durch die Gassen.

Alles würde er tun, notfalls den Fürstbischof Ferdinand von Bayern anbetteln, Katharina zu verschonen. Sie hatte den Tod nicht verdient, ebenso wenig wie vermutlich auch andere, die an der Richtstatt bisher gebrannt hatten oder noch brennen würden. Der Jude Samuel war wieder frei, weil Deutzer Bürger sich für ihn verbürgt hatten, und er würde das Gleiche für Katharina tun.

17

Beständig und dröhnend läutete am Nachmittag des nächsten Tages eine Glocke des Kölner Doms, als es begann.

Stille herrschte auf dem Hof neben dem Dom. Selbst die Krämer, die zur Feier des Tages ihre Waren feilgeboten hatten, schwiegen.

Niemand in der Menschenmenge wollte das Schauspiel verpassen, als sich das Tor zur Hacht, dem Gefängnis des Hochgerichtes, öffnete. So manch Neugieriger reckte sich oder stellte sich auf die Zehenspitzen, um über die Köpfe der anderen hinwegzusehen.

Soldaten traten aus dem Tor und drängten die Schaulustigen mit ihren Spießen beiseite, sodass die gezwungen waren, ein Spalier zu bilden.

Und dann kam sie endlich, die Hex – den Schädel kahl geschoren, nur mit einem Hemd bekleidet und von Soldaten geführt.

Fäuste reckten sich aus der unruhigen Menschenmenge in die Höhe. »Tötet Katharina! Verbrennt die Hex!« Mehr und mehr wurde aus den einzelnen Stimmen ein Chor.

»Ist die Hex erst verbrannt, herrscht wieder Glück im Land!«, schrie eine Frau.

Entsetzt legte Jannis' Großmutter Henriette eine Hand vor den Mund. »Mein Gott, was haben sie Katharina angetan.« Immer wieder verstellten Menschen ihr den Blick. Außerdem stand sie ein wenig abseits und konnte die Frau, der Jannis so zugetan war, nur aus der Ferne sehen. Doch die großen Wunden an deren Gesicht und Körper waren keinesfalls zu übersehen. Sicher hatten die

Folterknechte sie mit feurigen Zangen gepeinigt.

»Teufelshure, Mörderin!«, schrie ein junger Mann, und am liebsten hätte Henriette ihn mit einem Schlag ins Gesicht zum Schweigen gebracht. *Nein, Katharina ist keine Hex,* dachte sie. *Ihr alle kennt sie doch gar nicht. Ihr wisst doch gar nicht, was ihr tut, welch grauenhafte Sünde ihr begeht.*

Nicht ein einziges Mal hob die angebliche Hexe den Kopf, während sie zur anderen Seite des Domhofs geführt wurde. Die Domglocke hörte auf zu läuten und die Menge verstummte, als der Greve, der Vorsitzende des Hochgerichts, ein Papier zur Hand nahm und mit heiserer Stimme das Urteil verkündete. Ruhig stand die Gefangene da. Kein Schrei löste sich von ihren Lippen, kein Wimmern, kein Flehen.

Du bist stark, Katharina. Mit Tränen in den Augen sah Henriette zu, wie der Greve den Stab brach und der Henker die Verurteilte zu dem Blauen Stein führte, der Schiefertafel mit dem Erzbischöflichen Wappen.

Wie es Tradition war, stieß der Henker die Verurteilte dreimal mit dem Rücken gegen die Tafel und sagte die üblichen Worte: »Ich stoße dich an den Blauen Stein. Du kehrst dein Lebtag zu Vater und Mutter nicht mehr heim.«

In Strömen liefen Henriette jetzt die Tränen über ihre Wangen. Ihr Herz quoll über vor Mitleid. *Leider kann ich dich nicht bis zum Ende begleiten, mein Kind,* dachte sie. *Meine Beine tragen mich nicht mehr so weit. Aber in Gedanken bin ich bei dir. Und ich bete für dich.*

*****

»Verrecke, Katharina!«, rief eine Frau in Lumpen eine Weile später.

Aufgebracht drängelte sie sich zwischen den Menschen her, die den Weg zwischen den Feldern außerhalb Kölns entlangliefen. Ihr wütender Blick hing an dem Schinderkarren, der von zwei Mähren gezogen zur Richtstätte Rabenstein nahe der Leprosenhäuser zu Melaten fuhr.

»Verrecke, Teufelshur!«, schrie sie. »Schlimme Krämpfe hast du meinem Kind angehext.«

»Verschwinde!«, zischte einer der Soldaten, die den Karren mit der Verurteilten begleiteten, und drängelte sie beiseite. »Schließ dich den anderen Leuten an.«

Neben dem Schinderkarren liefen die Soldaten einschließlich des Trommlers. Dann folgten der Greve, die Schöffen, einige Mitglieder des Stadtrates und Dominikaner Mönche, die ein gewaltiges Kreuz trugen. Aber auch viele einfache Bürger schlossen sich dem langen Zug an, zumeist überzeugt, dass Köln mit der Hinrichtung dieser Hexe so manches Leid erspart bliebe, ja sogar die Felder wieder bessere Früchte tragen würden.

Wahrhaftig war der Tod einer Hexe doch kein Anlass zur Traurigkeit, sondern ein Gottesurteil und somit ein Grund zur Freude. Niemals würde Gott zulassen, dass eine Unschuldige brannte, und somit war ihre Schuld bewiesen.

Höchst zufrieden hätte auch Doktor Wallram Blankenburg sein können, während er neben den anderen Schöffen dem Karren folgte.

Ja, und eigentlich war er das auch, wäre da nicht jener Schandfleck in seiner Laufbahn als Schöffe gewesen. Jener Schandfleck, dass sie die Hexe in diesem Fall kaum foltern und somit auch die Besagung anderer Hexen nicht hatten erzwingen können.

Zu schwach und gepeinigt von Fieber war Katharina nach der Geburt des Kindes gewesen. Vermutlich wäre sie gestorben, hätte man sie auf der Folterbank gestreckt oder ihr durch das Aufziehen am Pfahl die Arme ausgekugelt. Und einen Tod durch Folter hatte Fürstbischof Ferdinand in diesem Fall ausdrücklich untersagt. Etwas, das sehr verwunderlich war. Womöglich hatte die Teufelsbuhle ja auch den Fürstbischof verhext. Oder er war mit Geld bestochen worden. Letzteres wollte Blankenburg ihm aber lieber nicht unterstellen.

»Habt Ihr das auch gesehen?«, sagte Doktor Heinrich Glimbeck, während er zu Blankenburg aufschloss. Zur Feier des Tages hatte er seinen breiten Hut mit einer besonders prächtigen Feder bestückt.

»Was soll ich gesehen haben?«

»Vorhin, als die Hex auf den Domhof gebracht worden ist.«

»Nichts hab ich gesehen.«

»Es war für niemanden zu übersehen. Also …«

»Gott hat sie für ihre Missetaten gezeichnet. Na und?«

»Tut nicht so, als ob Ihr töricht wärt.«

Kalte Wut flammte in Blankenburg auf. Ja, selbstverständlich wusste er, was Heinrich Glimbeck meinte. Schließlich hatte er es auch gesehen, es allerdings sofort wieder verdrängt. »Seid endlich still, Heinrich. Was, wenn Euch jemand hört? Oder wollt Ihr, dass der Fall wieder neu aufgerollt wird? Dass die Hinrichtung verschoben wird? Und wem gibt man dann die Schuld? Natürlich uns, wem sonst. Habt Ihr nicht reichlich Lohn für Eure Ermittlungen gegen die Hex erhalten? Wollt Ihr den wieder verlieren?«

»Und was, wenn es jemand anderer merkt?«

»Genug jetzt. Es ist so, wie es ist«, ließ Wallram Blankenburg keinen Widerspruch mehr zu. »Und es ist gut so. Gott hat uns den richtigen Weg gewiesen.« Er blieb stehen. »Wir sind da.«

Sein Herz raste. Glimbecks Äußerungen hatten ihn aufgewühlt. Aber dennoch würde er keinesfalls zulassen, dass die Hinrichtung verschoben wurde. Alles war in bester Ordnung. Ja, natürlich war es das. In diesem Moment wurde die verurteilte Sünderin von dem Schinderkarren zum Brandpfahl geführt und daran gefesselt. Auf diesen Augenblick wartete er bei jeder Hinrichtung. Jetzt gleich würde es geschehen, und nichts genoss er so sehr wie die bloße Angst in den Augen des sündigen Geschöpfs, obwohl das auch gefährlich sein konnte. Denn den Blick einer Teufelsbuhle galt es dringlich zu vermeiden.

*****

Wallram Blankenburg.

Ja, natürlich erkannte sie ihn, nachdem ihre Blicke sich getroffen hatten.

Aber was bedeutete das schon noch?

Hier und jetzt würde sie hingerichtet werden, und wie die Krallen des Teufels saß ihr die blanke Todesangst im Nacken.

»Stirb!«, rief jemand aus der Menge, die sie vor sich sah.

Kaum konnte sie die Blicke der Menschen ertragen. Ringsherum auf den Wiesen hatten sie sich versammelt und alle lechzten nach ihrem Tod. Junge, alte, reiche und arme Menschen und in der Ferne sogar ein paar Aussätzige aus dem nahen Siechenhaus.

Pfarrer Matthias trat vor sie, legte seine Hand auf ihren Kopf und erteilte ihr Absolution, bevor er wieder ging.

Nein! O Gott! Sie hatte ja gewusst, dass sie sterben würde. Doch nun, wo es bevorstand, war alles anders. Sie wimmerte. Sie weinte. Aber es waren nur innere Tränen. Ihre Lippen waren geschlossen und ihre Augen trocken. Das dünne Hemd ließ sie frieren.

»Stirb, Teufelshure!«

Ich kann nicht mehr. Ich halte das nicht aus.

Blutleer waren ihre Hände. Zu stramm waren die Fesseln, die sie an den Brandpfahl banden. Gleich würde sie brennen, und es war, als würde sie den Geruch ihres eigenen verkohlenden Fleisches bereits riechen, obwohl das Feuer bisher nicht einmal entzündet war.

Der Strick legte sich um ihren Hals. Die Menge verstummte. Vereinzelt hörte sie sogar ein leises Weinen.

»Nein! Noch nicht jetzt! Bitte!« *Nur noch einen Augenblick,* wimmerte sie innerlich. *Was, wenn es keinen Gott gibt? Keinen Himmel? Wenn ich verlösche wie die Flamme einer Fackel, bei der sogar der letzte Funke verglüht?*

»Lasst sie brennen!« Es war ein Chor aus Stimmen, der sich wie die Brandung des Meeres erhob. »Teufelsbuhle! Mörderin!«

Die Schlinge an ihrem Hals zog sich zu. Aus Gnade hatte man ihr zugesagt, sie zu erwürgen, bevor sie brennen würde.

»Kämpf nicht dagegen an«, flüsterte der Henker. »Dann ist es leichter.«.

O Gott, bitte hilf mir doch!, flehte sie. *Öffne mir die Pforten des Himmels*. Gab es denn keine Gnade? Keinen, der sich ihrer erbarmte? Niemanden?

18

»Neeeeiiiin!«

Schon von Weitem sah Jannis die Rauchsäule, die an der Richtstätte in den Himmel aufstieg. Er kam zu spät.

Mit aller Kraft drückte er die Schenkel in die Flanken der braunen Stute und galoppierte über die Wiesen.

Sie haben es getan! Sie haben es tatsächlich getan!

In der Ferne erblickte er die Menschen auf den Wiesen rings um die Richtstätte Rabenstein und das Feuer in ihrer Mitte. Und als er näher kam, erkannte er zwischen den lodernden Strohballen auch den brennenden menschlichen Körper. Er regte sich nicht mehr.

»Katharina!« Wie von Sinnen sprang er von dem Pferd, gleichgültig dass alle ihn anstarrten. »Katharinaaaa!« Erfüllt von Grauen und Schmerz rannte er zu dem Flammeninferno und ging davor in die Knie. So heftig schlug ihm die Hitze entgegen, dass er kaum noch atmen konnte. »Katharina! O Gott! Was haben sie dir angetan! Wie konnten sie das nur tun?« Bebend schlang er die Arme um seinen Körper, um den Schmerz aushalten zu können. Aber es ging nicht. Das konnte er nicht ertragen. »Mein Gott! Wieso nur? Wieso haben sie das getan?«

»Beruhigt Euch.«

Als berühre ihn der Teufel, zuckte Jannis zusammen, als sich eine kräftige Hand auf seine Schulter legte. Sein tränenverhangener Blick traf das Gesicht eines alten Dominikaner Mönches, während er aufblickte.

»Beruhigt Euch. Das hier ist Gottes Wille.«

»Nein. Das ist der Wille des Teufels. Sie war unschuldig.«

Der Mönch lächelte schwach. »Das ist nicht möglich. Dann hätte Gott ihren Tod nicht zugelassen.«

»Mörder«, flüsterte Jannis, während er aufstand. »Mörder!«, schrie er, während er Schritt für Schritt rückwärtsging, bevor er sich zu der Schar aus Männern, Frauen, Kindern und Geistlichen umdrehte. »Allesamt seid ihr Mörder! Den Tod einer unschuldigen jungen Frau bejubelt ihr.« Seine Lippen bebten. »Dafür soll Gott euch strafen! Möge der Leibhaftige euch holen!«

»Ist das nicht der Sohn des Kaufmanns von der Laar?«, hörte er eine Frau sagen. »Offenbar hat die Teufelsbuhle ihn auch verhext.«

»Der war es doch, der den Juden ohne Geleitsbrief in die Stadt gebracht hat«, sagte ein anderer.

Nein, keinen Atemzug länger konnte Jannis diese Menschen ertragen, die überzeugt waren, einer Hinrichtung im Sinne Gottes beigewohnt zu haben.

Seine braune Stute war nirgendwo zu sehen. Sicher hatte die Hitze der Flammen sie verschreckt. Deshalb lief er einfach davon und hinaus in die Felder. Irgendwohin, wo er seine Qual würde aushalten können, auch wenn er wusste, dass es einen solchen Ort nicht gab.

Wäre er doch nur hiergeblieben, statt völlig umsonst zum Kurfürstenpalast nach Bonn zu reiten. Nicht einmal angetroffen hatte er den Fürstbischof. Auf der Jagd war der gewesen und niemand hatte ihm sagen wollen, wo. Viel zu lange hatte er umsonst auf dessen Rückkehr gewartet.

Wäre er hiergeblieben, hätte Katharina womöglich sein Gesicht zwischen all den Menschen gesehen. Vielleicht hätte sie sich dann wenigstens nicht allein gefühlt. Der Gedanke, sie im Stich gelassen zu haben, trieb ihn an den Rand des Wahnsinns. Wie sollte er damit leben? Und wie sollte er noch in dieser Stadt leben? Nein, sogar in diesem Land, wo an so vielen Orten die Scheiterhaufen brannten? Wie sollte er mit Menschen leben, die die Frau, der er zugetan war, so erbarmungslos gerichtet hatten?

Die Stiche in seiner Seite ließen ihn langsamer laufen. Dennoch ging er weiter und immer weiter. Denn sobald er anhielt, würde der Schmerz über Katharinas Tod ihn einholen. Weder das Rauschen der grünen Felder, noch dass seine getreue Stute ihm folgte, nahm er wahr.

Irgendwann sah er quer vor sich die Straße, die nach links zur Severinstorburg der Kölner Stadtmauer führte. Und geradeaus in der Ferne erblickte er Schiffe, die über den Rhein fuhren.

Nein, Katharina war nicht tot. Das war doch nur ein Albtraum. Und wenn es kein Traum war, wieso sollte er ihr dann nicht in den Tod folgen? Was blieb ihm denn außer der Ehe mit Sophia, in der er bei lebendigem Leibe erfrieren würde. Nur der Gedanke an seine Großmutter versetzte ihm einen Stich. So gerne hätte er Henriette noch einmal wiedergesehen.

Dass ihm jemand vom Richtplatz gefolgt war, hatte er nicht einmal bemerkt. Aber selbst wenn doch, wäre er trotzdem nicht stehen geblieben. Seit er die Hitze des Feuers auf seiner Haut gespürt hatte, war alles andere ohne Bedeutung.

*****

Wo ist er? Wo ist Jannis bloß?

Geraume Zeit später strich sich Caspar durch das rote Haar. Die vereinzelten gelben Blüten des Feldes, auf dem er stand, bewegten sich im sanften Wind.

Wie lange suchte er inzwischen bereits nach Jannis, nachdem er ihn von dem Richtplatz hatte davonlaufen sehen? Wie eine Ewigkeit kam es ihm vor.

Auf der Stelle war er Jannis gefolgt, als der davongerannt war. Doch leider waren dessen Beine schneller als seine eigenen. Längst hatte er ihn aus den Augen verloren, und alles Rufen hatte nichts genützt. Jannis war verschwunden.

Ein Geräusch ließ Caspar herumfahren. Verblüfft starrte er auf das braune Pferd, das er am Rande des Feldes sah. Behutsam, um es nicht zu verschrecken, näherte er sich dem Tier. »He, ganz ruhig Brauner.«

Mit einem Büschel Gras im Maul wich die scheue Stute zurück, als er sie erreichte.

»Du gehörst Jannis, nicht wahr? Dich hab ich am Richtplatz gesehen.« Da sie ihm auswich, gelang es ihm erst nach einer Weile, sie am Zügel festzuhalten. Ein wenig nervös stieg er in den Sattel. Seit dem Tod seiner Eltern hatte er auf keinem Pferd mehr gesessen. Aber es half nichts. Unbedingt musste er Jannis finden, bevor noch Schlimmeres geschah.

Jannis würde doch nicht …? Nein, auf keinen Fall würde er sich selbst etwas antun. Sich zu töten war Sünde. Auf ewig würde seine Seele im Fegefeuer brennen. Aber dennoch. Schließlich war Jannis wie von Sinnen gewesen.

»Nun mach schon«, sagte Caspar ungeduldig, da die Stute seitwärts ausscherte, anstatt vorwärtszugehen, nachdem er mit der Zunge geschnalzt hatte. Fest drückte er seine Schenkel in ihre Flanken, und endlich lief sie vorwärts. Anfangs trabte sie. Dann fiel sie in einen leichten Galopp.

Dass Jannis rechts an der Stadt vorbei Richtung Rhein gelaufen war, hatte er noch gesehen. Das war die einzige Möglichkeit.

Eine Kutsche fuhr über die holprige Querstraße Richtung Severinstor an ihm vorbei, und geradeaus in der Ferne fuhren Schiffe über den Rhein.

Behutsam lenkte er die Stute quer über die Straße und auf der anderen Seite durch eine Ansammlung von Bäumen.

»Ruhig«, sagte er und ließ sich nach einer Weile von dem Pferderücken auf den Boden gleiten. Vor sich auf dem Leinpfad am Ufer des Rheins sah er Treidelpferde, die vor Anstrengung schnaubend eines der Lastschiffe stromaufwärts zogen.

Irgendetwas im Unterholz knackte und der warme Atem der Stute streifte seine Hand, während er sich umschaute. Nichts! Hier war niemand.

Verzweifelt drehte Caspar sich einmal um die eigene Achse und plötzlich schlug sein Herz schneller, als er unter einem Baum etwas sah. *Ist er das?*, dachte er. *Ist das Jannis?*

Halb von einem Busch verborgen saß der hellhaarige Mann in sich zusammengesunken auf der Erde mit dem Rücken an einen Baumstamm gelehnt.

Längst musste er etwas gehört haben und eigentlich aufblicken. Aber er tat es nicht, und mit jedem Schritt, mit dem Caspar sich ihm näherte, wuchs seine Sorge, dass er tot war. Hatte Jannis sich tatsächlich etwas angetan? Oder war das gar nicht Jannis? Überall konnten auch Räuber lauern.

»Jannis«, sagte er leise.

Doch nichts geschah.

»Jannis.« Obwohl es Caspar davor graute, eventuell einen Toten zu berühren, tippte er ihm auf die Schulter.

»Was willst du?« Langsam hob Jannis den Kopf und schaute ihn mit leerem Blick und geröteten Augen an.

»Ich hab Euch gesucht.«

»Warum?«

»Na, Euer Pferd. Ich hab es gefunden.«

»Verschwinde.«

»Aber ...«

»Ich sagte, verschwinde!« All sein Schmerz und seine Wut klangen in Jannis' Stimme mit.

»Nein. Ich muss mit Euch reden.«

»Wozu?«

»Ich hab Euch an der Richtstatt gesehen und ...«

»Sei still!« So hitzig, als hätte ihn jemand geschlagen, sprang Jannis auf und packte Caspar bei den Schultern. Erschrocken riss die Stute sich los und entfernte sich ein Stück. »Ich will nichts davon hören. Und jetzt hau endlich ab!«

»Nicht bevor ich mit Euch geredet habe.«

»Aber wozu denn? Was ist denn noch wichtig?« Erneut setzte Jannis sich auf die Erde und verbarg das Gesicht in den Händen.

»Mir hat Katharina auch etwas bedeutet«, ließ Caspar sich nicht beirren. »Den Bürgermeister habe ich aufgesucht und ihm erzählt, dass ich die Gewandnadel kenne, von der alle sprachen, und dass ich sie dem Bettler geschenkt habe.«

Jannis hob den Kopf. »Warum erzählst du mir das?«

»Nur gelacht hat der Bürgermeister über mein Auftauchen. Ich solle verschwinden, bevor er mich in einen Turm sperren ließe.«

Jannis schlang die Arme um seinen Körper. »Hör auf damit. Lass mich in Ruhe.«

»Was habt Ihr vor, Jannis?«

»Was geht dich das an?«

»Ich muss Euch etwas sagen. Aber ich weiß nicht wie.« Caspar schaute an den Baumstämmen vorbei auf den Rhein. »Weil ich mir nicht sicher bin, ob es wirklich so ist. Und wenn ich es jetzt sage und es ist gar nicht wahr.«

»Was?«

»Ob sie noch lebt, weiß ich eben nicht.«

»Wer?«

»Katharina.«

»Willst du mich in den Wahnsinn treiben?« Noch hitziger als zuvor sprang Jannis auf. »Mit meinen eigenen Augen habe ich gesehen, wie sie verbrannt ist.«

»Ein Feuer habt Ihr gesehen.«

»Und einen Menschen darin.«

»Ja, richtig. Aber zuvor auf dem Domhof wart Ihr nicht. Ich jedoch schon.«

»Was willst du damit sagen?«

»Kahlgeschoren war sie. Und dann noch die grausigen Wunden, die Entstellungen in ihrem Gesicht und an ihrem Nacken. Ich dachte, es käme von der Folter.«

»Also war sie es doch.«

»Ich hab mich an den Leuten vorbei nach vorn gedrängelt. Recht deutlich hab ich sie gesehen. Ich hatte sie größer in Erinnerung und dann ihre Augen …«

»Hör auf! Natürlich war sie es. Wer sonst sollte es gewesen sein?«

»Ich weiß nicht. Vielleicht haben mich meine Sinne ja auch getäuscht. Aber jemand, der sie kennt, hat sie noch deutlicher gesehen als ich.«

»Wer?«

»Kommt mit.« Regentropfen klatschten auf die Laubbäume, als Caspar zu der Stute ging, die ihren Durst an einer Pfütze stillte. Mit einem Blick auf Jannis, der unschlüssig dastand, nahm er den Zügel. »Ich denke, Euer Pferd ist stark genug. Es kann uns beide tragen.«

19

Zur gleichen Zeit, weit entfernt von Köln, peitschten Sturm und Regen durch die Wipfel der Bäume rings um den Hof von Kloster Benden.

Die Kapuze seines Umhangs verbarg das Gesicht des Mannes, der draußen vor der offenen Tür der Klosterpforte stand. »Ich muss die Äbtissin sprechen.«

»Tretet ein.« Schwester Philomenia ließ ihn in die Vorhalle treten und schloss die Tür. »Sicher war der Weg von Köln bis nach Brühl recht beschwerlich«, sagte sie freundlich. »Zumal der Herrgott uns Regen und Wind geschickt hat. Ich werde Euch ein wenig Brot und Ziegenmilch bringen.«

»Nicht nötig.« Das dunkle Haar klebte an seiner Stirn, als er die Kapuze zurückschob. Tropfen schimmerten in seinem dichten Bart.

Wie bereits bei ihrer letzten Begegnung empfand Schwester Philomenia die Kälte in seinen Augen und den harten Zug um seinen Mund wenig angenehm. Sie mochte ihn nicht. Aber Vertrag war Vertrag, und Spenden hatte das Kloster trotz seiner Besitztümer dringend nötig. »Leider ist unsere Äbtissin schwer erkrankt.«

»Dann wende ich mich an Euch. Ihr vertretet sie doch.«

»Ja, aber …« Erst jetzt bemerkte sie den prall gefüllten Geldbeutel in seiner Hand. »Also gut.« Sie deutete auf die Tür am Ende der Halle. »Lasst uns dort miteinander sprechen.«

»Wozu der Aufwand? Ihr wisst, was ich will.«

»Zuerst reden wir miteinander«, blieb sie hart.

Seine Miene ließ Missmut erkennen. »Die Sache ist ernst, Schwester. Deshalb müssen wir den Plan ändern. Herrgott! Was ist das?«, sagte er, als er die Schreie einer Frau hörte, gefolgt von einem erbärmlichen Wimmern, das einen Moment später wieder verstummte.

Mit einem weißen Habit bekleidet trat eine junge Novizin aus einem Nebenraum in die Halle. »Bitte, Schwester Philomenia, Ihr müsst kommen. Sie stirbt uns unter den Händen weg. Nur Eure Hilfe und Eure Gebete können sie vielleicht noch retten.«

»Ich komme.« Philomenia nickte, bevor sie sich wieder ihrem Besuch zuwandte. »Wie Ihr seht, müsst Ihr Euch noch ein wenig gedulden.« Erneut deutete sie auf die Tür am Ende der Halle. »Bitte geht schon voraus und nehmt Platz. Nein, wartet!«, sagte sie, als er sich anschickte, ihrer Aufforderung zu folgen. »Euren Namen habe ich leider vergessen.«

»Der ist unwichtig.«

»Ohne Euren Namen werde ich nicht mit Euch sprechen.«

Sie ist hübsch, dachte er und fühlte das Kribbeln zwischen seinen Lenden. Wäre da nur nicht die schwarze Nonnentracht mit dem weißen Kragen, die weder eine Haarsträhne noch den Ansatz ihrer weiblichen Formen erkennen ließ.

»Also gut. Da Eure Erinnerung ja lückenhaft zu sein scheint, Schwester, ich heiße Gabriel Belberg, Sohn des Kölner Kaufmanns Hinrich Belberg.«

*****

Ein Regenbogen zeigte sich am Himmel über Köln. Der kurze Schauer war gleißendem Sonnenschein gewichen.

»Ja, ja, ich komme ja schon. Müsst ja nicht gleich die Tür einschlagen.« Nur langsam ging Elsa durch den Flur zur Tür des Pfarrhauses. Rascher zu laufen war ihr unmöglich. Dafür schmerzte ihr Rücken viel zu sehr. All die Jahre schwerer Arbeit hatten sie gebeugt.

Ihre Finger zitterten leicht, als sie den Riegel beiseiteschob und die Tür öffnete. »Pfarrer Matthias ist nicht da«, sagte sie, als sie Jannis und den rothaarigen Jungen sah.

»Wo ist er?« Ungeduldig stieß Jannis die Tür des Pfarrhauses der Kölner Kirche St. Maria in Lyskirchen vollständig auf.

»He, he. Gebietet es sich für einen Herrn wie Euch nicht, freundlich zu sein?«

Jannis atmete tief durch. Ja, Elsa hatte recht. Er musste sich beruhigen. »Bitte sag mir einfach, wo ich Pfarrer Matthias finde, Elsa.«

»Der ist nicht in Köln. Nach Süden ist er, zusammen mit dem Küster Philipp, glaub ich. Hab gehört, wie die beiden darüber gesprochen haben. Des Pfarrers alte Mähre wollten sie vor einen Wagen spannen und dann losfahren.«

»Wie lange ist das her?«

»Noch nicht allzu lange. Erst vorhin habe ich angefangen, hier sauber zu machen, kurz nachdem der Pfarrer und der Küster Philipp das Haus verlassen hatten.«

»Hat Pfarrer Matthias über Katharina Anstett gesprochen?«, sagte Jannis. »Ist ihm etwas Besonderes aufgefallen, als er während der Verkündung des Urteils auf dem

Domplatz war.«

»Katharina?« Elsa runzelte die faltige Stirn.

»Die Hex, die sie heute verbrannt haben«, erklärte Caspar.

Elsa schüttelte den Kopf. »Nein. Nicht dass ich wüsste.«

»Sei bedankt«, sagte Jannis höflich.

»Soll ich nicht noch trockene Tücher bringen, damit ihr euch abtrocknen könnt? Der Regen. Ihr zwei seid ja ganz nass.«

»Nein, schon gut«, sagte Caspar, bevor sie sich abwandten und davongingen.

Kopfschüttelnd schaute Elsa ihnen hinterher, bevor sie die Tür schloss und vergaß, den Riegel vorzuschieben. Gebeugt ging sie zurück in die gute Stube und von dort in das Schreibzimmer von Pfarrer Matthias und dem Küster Philipp.

Wen interessierte denn schon die Hex, die sie heute verbrannt hatten. Wieder eine der Zauber'schen weniger, die Unheil über Köln brachten.

Überall in dem Schreibzimmer lag Papier herum. Ordnung kannten sowohl Pfarrer Matthias als auch der Küster Philipp nicht. Wie oft hatte sie hier schon aufgeräumt. Aber neben ihrem Ordnungssinn verspürte Elsa jedes Mal auch Neugier. Jetzt wo beide nicht da waren, erschien es ihr als die Gelegenheit.

Die winzige Truhe in dem schweren Schrank mit Eisenscharnieren hatte sie vorhin bereits entdeckt und auf einen Tisch gestellt. Nun konnte sie ihrer Neugier nicht mehr widerstehen und öffnete sie. Ein winziges Kästchen lag darin und sie nahm es heraus und öffnete es ebenfalls.

Im ersten Moment runzelte sie die Stirn. Doch dann

begriff sie, *was* das war, das sie in dem Kästchen erblickte, und legte erschrocken eine Hand vor den Mund. »Heilige Muttergottes!« Damit musste sie sofort zu einem der beiden Bürgermeister oder zu einem Gerichtsdiener gehen.

Das Kästchen konnte weder dem Pfarrer Matthias noch dem Küster Philipp gehören. So oft besuchten Bürger der Gemeinde den Pfarrer hier im Pfarrhaus. Sicher hatte einer von denen es hier vergessen und Pfarrer Matthias hatte es, ohne hineinzusehen, weggestellt.

Dass sie längst nicht mehr allein war, weil sie die Haustür weder abgeschlossen noch den Riegel vorgeschoben hatte, bemerkte sie nicht. Erst als sie Schritte hinter sich hörte, drehte sie sich um. »Ihr?«, entfuhr es ihr.

Wut spiegelte sich in seinen Augen, aber auch Mitleid. »Es ist Sünde, so neugierig zu sein, Elsa.« Seine Mundwinkel zuckten. »Es tut mir leid.«

Noch bevor sie etwas sagen konnte, spürte sie das Messer in ihrem Bauch. Der Schmerz kam so überraschend, dass sie gar nicht verstand, was geschah. Der zweite Stich bohrte sich direkt in ihr Herz, während das Kästchen mit dem sonderbaren Inhalt aus ihrer Hand fiel. Blut quoll aus ihrem Mund, bevor sie wie ein gefällter Baum umfiel und liegen blieb.

Langsam beugte er sich hinab, schloss Elsas Augen und bekreuzigte sich. Im Gegensatz zu dem Tod der Dirnen war das nicht geplant gewesen. Aber seine Schuld war es nicht. Ihre Neugier hatte sie in den Tod getrieben, redete er sich ein, weil er sich dann besser fühlte. Er hob das Kästchen auf und steckte es in seinen Beutel. Dann verließ er das Haus.

*****

»Es wird bereits dunkel.« Zwei Stunden später hielt Jannis seine Stute an, die ihn und Caspar von Köln nach Süden trug. »Steig ab, Caspar. Sie braucht eine Pause.«

Behutsam ließ Caspar sich vom Rücken des Pferdes auf den Boden gleiten, löste den Trinkschlauch vom Sattel und nahm einen Schluck daraus.

»Es hat keinen Sinn, Pfarrer Matthias finden zu wollen«, sagte Jannis, während er selbst auch abstieg. »Sicher haben er und der Küster Philipp einen anderen Weg genutzt. Längst hätten wir sie einholen müssen.«

»Wollt Ihr aufgeben?«

Jannis zuckte mit den Schultern. »Ich weiß ja nicht einmal, warum ich das tue. Warum ich dir Glauben geschenkt habe.«

»Weil Ihr mir glauben wolltet. Weil Ihr Katharinas Tod nicht ertragen könnt.«

»Das muss ich aber.« Jannis starrte nach links auf den Rhein. Eine ganze Weile war der Fluss nicht zu sehen gewesen. Doch hier führte die Straße wieder nah an dessen Ufer entlang. Als grauer Schleier senkte sich die einsetzende Dunkelheit über das Wasser. »Irgendwie muss ich es aushalten, dass sie tot ist. Alles andere war nur eine sinnlose Hoffnung.« Wie ein Schiff hatte ihn diese Hoffnung getragen. Doch mittlerweile sah er klarer, war der Schmerz wieder unerträglich. Nie wieder würde er schlafen können, ohne dass er Katharina brennen sah.

»Glaubt mir, ich weiß, wie sich das anfühlt. Vor ein paar Jahren sind meine Eltern im Feuer gestorben, in unserem Haus. Und Katharina erinnert mich, glaub ich, an meine Mutter. Deshalb mochte ich sie so sehr.«

»Das mit deinen Eltern tut mir leid.«

Caspar lächelte schief. »Muss es nicht. Ist schon lange her. Nur mein Onkel. Ich glaub, er wäre meinen Bruder und mich lieber los. Zwei Mäuler weniger, die er zu füttern hätte.« Er blickte zum Fluss. »Seht mal da! Dahinten ankert ein Schiff am Ufer.«

»Lass uns nach Köln zurückreiten, Caspar.«

»Nein, wartet.«

Der Anblick des Lastschiffes lenkte sie ab. Deshalb bemerkten sie nicht, was hinter ihnen geschah, sahen den Schatten nicht, der sich ihnen näherte. Erst als im Dickicht ein Knacken und das Schnauben eines anderen Pferdes zu hören waren, begriffen sie, dass sie nicht mehr allein waren.

»Nehmt die Hände hoch«, sagte eine Stimme hinter ihnen.

Räuber, dachte Caspar, während er seinen rasenden Herzschlag spürte. *Ja, natürlich. Wer sonst? Die werden uns töten.*

Blitzartig drehte Jannis sich um und sah einen Mann auf einem hellen Pferd. »Philipp!« Trotz der Abenddämmerung erkannte er den Küster der Kölner Kirche St. Maria in Lyskirchen, der zusammen mit Pfarrer Matthias im Pfarrhaus lebte.

»Jannis von der Laar.« Erstaunen schwang in der Stimme des jungen Küsters mit, während er mit einer Pistole in der Hand langsam auf sie zu ritt. »Was, in Gottes Namen, tut Ihr hier?«

»Pfarrer Matthias. Ist er hier bei Euch? Ich muss mit ihm sprechen.«

Philipp lachte auf. »Ja, natürlich. Nur um mit ihm zu

sprechen, seid Ihr hier. Wer sollte Euch das glauben?« Er stieg vom Pferd, die Pistole noch immer auf sie gerichtet. »Hat Euer Vater Euch geschickt, um uns zu beschatten? Ist es so? Schließlich ist er beim Stadtrat. Oder gar dieser Heinrich Glimbeck, der Dechant von St. Severin, den Euer Vater gut kennt. Weiß man es in Köln schon?«

»Wovon redet Ihr?«

»Pfarrer Matthias mag Euch geglaubt haben, als Ihr vorgestern im Pfarrhaus aufgetaucht seid. Aber denkt Ihr, ich hätte Euch Euer falsches Gejammer abgenommen? Katharina, Herr Pfarrer. Wie konntet Ihr sie alleinlassen, Herr Pfarrer? Das war unerträglich, Jannis. Deshalb hab ich Euch etwas in den Wein getan, sodass Ihr eingeschlafen seid. Wir konnten Euch nicht vertrauen.« Langsam kam der Küster näher. »Warum diese Heuchelei, Jannis? Ihr kanntet Katharina schließlich kaum. Was sollte sie Euch also bedeuten? Und was tut Ihr jetzt hier an diesem Ort? Wer hat Euch geschickt? Wallram Blankenburg oder Heinrich Glimbeck, der eifrigste der Hexenkommissare? Welcher der beiden feinen Herren? Ahnen die bereits etwas?«

»Was sollen sie ahnen?«

»Tut doch nicht so.«

»Was sollen sie ahnen?«, sagte Jannis. »Was habt Ihr getan, dass Glimbeck und Blankenburg es nicht wissen dürfen? Sagt mir die Wahrheit. Ist es wahr, was Caspar sagt? Stimmt es, dass jemand anders an Katharinas Stelle verbrannt ist?«

»Nein.«

»Tut mir das bitte nicht an.« Jannis näherte sich Philipp, bis er die Mündung von dessen Pistole an seiner Brust spürte. »Keine Lügen. Falls Katharina lebt, dann sagt es mir bitte. Ja, es stimmt. Ich kenne sie kaum, und dennoch war ich ihr von Anfang an zugetan. Sogar nach Bonn bin ich geritten, um den Kurfürsten um Gnade für sie zu bitten. Doch er war auf der Jagd. Glaubt mir, lange wollte ich selbst nicht wahrhaben, was mir diese Frau bedeutet.«

Zögerlich ließ Philipp die Pistole sinken. »Und der Junge da?« Sein Kopf ruckte in Richtung Caspar.

»Glimbeck oder Blankenburg hetzen euch wohl kaum ein Kind auf den Hals. Caspar war es, der mir gesagt hat, dass mit der Verurteilten auf dem Domhof etwas nicht stimmte. Dass er unsicher sei, ob die Frau wirklich Katharina war.«

Kurz stand der Küster reglos da, bevor er tief durchatmete. »Folgt mir.«

Nur schwerlich gelang es Jannis, sich zu beherrschen. Erst als er näherkam, sah er den Planwagen, der am Ufer vor dem Lastschiff stand. Zwei Männer brachten die Treidelpferde, die durch lange Seile mit dem Mast des Schiffes verbunden waren und es vom Ufer aus stromaufwärts ziehen mussten, wieder in Position, damit es weiterfahren konnte.

»Wartet hier«, sagte Philipp. »Zuerst muss ich mit Pfarrer Matthias sprechen.«

Unruhig lief Jannis hin und her, während Philipp zu dem Planwagen ging, davor stehen blieb und mit jemandem in dessen Innern sprach.

Urban! Was tut der schwarze Mann hier? Jannis glaubte seinen Augen nicht zu trauen, als er sowohl Pfarrer Matthias als auch Urban aus dem Wagen steigen sah.

»Im Gegensatz zu Philipp vertraue ich Euch«, sagte Pfarrer Matthias, als er näherkam. »Und von Katharina weiß ich, dass sie Euch auch zugetan ist. Viele Male hat sie von Euch gesprochen, als ich bei ihr im Frankenturm war. Sie ist …« Er zögerte. »Der beste Weg, sie aus Köln zu schaffen, war das Lastschiff. Ein Schiffer aus den Niederlanden und seine Männer haben uns geholfen. Aber ich weiß nicht, ob sie es schafft. Sie ist sehr schwach. Seit dem Tod ihres Kindes hat sie sich aufgegeben und kaum noch etwas gegessen. Zum Glück ist das Fieber wieder gesunken.«

»Im Planwagen, ja?«, sagte Jannis rau.

»Ja. Aber Ihr müsst vorsichtig sein.«

Jannis hörte das nicht mehr. So schnell er konnte, rannte er zu dem Wagen und kletterte hinein. Einen Moment lang fühlte er Schwindel, als er die reglose Gestalt unter der Decke auf dem Boden liegen sah. In dem schwachen Licht war sie nur undeutlich zu erkennen. War sie es? War sie es tatsächlich? Unfassbar war die Vorstellung, dass sie tatsächlich noch lebte, und die Angst groß, dass es doch nur eine Täuschung sein könnte. Vorsichtig kniete er sich neben sie und zog mit zittriger Hand die Decke weg, die ihr Gesicht zur Hälfte bedeckte. Ihr langes braunes Haar war abgeschnitten, ihre Wangen eingefallen.

»Katharina. Hört Ihr mich? Ich bin es. Erinnert Ihr Euch?«

»Jannis?«, sagte sie so leise, dass er sich nicht sicher war, ob er sich getäuscht hatte.

»Ja, ich bin es. Alles ist gut. Ich bin hier.« Seine Worte erstickten in den Tränen, die er krampfhaft zurückhielt. Zärtlich strich er über ihre Wange. »Alles ist gut. Hört Ihr? Wurdet Ihr gefoltert? Tut Euch etwas weh? Habt Ihr Schmerzen? «

»Nein. Aber mein Kind. Es ist tot.«

»Ja, das weiß ich, und das tut mir so leid.« Widerstandslos liefen die Tränen jetzt über seine Wangen. Katharina lebte und bewegte sich, und es tat so gut, sie zu berühren. »Das mit Eurem Kind tut mir so unendlich leid.« Das Gefühl, als sie die Hand hob und sein Kinn berührte, ließ ihn erschauern.

Übergroß wirkten ihre Augen in dem schmalen Gesicht, als sie ihn ansah. »Es ist so schön, dass Ihr hier seid, Jannis. Nur verstehe ich es nicht. Warum lebe ich noch?«

»Weil ich dich brauche.« Zärtlich drückte er ihr einen Kuss auf die Stirn. »Und weil Gott nicht wollte, dass du stirbst, weil du noch dein ganzes Leben vor dir hast.«

*****

Längst hatte der Abend den Tag besiegt, als Pfarrer Matthias und der Küster Philipp den Planwagen über einen holprigen Weg entlang von mondhellen Feldern und Wiesen lenkten.

Katharina schlief und immer wieder schaute Jannis zu ihr, obwohl er wegen des schwachen Lichts in dem Wagen nur wenig sah. Kaum einen Augenblick konnte er sie aus den Augen lassen. Atmete sie noch? Schaffte sie es? Etwas anderes konnte Gott doch nicht zulassen. Aber was, wenn sie bereits zu schwach war?

Caspar, der neben Urban an der Wand gegenüber lehnte, schnarchte leise.

»Ihr liebt Katharina sehr, nicht wahr?« Kaum mehr als das Weiß seiner Augen war von Urbans schwarzem

Gesicht in der Düsternis zu sehen. »Mir ist es einst ebenso ergangen. Meine Frau, sie …« Er stockte.

Jannis sah ihn an. »Was ist mit ihr geschehen?«

»Stark und stolz war mein Stamm in Afrika, bis Sklavenhändler unser Dorf überfallen haben. Meine Frau starb.« Er senkte den Kopf. »Meine beiden Söhne wurden mit einem Sklavenschiff nach Übersee in die neue Welt gebracht. Mich wollte ein Händler als Geschenk für einen deutschen Kurfürsten, sozusagen als exotisches Schmuckstück. Aber kurz vor Köln haben uns Landsknechte überfallen und den Händler und seine Gefährten getötet.« Er hob den Kopf. »Ich habe überlebt, weil ich eine Trophäe war, die sich verkaufen ließ.«

»Hinrich Belberg hat Euch gekauft?«

»Um mich zu bekommen, blieb ihm wohl keine andere Wahl. Und da ich Eurer Sprache derzeit schon ein wenig mächtig war, hat er mir ein Angebot gemacht. Meine Dienste gegen eine gute Entlohnung.« Urban lehnte sich zurück. »Welche Wahl hatte ich denn? Wohin hätte ich denn gehen sollen? Mein Stamm war ausgelöscht und meine Familie ermordet oder verschleppt.«

Jannis spürte tiefes Mitleid. »Das tut mir sehr leid. Wie kann ein Mensch so viel ertragen?«

»Niemand kann das. Wenn ich die Augen schließe, sehe ich meine Frau auf der Flucht in einen Abgrund stürzen und meine Söhne, wie sie von den Sklavenhändlern gejagt werden.« Urbans Blick glitt zu Katharina. »Die andere Frau ist für Katharina gestorben. Sie wollte es so. Ich muss es wissen. Ich war derjenige, der sich um sie gekümmert hat.«

Jannis hielt den Atem an »Wer?« Er beugte sich zu Urban vor. »Wer ist für Katharina gestorben und wie kann das überhaupt möglich sein? Ich verstehe es nicht.«

»Für manche Menschen ist der Tod eine Erlösung«, sagte Urban. »Aber nicht jetzt sollten wir darüber sprechen. Katharina könnte es hören.«

20

Wein schwappte aus dem Becher auf den Boden, als Agnes im Nachtgewand durch die Tür in Hinrichs Gemach torkelte. Zerzaust hing ihr das offene helle Haar ins Gesicht.

»Wie habt Ihr das wieder geschafft?«, lallte sie. »Selbst die Bediensteten tratschen darüber, dass die Frau, die verbrannt wurde, nicht Katharina gewesen sei. Die Räume auf dem Dachboden über Katharinas Gemach sind leer. Sie ist fort. Wart Ihr es, der sie genötigt hat, für Katharina zu sterben? Oder hat sie das selbst entschieden?«

Hinrich Belberg wischte sich Wein aus dem weißen Bart, stellte seinen Becher auf ein Schränkchen und erhob sich von dem Bett, auf dem er saß. »Raus aus meinem Gemach. Auf der Stelle!«

Agnes lachte hysterisch, während sie sich ihm näherte. Das Kerzenlicht verstärkte die tiefen Schatten unter ihren Augen. Der Wein, der aus ihrem Becher schwappte, hinterließ eine Spur auf dem Boden. »Welchen Grund sollte ich wohl noch haben, Euch zu gehorchen? Alles habt Ihr mir genommen. Und Ihr genießt es, nicht wahr? Es ist Euch eine Freude, mich zum Gespött zu machen, indem ich niemanden mehr empfangen darf und bei der Köchin um Essen winseln muss. Nicht einmal Euer Geheimnis kann ich nun noch verraten. Wie wunderbar ist es für Euch, dass der Dachboden jetzt endlich leer ist. Welch Freude, dass der Mensch, der dort so viele Jahre sein Leben fristen musste und Euch eine Last war, jetzt verschwunden ist.«

»Redet keinen Unsinn. Sie musste dort nicht leben.

Jederzeit hätte sie gehen können.«

»Wohin hätte sie mit ihrem Leiden denn gehen sollen? Mit von pockigen Geschwüren zerfressenem Körper und Gesicht? Angefleht hat Christina Euch, nicht mehr auf dem Dachboden leben zu müssen, weil ihr Leiden in Köln ebenso verrufen ist wie Aussatz. Ein Leichtes wäre es für Euch gewesen, ihr ein besseres Leben mit ihrem Sohn Max außerhalb Kölns zu ermöglichen. Aber Max wolltet Ihr ja nicht hergeben.« Sie lachte wieder. »Ja, dachtet Ihr etwa, Eure Schwester Christina hätte mir nicht erzählt, dass Max gar nicht Euer Sohn war? Ihr seid unfähig, Kinder zu zeugen. Deshalb müsst Ihr anderer Leute Kinder stehlen.«

»Seid still!« Zornig packte Hinrich Agnes bei den Armen. »Meine jüngere Schwester Christina war ein sündiges Weib. Deshalb hat Gott sie mit diesem grausigen Leiden, mit diesen stinkenden Geschwüren gestraft. Mit einem Wandergesellen hat Christina es getrieben, nur weil sie den Mann nicht heiraten wollte, den ich für sie ausgesucht hatte. Davongelaufen ist sie mit dem Gesellen, um nach vielen Jahren schwanger und krank zurückzukehren. Dennoch war ich so gnädig, meine Schwester wieder in mein Haus aufzunehmen.« Er ließ Agnes los, ging zum Fenster und starrte in die Dunkelheit. »Max war weder Christinas noch mein Sohn. Christina hätte nicht ertragen, dass ihr Kind totgeboren worden ist. Aber mir ist es gelungen, einen Säugling aus einem Spital zu bekommen, dessen Mutter zu arm war, um ihn zu ernähren. Und dieser Junge war Max. Nie hat Christina erfahren, dass er nicht ihr Sohn war.«

Agnes' Lippen zitterten. »Noch ein Kind, das Ihr

gestohlen habt. Und Gabriel? Habt Ihr ihn auch gestohlen, als er ein Kind war, weil Ihr unbedingt einen Sohn wolltet?«

»Ihr versteht nichts. Überhaupt nichts versteht Ihr.« Er ging wieder zu Agnes. »Geliebt habe ich meine jüngere Schwester Christina. Jahrelang habe ich den Bediensteten einen höheren Lohn für ihr Schweigen bezahlt, damit Christina auf dem Dachboden leben konnte. Ein Vermögen habe ich für Urban ausgegeben, damit er sich um sie kümmert.«

»Habt Ihr je begriffen, wie unsagbar sie gelitten hat? Kein Gefängnis, kein Kerker hätte grausamer sein können. Mitten in der Nacht hat sie sich mit Urban desweilen nach draußen geschlichen, weil sie es nicht mehr ertragen hat. Kennt Euer Herz denn kein Mitleid?«

Hinrich packte sie wieder bei den Armen. »Wie könnt Ihr es wagen, mir so etwas zu sagen, wo Ihr Katharina so kaltblütig beschuldigt habt?«

»Katharina ist ein gieriges Weib. Vom ersten Tag an wusste ich, dass sie uns alles nehmen wollte.«

»Seid still, Weib!« Schmerzhaft krallte er seine Finger in ihre Arme. »Niemals hätte ich Euch als Eheweib für Gabriel wählen dürfen. Nichts ist Euch so zu eigen wie Neid und Missgunst.«

Tränen liefen über Agnes' Gesicht. »Ihr habt mich doch zu dem gemacht, was ich bin. Neid und Hass waren mir fremd, als ich hierher kam. Eure Demütigungen haben mich verändert. Und für Gabriel war ich doch gar nicht da. Nie zuvor in meinem Leben habe ich mich so allein gefühlt wie in Eurem Haus.«

»Ich sagte, seid still!«

»Sperrt mich doch auf den Dachboden wie Eure

Schwester.«

»Ihr wisst, dass es nicht anders ging. Hätte jemand von Christinas Leiden erfahren, wäre sie aus Köln verstoßen worden so wie die Aussätzigen, die Leprösen. Sie hat ihr Schicksal selbst gewählt. Hätte sie Köln ohne Max verlassen, hätte ich ihr ein Leben auf dem Lande ermöglicht.«

»Wie großzügig von Euch«, spuckte Agnes ihm ins Gesicht. »Und wie beschämend muss es für Euch gewesen sein, zu begreifen, dass Ihr nur heiße Luft in eine Frau blast, wenn Ihr ihr beiwohnt. Nicht einmal ein richtiger Mann seid Ihr.«

»Schweigt endlich!«

»Ein Tyrann seid Ihr!«, schrie sie. »Jahrelang habt Ihr mich gedemütigt, mir vorgeworfen, ich würde Euch keinen Erben gebären. Dabei seid Ihr selbst nicht in der Lage, Kinder zu zeugen.« Völlig außer sich riss sie sich los und schüttete ihm den Wein aus dem Becher ins Gesicht. »Ich hasse Euch. Keinesfalls werdet Ihr mich zwingen, ein Leben wie Christina zu fristen, eingesperrt in ein einziges Zimmer. Allen werde ich erzählen, dass Ihr kein richtiger Mann seid und dass weder Max noch Gabriel Eure Söhne sind.«

Hastig wollte sie gehen. Doch er hielt sie fest.

»Lasst mich los, Hinrich!«

»Wagt es nicht! Niemandem erzählt Ihr auch nur ein Wort.«

»Alle werden es erfahren.« Eilig sammelte sie Speichel in ihrem Mund und spuckte ihm den ins Gesicht.

Der Schmerz, als er ihr dafür ins Gesicht schlug, ließ sie aufschreien und vor ihm zurückweichen. Nie zuvor hatte sie eine solche Wut in den Augen eines Menschen gesehen. Aber es war egal. Es hatte keine Bedeutung. Sie hasste ihn. Sie verabscheute ihn. »Alle werden wissen, dass Ihr kein Mann seid.«

»Das wagt Ihr nicht!«

Ihr Lachen klang hysterisch. »Was wollt Ihr dagegen tun?«

»Seid still!«

»Alle werden Euch verspotten.«

Der zweite Schlag war so heftig, dass sie den Halt verlor und mit dem Schädel auf die scharfe Kante einer Holztruhe fiel. Blut rann auf den Boden, während sie reglos wie eine Puppe in sich zusammensackte.

»Agnes.« Überrascht verharrte Hinrich einen Augenblick, bevor er sich neben sie kniete und sie schüttelte. »Agnes. Das wollte ich nicht. Das war keine Absicht.«

Erst als er sie auf den Rücken drehte, erkannte er, dass ihre Augen starr waren.

»Gott im Himmel, vergib mir.« Er bekreuzigte sich und sein Blick glitt zu der Gestalt, die er in der offenen Tür stehen sah. Wie lange stand die Dienstmagd schon da? »Es war ein Unfall, Fronicka. Glaub mir. Agnes ist ausgerutscht und gestürzt.«

21

Katharina lächelte. »Du musst nicht die ganze Zeit an meinem Bett sitzen, Jannis. Du brauchst auch Schlaf.«

Zwei Tage waren vergangen, die sie im Haus des Müllers Johannes von Bergen nahe der Stadt Brühl verbracht hatten. Das Rauschen des Baches, der die Wassermühle hinter dem Haus antrieb, war ein immerwährendes Geräusch.

Allmählich fühlte Katharina sich wieder lebendiger. Niemals hätte sie geglaubt, noch einmal ein wenig Glück zu empfinden, nachdem man ihr gesagt hatte, dass ihr Kind gestorben war. Doch wenn sie Jannis ansah, der in dem kargen Zimmer auf einem Stuhl neben ihrem Bett saß, war es so. Ihre Finger tasteten nach seiner Hand.

»Mir geht es gut, Katharina.« Jannis nahm ihre Hand in die seine. »Sorg dich nicht um mich.« Nur vorsichtig drückte er ihre Finger, da ihre Daumen noch geschwollen und verfärbt waren.

Wenigstens war es den Folterknechten nicht gelungen, sie noch mehr zu quälen. Nur weil sie bei jedem Versuch der Folter aufgrund ihrer Schwäche und des Fiebers sofort ohnmächtig geworden war, war sie jetzt kein Krüppel mit ausgerenkten Gliedern. Und der zweite Grund war, dass sie als Fremde in Köln keine anderen Hexen hätte besagen können. Ihren Tod durch Folter hatten die feinen Herren des Hohen weltlichen Gerichts offenbar nicht gewollt, sondern nur einen öffentlichen Tod auf dem Scheiterhaufen.

So erleichtert war er, dass ihr Gesicht wieder Farbe hatte, dass sich wieder Leben in ihren Augen spiegelte.

Langsam beugte er sich vor und strich ihr zärtlich über das kurze braune Haar.

Sie blickte ihn an. »Mein Haar. Es …«

»Das wächst doch wieder. Dennoch bist du wunderschön.«

»Wie kannst du …?« Sie legte seine Hand an ihre Wange. »Wie kannst du sagen, dass du bei mir bleiben willst? Was ist denn mit deiner Familie? Die wird dich schließlich vermissen. Und du wirst sie auch vermissen. Eines Tages wirst du mich dafür hassen, wenn du sie verlässt.«

Jannis senkte den Kopf. Ja, natürlich hatte er in den letzten zwei Tagen darüber nachgedacht. Natürlich würde er seine Großmutter Henriette und seinen Bruder vermissen und vielleicht auch seinen Vater. Und ohne Frage würde er mit Katharina ein Leben in Armut führen, da er ohne den Reichtum seines Vaters ein Niemand war.

»Wir beide kennen uns kaum, Jannis«, drang Katharinas warme Stimme in seine Gedanken. »Was, wenn ich nicht die Frau bin, für die du mich hältst? In Köln bist du ein reicher Mann. Aber …«

»Pst!« Er legte ihr seinen Zeigefinger auf den Mund. »Hassen könnte ich dich niemals.«

Beide schauten sie zur Tür, als sie sich öffnete.

Mit einem Becher in der Hand kam Hannah herein. »Ich bringe frische Milch von unserer Ziege, noch ganz warm.«

Hannah war groß, dunkelhaarig und ein bisschen hager, und trotz der schweren Arbeit als Schwester eines Müllers umspielte oft ein Lächeln ihre Lippen. »Pfarrer Matthias möchte mit Euch sprechen, Jannis.«

»Danke Euch, Hannah«, sagte er, während er aufstand. »Danke, dass Ihr uns aufgenommen habt, obwohl das nicht ungefährlich ist.«

»Das sind wir Pfarrer Matthias schuldig. So oft hat er meinem Bruder und mir geholfen, als er noch Pfarrer unserer Gemeinde war.«

Ohne ein weiteres Wort ging Jannis nach rechts durch die Tür in die Stube. »Ihr wollt mich sprechen«, sagte er, als er sich zu Pfarrer Matthias, Urban und Caspar an den Holztisch setzte.

Pfarrer Matthias blickte ernst. »Katharina ist noch nicht außer Gefahr, Jannis.«

»Wie meint Ihr das?«

»Ihr Verschwinden kann in Köln unmöglich unbemerkt geblieben sein. Zumindest Wallram Blankenburg muss gemerkt haben, dass die falsche Frau hingerichtet wurde. Davon bin ich überzeugt. Er ist Schöffe beim Hohen weltlichen Gericht und hat Katharina im Turm mehrfach verhört.«

»Jannis runzelte die Stirn. »Aber wieso hat er dann nicht eingegriffen? Wieso hat er die Hinrichtung zugelassen?«

»Ich denke, weil es auf ihn zurückgefallen wäre, wenn er zugegeben hätte, dass die echte Hex verschwunden ist und jemand anders auf dem Schinderkarren saß. Sicher fürchtete er um sein Amt und seine Laufbahn als Theologe. Erzbischof Ferdinand von Bayern hätte getobt, wenn er von Katharinas Verschwinden erfahren hätte. Möge Gott sich erschließen, was genau in Wallram Blankenburgs Seele vor sich ging. Mir erschließt es sich nicht.«

»Aber wie konnte der Austausch der beiden Frauen

überhaupt gelingen?«

»Schwester Theresa, die Nonne, die Katharina im Frankenturm betreut hat, hat uns geholfen.« Ein schwaches Lächeln huschte über Pfarrer Matthias' Lippen. »Ein schlaues Weib, diese Theresa. Sie hat Christina ein Nonnengewand angezogen und mit in den Turm genommen. Dort haben Christina und Katharina dann ihre Gewänder getauscht, und Katharina konnte als Nonne verkleidet mit Theresa aus dem Turm flüchten. Schwierig war es, weil Katharina so schwach war und kaum laufen konnte. Aber hilfreich war, dass Schwester Theresa etwas über einen der Turmwärter wusste, mit dem sie ihn unter Druck gesetzt hat. So konnte sie mit dessen Hilfe und Verschwiegenheit rechnen.« Er blickte Jannis an. »Die Soldaten der Hacht, des Gefängnisses des Hohen Gerichts, ahnten am nächsten Morgen nicht, dass ihnen von Schwester Theresa die falsche Frau ausgeliefert wurde. Sie kannten Katharina ja nicht. Gott hat seine Hand über Katharina gehalten, Jannis. Andere haben nicht so viel Glück. Ein weiteres Mal wird so etwas wohl kaum gelingen.«

»Christina?«, sagte Jannis. »Ist sie die Frau, die …?«

»Ja.« Urban nickte. »Sie ist für Katharina gestorben und sie war Hinrichs Schwester.«

»Wie bitte? Aber …«

Mit seinen schwarzen Händen umklammerte Urban seinen Becher mit Wein. »Christina selbst wollte es so«, sagte er. »Denn mit Max hatte sie nicht nur ihr Kind verloren, sondern litt auch an der bösartigen Form eines Leidens, das man Franzosenkrankheit oder venerisches Leiden nennt. Mit jauchigen Geschwüren und hässlichen Narben hat es ihren Körper entstellt und ihren Geist und ihre Seele verdunkelt. Mehrfach hatte sie mich zuvor bereits gebeten, sie zu töten, weil Selbstmord eine Sünde ist. Aber ich …« Er starrte auf den Becher. »Ich konnte es nicht.« Er hob den Kopf und sah Jannis an. »Christina wusste, dass sie an der Richtstatt zuvor erwürgt und erst dann verbrannt werden würde. Sonst hätte sie sich nicht darauf eingelassen.«

Pfarrer Matthias nahm einen Schluck aus seinem Becher. »Nie hätte ich gedacht, dass Christina wirklich hingerichtet werden würde. Doch andererseits war Christina durch ihre Narben und Geschwüre grausam entstellt und Katharina in Köln völlig unbekannt und somit eine Verwechslung der Frauen durchaus möglich. Aber Blankenburg *muss* den Austausch dennoch bemerkt haben. Schließlich wusste er, dass Katharina kaum gefoltert worden war, und musste sich fragen, woher die Entstellungen der Verurteilten kamen. Und wenn Blankenburg es weiß, dann weiß es der städtische Kommissar Heinrich Glimbeck auch. Und Glimbeck wird nicht aufgeben. Er ist besessen davon, die Hexenplage auszurotten. Er wird Katharina suchen und alles tun, um sie zu finden.«

»Dann können wir hier nicht bleiben. Wir müssen sofort weiterziehen.«

»Nein, das geht nicht, Jannis. Da ist noch etwas, das ich Euch sagen muss.«

»Was ist es? Was habt Ihr mir verschwiegen?«

»Urban hat ein Gespräch zwischen Hinrich und Gabriel Belberg belauscht. Es ging um Katharinas Kind.«

Jannis hielt den Atem an. »Lebt es noch?«

Pfarrer Matthias zuckte mit den Schultern. »Das weiß ich nicht.«

*****

Düster hob sich die Silhouette des Klosters Benden am nächsten Morgen in der Ferne vom Horizont ab.

Graue Wolken ballten sich am Himmel zusammen, als Jannis und Urban in schnellem Galopp an Wiesen und Feldern vorbei zu dem Kloster ritten.

Das Tor in der Mauer stand offen. Doch der Hof dahinter wirkte wie ausgestorben, als sie ihn überquerten.

Vor dem mit Efeu bewachsenen Kloster stiegen sie von ihren Pferden. Irgendetwas stimmte hier nicht. Gegen dieses Gefühl konnte Jannis sich nicht wehren. Donner grollte am Himmel, Regentropfen klatschten ihnen in die Gesichter und laut und hohl klang es, als sie gegen die Tür klopften. Sie warteten, aber niemand kam und öffnete ihnen.

Urban wischte sich den Regen aus dem schwarzen Gesicht. »Es muss jemand da sein.«

»Wer erbittet Einlass?«, sagte eine Frau.

»Zwei Kaufleute aus Köln«, sagte Jannis. »Ihr habt nichts von uns zu befürchten.«

Der Riegel wurde beiseitegeschoben und quietschend öffnete sich die Tür. Misstrauen offenbarte sich in der Miene der jungen Nonne in schwarzem Gewand. »Ich bin Schwester Philomenia. Was wollt ihr?« Ihr Blick glitt zu Urban und ihre Augen weiteten sich, als sie dessen schwarzes Gesicht sah.

»Wir möchten mit der Äbtissin sprechen.«

»Leider haben wir den Tod der Äbtissin zu beklagen. Und weitere unserer Schwestern leiden an Pocken und Fieber. Falls Ihr also Einlass wünscht, muss ich Euch warnen.«

»Dann möchten wir mit Euch sprechen, Schwester«, sagte Urban. »Und wir verlangen, die Wahrheit zu hören.«

Sie hob die Augenbrauen. »Gott gebietet uns, stets die Wahrheit zu sagen.«

»Dann haltet Euch daran.« Urbans Stimme klang hart. »Habt Ihr einen Säugling hier, nur wenige Wochen alt? Einen Jungen?«

»Nein.«

Urban runzelte die Stirn. »Da habe ich anderes gehört. Er *muss* hier sein.«

»Nein.«

»Ihr lügt. Euer Mund spricht eine andere Sprache, als Eure Augen es tun.«

»Lasst Eure schwarzen Hände von mir.« Erzürnt wich Philomenia zurück, als Urban sich ihr näherte. Der Widerstreit ihrer Gefühle spiegelte sich in ihrer Miene. »Folgt mir«, sagte sie dann und führte sie durch die Halle des Klosters in eine angrenzende Kapelle und von dort in eine enge Kammer.

Nein!

Entsetzt starrte Jannis auf das vollständig in ein Tuch gewickelte Bündel Mensch, das in der Kammer aufgebahrt war. Geradezu winzig war es.

Welch trügerischer Hoffnung hatte er sich hingegeben, als er mit Urban hierher geritten war, und wie sehr wurde er jetzt enttäuscht. Dafür hatte er Katharina alleingelassen, obwohl er noch immer um ihr Leben fürchtete, weil jemand sie aufspüren konnte.

»Gestern ist der Junge gestorben.« Schwester Philomenia bekreuzigte sich. »Es ist das einzige Kind, das sich in unserer Obhut befindet. Für die Amme, die täglich zu uns kam, war es kaum möglich, den Jungen zu stillen. Viel zu schwach war er, um überleben zu können. Gott sei seiner Seele gnädig.«

»Wer hat das Kind gebracht?«

»Ein Kaufmann aus Köln. Gabriel Belberg.«

»Ich möchte das Kind sehen«, sagte Urban. »Befreit es von dem Tuch.«

Schwester Philomenias Augen blitzten. »Dazu habt Ihr kein Recht.«

»Entweder *Ihr* macht das oder ich tue es.«

»Nein, wartet. Ich mache es.«

Aus dem Augenwinkel sah Jannis eine Bewegung. Doch als er zur Tür blickte, entdeckte er dort niemanden.

Leichter Verwesungsgeruch stieg ihm in die Nase, als Schwester Philomenia das Tuch entfernt hatte. Nur einen kurzen Blick warf Jannis auf den winzigen Leichnam, bevor er den Kopf senkte und die Augen schloss. Trügerischer hätte ihre falsche Hoffnung wahrhaftig nicht sein können.

»Deckt den Jungen wieder zu«, sagte Urban. »Ich wollte mich nur überzeugen, dass Ihr die Wahrheit sagt.«

Sorgfältig bedeckte Philomenia den Säugling mit dem Tuch. »Morgen bekommt das Kind ein christliches Begräbnis.«

Jannis strich sich durch das vom Regen noch feuchte Haar und ging in die angrenzende Kapelle. Tief enttäuscht folgte er Schwester Philomenia, als die sie durch die Halle zurück nach draußen auf den Vorhof geleitete. Was sollte er tun? Es Katharina sagen oder ihr verschweigen? Bisher wusste sie nicht einmal, dass ihr Sohn noch gelebt hatte. Aber hatte sie nicht ein Recht darauf, es zu erfahren?

»Es tut mir leid«, sagte Philomenia, während die beiden Männer ihre Pferde bestiegen. »Der Herr segne euch beide und geleite euch auf euren Wegen.«

Jannis nickte ihr zu und das Klappern der Pferdehufe hallte über den Hof, als sie ihn überquerten und zum Tor ritten. Nieselregen benetzte ihre Gesichter.

Erschrocken sprang Jannis' Stute beiseite, als sie das Tor durchquert hatten und von der Seite eine Gestalt auf sie zulief.

Die junge Novizin in weißem Gewand, die draußen an der Mauer gestanden hatte, sah zu ihm hoch. Es dauerte, bis es ihm gelang, sein nervöses Pferd zu beruhigen.

»Wegen des Kindes seid Ihr hier, das uns der Kaufmann aus Köln gebracht hatte«, sagte sie. »So ist es doch?«

Jannis stieg von der Stute und ging zu ihr. »Ja, so ist es.«

»Wer sucht nach dem Kind?«

»Die Mutter.«

Misstrauen trat in die Augen der hübschen Novizin, die selbst fast noch ein Kind war. »Man sagte mir, dass die Mutter das Kind verstoßen habe. Oder ist das gar nicht wahr?«

»Nein, natürlich nicht.«

»Wenn sie es nicht verstoßen hat und es liebt, dann muss ich …«

»Sei still, Angelica!«

Erst jetzt bemerkte Jannis, dass Schwester Philomenia ihnen vom Kloster gefolgt und durch das Tor getreten war.

»Sei sofort still!«, zischte sie.

Unsicherheit stand der jungen Novizin ins Gesicht geschrieben. »Aber Gott will doch, dass wir die Wahrheit sagen, Schwester Philomenia. Wie könnten wir je gegen Gottes Gebote verstoßen?«

Philomenias Miene war unerbittlich. »Auf der Stelle gehst du in die Kapelle und betest dreimal das Ave Maria, Angelica.«

»Nein, das wird sie nicht tun«, sagte Jannis. »Sie wird mir jetzt sagen, was sie sagen wollte.«

»Und Euch geleite ich gerne zurück zum Kloster, Schwester.« Mit einem Satz sprang Urban neben Philomenia von seinem Pferd und packte sie am Arm.

»Lasst Eure schwarzen Hände von mir.«

»Entweder Ihr geht freiwillig oder ich trage Euch.«

»Das wagt Ihr nicht.«

»Probiert es aus.«

Angewidert riss sie sich los und bekreuzigte sich. »Gott bewahre mich vor der Berührung Eurer Hände.« Zögerlich ging sie zum Tor, blieb aber dort stehen.

Urbans breites Grinsen ließ eine Reihe weißer Zähne sehen. »Geht endlich!« Schnellen Schrittes ging er auf sie zu und fluchtartig lief sie in Richtung Kloster davon.

Jannis sah die junge Novizin an. »Bitte sagt mir, was Ihr sagen wolltet.«

22

Dass jemand auf ihn lauerte und dieser Abend sein Schicksal besiegeln würde, wusste er nicht.

Reglos stand Gabriel in der engen Kammer seines Zuhauses in Köln, wo Wochen zuvor Max aufgebahrt gewesen war, und starrte auf den Leichnam seiner Frau. Der Kerzenschein malte ein bizarres Spiel aus Licht und Schatten auf Agnes' Gesicht.

So blass und schön wie im Leben, so wirkte sie auch im Tod. Aber dennoch war es ihr niemals gelungen, sein Innerstes zu berühren, selbst jetzt nicht. Unmöglich war es ihm gewesen, sie zu lieben oder wenigstens zu mögen, und ebenso wenig bedauerte er ihren Tod. Laut Hinrich war sie ausgerutscht und mit dem Kopf auf eine Kante geschlagen. Ja, es mochte so sein, doch es war bedeutungslos. Und vielleicht war es ja genau das gewesen. Vielleicht hatte sie ja genau daran gelitten - an dem Gefühl, bedeutungslos zu sein.

»Es tut mir leid, Agnes.«

Er bekreuzigte sich, bevor er sie verließ, durch die Diele im Erdgeschoss zur Tür lief und nach draußen trat. Die Schatten der Dunkelheit legten sich bereits über Köln und niemand war in der Rheingasse zu sehen. Es war ein warmer Abend und er atmete tief durch, bevor er die Gasse entlangging. Mit ein paar Bechern Bier und einer Dirne würde er sich aufmuntern. Nichts denken, nichts fühlen, das war es, was er wollte. Nur der Alkohol und die Dirnen verhinderten, dass ihn das Leben erstickte.

Dass ihn jemand beobachtete, bemerkte er nicht, die

Schritte hinter ihm ebenso wenig. Erst als ihn jemand von hinten packte und ihm den Arm auf den Rücken drehte, schrak er heftig zusammen.

»Dreh dich ja nicht um, Gabriel. Und ja kein falscher Laut oder eine falsche Bewegung.«

Deutlich spürte Gabriel die Spitze eines Messers am Rücken. »Jannis. Was soll das?«

»Denk ja nicht, ich hätte noch Skrupel, dich zu töten, nachdem was ihr Katharina angetan habt.«

»Katharina? Was hast du mit Katharina zu schaffen? Sie ist tot. Verbrannt.«

»Nein, das ist sie nicht. Und ich bin sicher, dass du das weißt.«

»Sie lebt noch?«

»Hör auf zu heucheln, Gabriel. Du bringst uns jetzt zu Katharinas Kind.« Energisch drehte Jannis ihm den Arm noch weiter auf den Rücken. »Eine Novizin hat uns erzählt, dass du es zum Kloster Benden gebracht und wieder abgeholt hast. War es deine verdammte Idee, uns von dieser Schwester Philomenia den Leichnam eines Säuglings zeigen zu lassen, dessen Mutter bei der Geburt im Kloster gestorben ist?«

»Nein, ich …«

»Du kommst jetzt mit.« Vorsichtig zog Jannis das Messer aus der Messerscheide an Gabriels Gürtel und warf es weg.

»Und wenn ich mich weigere? Willst du mich dann wahrhaftig erstechen? Hier in der Gasse?«

»Nein.« Jannis' Stimme klang kalt. »Dann werden Philipp und ich dir so die Knochen brechen, dass du nie wieder laufen kannst.«

Mit einem Seitenblick erkannte Gabriel den Küster

Philipp schräg hinter sich. »Seit unserer Kindheit sind wir Freunde, Jannis«, schlug er einen sanften Ton an. »Sogar aus dem Kellerloch habe ich dich befreit.«

»Das war, bevor du zugelassen hast, dass dein Eheweib Katharina beschuldigt.«

»Agnes ist tot.«

»Wie bitte?«

»Sie war betrunken, ist gestolpert und mit dem Kopf aufgeschlagen. Ich bin in Trauer.«

»Wohl kaum. Wie ich dich kenne, wolltest du gerade losziehen, um dich mit Bier und Dirnen zu beglücken. Wo ist Katharinas Kind? Sag es mir!« Schmerzhaft verbog Jannis Gabriels Handgelenk. »Sag es! Ist das Kind hier in Köln?«

»Nein.«

»Dann bring uns zu ihm. Und kein Wort zu den Wachen am Tor. Das würdest du bereuen.«

Niemand war zu sehen, als Jannis das lange Messer in die Scheide an seinem Gürtel steckte und sie gemeinsam die Gasse entlang bis zum Rheingassentor liefen. Weder die Wachen noch sonst jemand schöpfte Verdacht, als sie das Tor durchquerten.

»Steig da in den Wagen«, befahl Jannis mit Blick auf den Planwagen, der am Rheinufer stand, und drängelte Gabriel dorthin.

»Warum macht Ihr da überhaupt mit, Philipp?«, zischte Gabriel, als er den jungen Küster, den er nur als Begleiter von Pfarrer Matthias kannte, auf den Kutschbock steigen sah. »Hat Pfarrer Matthias Euch zu dem hier genötigt? Ist es nicht Eure eigentliche Aufgabe, Gottesdienste auszurichten?« Hohn klang in seiner Stimme mit. »Was habt Ihr denn überhaupt mit Katharina zu tun?«

Jannis packte ihn am Arm. »Das solltest du doch wohl eher dich fragen, da Katharina deine Schwester ist. Ja, Urban wusste es. Und er hat es mir erzählt. Steig ein.«

»Lass mich los!« Wütend riss Gabriel sich los und stieg in den Planwagen. »Das wirst du bereuen.«

»Das glaube ich kaum«, sagte Jannis, während er Gabriel in den Wagen folgte.

Augenblicke später setzte sich das Gefährt in Bewegung und fuhr die Uferstraße entlang. Rechts lag Köln und vor ihnen ragte der Bayenturm in den Himmel. Sobald sie den Durchgang neben dem Wehrturm passiert hatten, waren sie außer Gefahr.

*****

Weder Jannis noch Philipp war aufgefallen, dass sie in der Rheingasse gesehen worden waren.

Mit Schrecken hatte die junge Frau durch ein Fenster alles beobachtet. Die Stimmen in der Gasse hatten sie aufmerksam werden lassen und anstatt das Fenster im oberen Flur des Hauses Belberg zu schließen, wie sie es vorgehabt hatte, hatte sie es weiter geöffnet.

Nur mit Mühe hatte sie die leise gesprochenen Worte verstehen können, aber dennoch war es ihr gelungen.

Was sollte sie denn jetzt nur tun? Zögerlich schloss sie das Fenster im ersten Stockwerk. Sie wollte es nicht. Sie wollte Jannis von der Laar nicht verraten. Schließlich mochte sie ihn sehr, Gabriel Belberg dagegen nur mäßig. Aber letztendlich waren Hinrich und Gabriel Belberg ihre Dienstherren. Immer hatte sie ihre Pflicht erfüllt und würde es auch jetzt tun.

Entschlossen lief sie den Flur entlang und betrat das Speisezimmer.

»Was willst du, Fronicka?«, sagte Hinrich, der vor dem Kamin saß, als er die Dienstmagd eintreten sah.

»Jannis und Gabriel …« Kaum brachte Fronicka die Worte heraus.

Mit zu Schlitzen verengten Augen sah Hinrich sie an. »Was willst du mir sagen?«

»Jannis und der Küster Philipp haben Gabriel dazu gezwungen, mit ihnen zu kommen. Etwas von einem Kind haben sie gesagt, und dass …«

Aufgewühlt stand Hinrich auf. »Wo sind sie jetzt?«

»Fort.«

»Bring mir meinen Mantel, Fronicka. Ich will noch ausgehen.«

»Aber …«

»Auf der Stelle!«

Kurz darauf verließ Hinrich das Haus. Nur wenige Menschen kamen ihm entgegen, während er nach Westen am Mühlenbach entlang zum Waidmarkt lief.

Nein, von niemandem würde er sich das Kind wegnehmen lassen. Schließlich war Katharinas Kind Blut von seinem Blut – das Kind seines Vetters, mit dem Katharina verheiratet gewesen war. Zum Glück war es ein Junge, wie er es erhofft hatte, und eines Tages der Erbe seines Vermögens, weil Gabriel ein Schwächling war, ein Nichts, ein Niemand.

Verunsichert blickte er zurück, als er ein Geräusch hörte. Still und nur durch eine Laterne erhellt lag die Gasse hinter ihm, während er stehen blieb. Nein, da war niemand. Dennoch beschleunigte er seine Schritte, war froh, als er den Waidmarkt erreichte, und überquerte ihn.

Da ist es! Er hatte sein Ziel erreicht. Kerzenlicht flackerte hinter den Fenstern des schmalen Fachwerkhauses. Nur ein einziger Mensch konnte ihm helfen, und der wohnte hier.

Sein ungeduldiges Klopfen gegen die Tür hallte wider. Schritte waren zu hören.

»Hinrich? Zu so später Stunde noch?«, sagte der Mann, der ihm öffnete.

Selbst jetzt am Abend war der Dechant von St. Severin noch adrett mit Rock, Wams, Kniehosen und Stiefeln bekleidet. Doch auch das änderte nichts daran, dass er Hinrich wie ein Winzling, wie ein Zwerg vorkam.

»Tretet ein, Hinrich. Was kann ich für Euch tun?«

»Ihr wisst es«, sagte Hinrich, als er durch die Tür in den Flur ging. »Ihr wisst, dass die Frau, die hingerichtet wurde, nicht Katharina Anstett war.«

Glimbeck hob die Augenbrauen. »Was redet Ihr da?«

»Ganz Köln tratscht darüber.«

Die Augen des kleinen Mannes blitzten. »Was ist Euer Anliegen?«

»Ihr wollt sie doch noch immer, oder nicht? Noch immer wollt Ihr die Hexe brennen sehen, Doktor Glimbeck.« Hinrichs Lippen zuckten. »Gott bewahre. So blind, wie ich war, hätte ich sie beinah sogar zum Weibe erwählt. Doch zum Glück hat unser Herrgott das verhindert.«

Glimbeck schürzte die Lippen. »Ihr wisst, wo sie ist?«

»Ich kann Euch helfen, sie zu finden. Für Euch als städtischer Kommissar ist es doch sicher das oberste Gebot, die gräuliche Hexenplage auszurotten, und ich kann meinen Teil dazu beitragen. Aber Ihr müsst schnell sein, schneller als Jannis von der Laar.«

Heinrich Glimbeck schloss die Tür. »Geht in die Stube und erzählt mir mehr.«

*****

Kaum eine Stunde später hallte das Trommeln von Pferdehufen durch die abendliche Stadt.

Die Blicke der Wachen am Severinstor folgten dem kleinen Mann auf dem dunklen Ross, der mit sechs Männern aus der Stadt ritt. »Macht den Weg frei!«, brüllte er, als die Wachen ihm nicht rasch genug auswichen.

Tief drückte Doktor Heinrich Glimbeck die Sporen in die Flanken seines Pferdes. Ja, es stimmte. Hinrich Belberg hatte recht. Für ihn als Theologieprofessor und Hexenkommissar war die Ausrottung der Hexenplage wie das elfte Gebot. Denn das göttliche Recht schrieb an vielen Punkten vor, dass man die Hexen nicht nur meide, sondern auch töte. Vor mehr als einhundert Jahren hatten die Verfasser des Malleus Maleficarum, dem Buch der Bücher zur Hexenausrottung, das bereits erkannt. Deshalb würde er sich von niemandem abhalten lassen zu tun, was er tun musste.

Zwar natürlich nicht, um diesen törichten Schöffen Blankenburg zu überzeugen, dass doch die falsche Frau hingerichtet worden war. Oder dem Magistrat der Stadt eins auszuwischen, der ebenfalls jeglichen Fehler leugnete. Nein, das war es nicht. Aber eine Genugtuung wäre es dennoch.

Ignoranten seid ihr Ratsherren. Wütend trieb er sein Ross noch mehr voran. *Törichte Diener des Teufels seid ihr, Schutzpatrone der Hexen.*

Keinen Augenblick würde er ruhen, bis Gottes Werk getan war. Das machte ihn stark. Das verlieh ihm die Größe, die ihm ansonsten verwehrt war.

Nichts war leichter, als Katharina einzufangen und die bereits verurteilte Hexe gegebenenfalls auf der Stelle hinzurichten. Denn der einfachste und beste Weg zu einer Mutter führte über ihr Kind.

*****

Indessen fuhr der Planwagen in schnellem Tempo über schmale Wege. Köln lag längst weit hinter ihnen.

»Zügelt die Pferde.« Jannis schlug die Plane beiseite und sah aus dem Wagen zu dem Küster Philipp nach draußen, der auf dem Kutschbock saß. »Sonst brechen noch die Achsen, Philipp.« Er schaute zu Gabriel, der mit auf dem Bauch gefesselten Händen an der Wand gegenüber von ihm lehnte. »Wohin müssen wir fahren, Gabriel. Erklär mir den Weg.«

Im Licht der Laterne war Gabriels spöttisches Lächeln deutlich zu sehen. »Ohne mich bist du aufgeschmissen, was? Ist das hier der Dank dafür, dass ich dich aus dem Kellerloch geholt und dir das Leben gerettet habe?«

»Damit hast du bewiesen, dass dir unsere Freundschaft etwas bedeutet. Dann beweis es mir nun noch ein zweites Mal.«

»Du liebst Katharina, nicht wahr?« Hohn schwang in Gabriels Stimme mit. »Dein Herz ist ganz wund vor Liebe.« Seine Miene wurde ernst. »Und so, wie ich dich kenne, wirst du es sogar tun, wirst du für Katharina alles aufgeben.« Er lachte auf. »Ein Niemand wirst du sein, der jeden Tag schuftet wie ein Ochse, und bettelarm.«

»Und was wäre ich, wenn ich in Köln bliebe?« Jannis' Augen funkelten. »Mein älterer Bruder wird das Geschäft meines Vaters übernehmen und ich wäre sein Handlanger. Wie mein Vater mit seinen Arbeitern umgeht, kann ich schon nicht ertragen, aber mein Bruder übertrifft ihn bei Weitem.«

»Und deshalb willst du alles aufgeben?«

»Hast du je etwas empfunden, wenn du Agnes in den Armen hieltest? Nein, natürlich nicht. Das Gefühl kennst du gar nicht.«

Gabriel zuckte mit den Schultern. »Was bedeutet das schon? An Dirnen mangelt es nicht. Aber du gibst für dieses Weib dein Leben auf. An deiner Stelle würde ich noch einmal gründlich darüber nachdenken.«

»Bring uns zu Katharinas Sohn«, sagte Jannis kalt.

»Wenn ich das tue, wird mich Hinrich noch mehr hassen.« Gabriels innerer Zwiespalt offenbarte sich in seinem Gesicht. Fahrig strich er sich über den Bart. »Andererseits konnte ich ihm sowieso nie etwas recht machen, sosehr ich mich auch bemüht habe, ihm zu gefallen.« Er blickte Jannis an. »Also gut. Ich sag es dir. Philipp soll an dem Ort Wesseling vorbei bis nach Hersel fahren und da nach links abbiegen. Pst!«, sagte er plötzlich, während er sich aufrechter hinsetzte und horchte. »Hörst du das nicht?«

»Wenn das ein Trick ist, Gabriel.«

»Nein. Meilenweit würde ich das Geräusch von Pferdehufen erkennen.«

Hektisch zog Jannis sein Messer aus der Scheide an seinem Gürtel und kroch zur Rückseite des Wagens. Vorsichtig schlug er die Plane beiseite.

Links erhellte der Schimmer des Mondes ein Feld, auf

dem sich noch unreife Ähren im Wind wiegten. Rechts zeichnete sich dunkel ein Waldrand ab.

»Niemand zu sehen«, sagte Jannis, während vom Kutschbock Philipps Schnalzen zu hören war und der Wagen wieder schneller fuhr.

Gabriel lehnte sich zurück gegen die Wand. »Vielleicht habe ich mich ja auch getäuscht.«

Jannis kroch zur Vorderseite des Wagens und schlug jetzt dort die Plane beiseite. »Über Wesseling bis nach Hersel und dort nach links, Philipp.« Danach lehnte er sich ebenfalls gegen die Wand und hing seinen Gedanken nach.

Nein, er musste sich keine Sorgen machen. Katharina war in der Wassermühle sicher. Urban würde auf sie aufpassen. Denn nachdem Urban und er das Kloster aufgesucht hatten, waren sie zurück zur Mühle geritten und an Urbans Stelle war der Küster Philipp mit nach Köln gekommen. Und Urban sorgte nun in der Mühle für Katharinas Sicherheit. Ja, Katharina war sicher. Unaufhörlich redete Jannis sich das ein. Sonst hätte er das hier nicht tun können. Der Gedanke, dass dieser Hexenkommissar Heinrich Glimbeck Katharina gefunden haben könnte, wenn er zur Mühle zurückkehrte, dass sie nicht mehr da sein könnte, quälte ihn.

Die Fahrt dauerte Stunden. Mehrmals musste Gabriel den Weg noch erklären, bevor der Wagen endlich mit knarzenden Rädern anhielt.

»Befrei mich von den Fesseln, Jannis. Nun mach schon«, sagte Gabriel, als Jannis seiner Bitte nur zögerlich nachkam. »Wie sollte ich ohne ein Pferd von hier fliehen?«

Niemand von ihnen bemerkte die Gestalt, die am Waldrand hinter einem Busch hockte und sie beobachtete, während sie den Wagen verließen. Der Fischerkahn, der am Ufer des Rheins vor Anker lag, wirkte armselig, die windschiefe Hütte ebenso.

»Wer seid Ihr?«, krächzte eine Männerstimme hinter der Tür, nachdem Gabriel angeklopft hatte.

»Gabriel Belberg.«

»Euer Geld bekommt Ihr nicht zurück.«

»Deswegen bin ich nicht hier. Öffne die Tür.«

Das Quietschen der Scharniere tönte durch die Nacht, als die Tür geöffnet wurde. Das Gesicht des alten Mannes war von Sonne und Wind gegerbt. Mit einem Messer in der Hand starrte er sie an.

»Leg das Messer weg, Hans«, sagte Gabriel ruhig. »Niemand will dir etwas tun.«

»Hast du ein Kind hier, alter Mann?« Ohne das Messer zu beachten, ging Jannis an ihm vorbei und geradeaus durch eine Tür. Keinen Augenblick wollte er länger warten. Endlich wollte er es wissen.

Nur die Laterne in seiner Hand erhellte die karge Stube, in die er getreten war. Eine Feuerstelle, Kochgeschirr, ein Tisch und zwei Stühle waren das, was er in dem schwachen Licht sah. Doch nichts war wichtig außer der jungen Frau, die auf einer Decke auf dem Boden hockte und ihn misstrauisch anblickte. Filzige Strähnen ihres hellen Haars klebten ihr an den Wangen, ihr Gesicht war verschmutzt und ihr Mieder und der Rock verschlissen. Der Säugling auf ihren Armen schlief.

Jannis spürte das Klopfen seines Herzens. »Ist das der Junge?«, sagte er und packte Gabriel am Arm, als der neben ihn getreten war. »Sag es mir! Ist das Katharinas Kind?«

»Ja. Das ist es. Für Hinrich war es ein Leichtes,

Ferdinand von Bayern zu bestechen, um das Kind zu bekommen. Als der Junge geboren war, musste ich ihn zum Kloster bringen. Doch als in Köln das Gerücht umging, die Hex wäre nicht tot, habe ich ihn hierher gebracht. Wer vermutet ihn schon in der Hütte eines armen Fischers.«

Verängstigt rückte die junge Frau ein Stück weg, als Jannis zu ihr ging. Ein Gefühl von Erleichterung und Glück wallte in ihm hoch, als er sich neben sie setzte und das winzige Bündel Mensch auf ihrem Arm betrachtete. Es war wie ein Wunder.

»Was wollt Ihr?«, sagte sie.

»Das Kind zu seiner Mutter bringen.«

»Hat sie denn genug Milch?«

»Du bist seine Amme, ja? Hast du ihn auch schon im Kloster gestillt?«

»Ja.« Sie senkte den Kopf. »Ich dachte, ich könnte ihn behalten, weil doch vor ein paar Wochen meine kleine Anna gestorben ist. Keine vier Wochen war sie alt.«

»Behalten, behalten.« Hans legte das Messer weg, mit dem er Jannis und Gabriel an der Tür empfangen hatte. »Als wenn ich noch ein weiteres Maul stopfen könnte. Jedes Kind will sie behalten, das sie stillt. Dabei geht es nur um den Hungerlohn, den sie dafür erhält.«

»Wie ist dein Name?«, sagte Jannis sanft.

»Madalena.«

»Magst du mit uns kommen, Madalena? Dann siehst du, dass es dem Jungen bei seiner Mutter gutgehen wird.«

»Und wer zahlt mir das, wenn Ihr meine Nichte mitnehmt?« Hans' Augen blitzten.

»Also? Kommst du mit uns, Madalena?«, fragte Jannis

ein weiteres Mal und erntete ein schwaches Nicken, bevor sie ihre Arme mit dem Kind vorstreckte und es ihm hinhielt. »Seid Ihr der Vater, wollt Ihr ihn mal halten?«

Schweigend nahm Jannis den Säugling entgegen. Nie zuvor hatte er ein solch kleines Wesen in den Armen gehalten. *Katharinas Sohn!* Kaum konnte er glauben, dass es so war. Der Anblick der winzigen Hände und Finger war beängstigend. Der Junge hatte die Augen aufgeschlagen und sein Blick glitt unstet umher.

»Nimm du ihn lieber wieder.« Behutsam legte Jannis ihn zurück auf Madalenas Arme. »Ich fürchte, ihn zu zerbrechen, und das könnte ich mir nie verzeihen.« Mit einem auffordernden Blick stand er auf. »Komm!«

Es dauerte nicht lange, bis sie die Hütte verließen. Ein Käuzchen schickte seinen Ruf durch den nahen Wald, als sie durch die Tür nach draußen traten. Niemand außer Philipp bemerkte das Augenpaar, das sie beobachtete.

Ihre Schritte knirschten und die Kälte der Nacht ließ sie den Atem der Pferde sehen, während sie zu dem Planwagen gingen.

»Worauf wartet Ihr, Philipp?«

»Seid still!«, zischte der. »Wir sind nicht allein. Ich hab jemanden gesehen.«

Alarmiert zog Jannis sein Messer und lief dem Küster hinterher, als der zu einem Busch rannte.

Brutal zog Philipp eine Gestalt hinter dem Busch hervor, drehte ihr die Arme auf den Rücken und hielt sie fest. »Wer bist du?«

»Peter.« Die Stimme des jungen Mannes zitterte. »Der Sohn von Hans dem Fischer.«

Abrupt ließ Philipp ihn los und drehte ihn zu sich

herum. Selbst in der nur schwach erhellten Finsternis war die Furcht in Peters Gesicht deutlich zu sehen. »Wer seid ihr?«, sagte er. »Was wollt ihr hier mitten in der Nacht?«

»Lasst uns weiterfahren«, sagte Philipp. »Der Junge ist harmlos. Der hat die Hosen voll.«

Doch das Wiehern eines Pferdes ließ sie alle zu dem nahen Wald schauen. Etwas in dem Dickicht knackte.

Jannis umklammerte sein Messer. »Wir sind tatsächlich nicht allein.«

23

Der Morgen graute bereits.

Abgesehen von zwei Pausen für die Pferde, in denen sie abwechselnd selbst auch geschlafen hatten, waren sie die ganze Nacht durchgefahren. Und ja, jemand war gestern Abend in dem Wald nahe dem Fischerhaus gewesen. Allerdings hatten sie nicht herausfinden können, wer, und mehr und mehr kam Jannis zu der Überzeugung, dass das nichts zu bedeuten gehabt hatte.

Sein Blick ruhte jetzt auf Madalena, die mit dem Kind in den Armen eingeschlafen war, obwohl der Planwagen während der Fahrt beständig schaukelte. Bald würden sie da sein. In Kürze würde er Katharina ihren Sohn in die Arme legen können.

Jäh waren draußen Stimmen zu hören. Die Räder des Planwagens knarzten, als er unerwartet anhielt, und Jannis zog hastig sein Messer, während Gabriel ebenfalls aufschreckte und Madalena aufwachte. Die Plane auf der Rückseite wurde beiseitegeschoben und jemand richtete die Mündung einer Pistole in das Innere des Wagens.

Nur die Silhouette des Mannes mit dem breiten Hut, der sie mit der Waffe bedrohte, war zu sehen. »Aussteigen! Alle! Auch die Frau mit dem Kind. Und das Messer weglegen. Sonst stirbt einer von euch.«

Langsam legte Jannis das Messer auf den Boden, bevor er nach draußen stieg, gefolgt von Gabriel und Madalena. Auf beiden Seiten des Weges erblickte er Wald und sein Herzschlag beschleunigte sich, als er die Männer in bunter Kleidung sah, die den Wagen mit Spießen und Hellebarden umringten.

Er schaute zu Philipp. Mit erhobenen Händen stand der Küster neben dem Wagen.

»Gib mir das Kind.« Instinktiv nahm Jannis Madalena den Jungen aus den Armen.

»Ein ansehnliches Weib hast du da.« Das rechte Auge des Kerls mit der Pistole zuckte, während er Madalena anstarrte. Sein Bart war filzig und seine Kleidung ebenso verschlissen wie die der anderen.

»Landsknechte seid ihr, nicht wahr?« Jannis' Stimme klang rau, während er Katharinas Kind behutsam an sich drückte. »Vor dem Krieg geflohen. Aber wir haben nichts. Hier.« Er riss seinen Geldbeutel vom Gürtel und drückte ihn dem Landsknecht in die Hand. »So gut wie leer.«

»Dafür, dass ihr nichts habt, sind dein Freund und du aber ziemlich vornehm gekleidet.«

Gabriel stellte sich neben Jannis. »Im Wagen findet ihr Brot und Wasser. Nehmt die Pferde und den Wagen und verschwindet.«

Barsch stieß der Kerl mit dem zuckenden Auge Gabriel beiseite. »Wie ich bereits sagte, ein ziemlich ansehnliches Weib ist das.«

Entsetzt wich Madalena vor ihm zurück. »Bitte nicht!«, wimmerte sie, als er sie mit dem Rücken gegen den Wagen drückte und mit seiner knochigen Hand über ihre Wange strich. Tränen traten in ihre Augen. »Bitte, bitte nicht!«

»Lass sie in Ruhe!« Jannis packte den Kerl am Arm, doch der Schlag ins Gesicht, den er dafür erhielt, ließ ihn wanken. Katharinas Sohn auf seinen Armen fing an zu schreien.

»Steig in den Wagen, Weib!«, forderte der Kerl.

»Nei-nein.« Madalena zitterte heftig.

»Steig in den Wagen. Oder soll ich es gleich hier tun? Kommt her! Haltet sie fest.«

Madalena schrie, als zwei Männer sie bei den Armen packten.

»Nein! Lasst sie!« Seine Machtlosigkeit trieb Jannis in den Wahnsinn. Mit dem weinenden Kind auf dem Arm und von den Männern umringt konnte er nichts tun. Hilflos würde er mit ansehen müssen, wie die Landsknechte Madalena schändeten, einer nach dem anderen.

»Nein!«, brüllte er. »Nehmt, was ihr wollt, aber lasst sie gehen!«

Verzweifelt überlegte er, wie er ihr helfen konnte, als auf einmal etwas geschah, mit dem er nicht gerechnet hatte.

In dem Moment als der Landsknecht mit dem zuckenden Auge Madalenas Rock hochschob, fiel ein Schuss. Jäh erstarrte der Mann, während sich ein Blutfleck auf seinem Rücken ausbreitete. Schritt für Schritt wankte er rückwärts, bevor er nach hinten umfiel.

Der nächste Schuss streckte einen der anderen Landsknechte nieder.

»Weg hier!«, schrie Gabriel und zerrte Madalena mit sich, während Jannis die Pistole des Landsknechtes an sich nahm.

Ein dritter Schuss fiel, sodass auch Philipp die Flucht gelang.

Überstürzt liefen sie alle an dem Planwagen vorbei in den Wald, und das grelle Licht der Morgensonne, die sich zwischen den Wipfeln der Bäume zeigte, wies ihnen den Weg.

»Pst! Ist ja gut«, sagte Jannis, da das Kind auf seinen

Armen sich nicht beruhigen wollte.

»Gebt es mir«, sagte Madalena.

Jannis blieb stehen, legte ihr das Kind auf die Arme und bald verstummte dessen Weinen, während sie weiterrannten. Ein Blick zurück besagte, dass niemand sie verfolgte.

Erst als sie eine nebelverhangene Lichtung überquert hatten und in einen noch dichteren Wald eingetaucht waren, blieben sie stehen.

Keuchend lehnte Jannis sich an einen Baum. »Die verfolgen uns nicht. Zumindest habe ich niemanden gesehen.«

»Wer hat da geschossen?«, sagte Philipp.

Nach und nach gelang es Jannis, wieder normal zu atmen und die Erleichterung zu spüren. »Ich weiß es nicht. Wie weit ist es noch?«

Philipp hob die Hand und deutete dorthin, wo hinter den Wipfeln der Bäume die Sonne zu erahnen war. »Ein bis zwei Meilen noch, falls wir uns nicht verlaufen. Immer nach Osten.«

Von Augenblick zu Augenblick wurde der Wald dichter und dunkler, während sie weiterliefen, und nicht selten verwehrte ihnen Morgennebel die Sicht.

Ewigkeiten schienen vergangen zu sein, als sie endlich einen breiten Bach erreichten.

Kurz davor ging Madalena in die Knie. »Ich kann nicht mehr. Und das Kind. Ich muss es stillen.«

»Dann machen wir eine Pause«, sagte Jannis.

Philipp sah zu dem rauschenden Gewässer. »Das dürfte der Bach sein, an dem Johannes von Bergen seine Mühle betreibt. Es kann also nicht mehr weit sein.«

Gabriel trank einen Schluck Wasser, wischte sich die

Tropfen aus dem Bart und ließ sich an einem Baum nieder. Madalena setzte sich vor den Blicken der Männer verborgen hinter einen Strauch, öffnete ihr Mieder und legte den Säugling an ihre Brust. Zärtlich nahm sie dessen winzige Hand in ihre eigene, während er trank. Sie liebte ihn. Nein, sie wollte ihn nicht mehr hergeben. Das konnte sie nicht. Niemals! Zu sehr war er ihr ans Herz gewachsen. Sie hob den Kopf. Dahinten wurde der Wald lichter. Wenn sie jetzt einfach davonlief, war sie frei.

Jannis erfrischte sich ebenfalls an dem Bach, während er dem Küster Philipp hinterher blickte, der auf eine nahe Anhöhe ging und dahinter verschwand.

Vögel zwitscherten in den Wipfeln über Philipp, als er sich einen Platz suchte, um einem natürlichen Bedürfnis nachzugehen. Ab und zu knackte es im Unterholz und vor lauter Müdigkeit entrang sich ihm ein Gähnen. Doch plötzlich sah er es.

Der Baumstamm ein Stück vor ihm war breit, aber dennoch lugte eine Schulter dahinter hervor.

So vorsichtig wie möglich setzte Philipp einen Fuß vor den anderen. Dennoch knirschte etwas unter seinen Schuhen, und abrupt löste sich die Gestalt von dem Stamm und rannte vor ihm davon.

Doch Philipp war schneller. Wie ein Raubtier sprang er den schmächtigen Mann von hinten an und warf ihn nach vorne um. Schwer lastete sein Gewicht auf dessen Rücken, während er sein Messer aus der Scheide zog und es ihm an die Kehle setzte. »Wer bist du?« Brutal griff er dem Fremden ins Haar, zog dessen Kopf hoch und beugte sich so weit vor, dass er dessen hohlwangiges Gesicht sehen konnte. »Einer der Landsknechte, die uns überfallen haben, bist du nicht. Aber dennoch ein Söldner, ja?«

»Nein, nicht mehr. Ich bin vor dem Krieg nach Köln geflohen.«

»Nach Köln, ja?« Philipps Stimme klang hart. »Erzähl mir mehr.«

»Da gibt es nichts zu erzählen.«

»Lüg nicht!« Wütend drückte Philipp ihm das Messer so fest gegen die Kehle, dass hellrotes Blut heraustropfte. »Gibt es noch mehr von deiner Sorte? Wart ihr es, die vorhin auf die Landsknechte geschossen haben? Aber vergiss nicht. Eine einzige Lüge und du bist tot.«

»Ja.«

»Ja was?«

»Ja, es gibt noch mehr und ja, wir haben die Landsknechte erschossen.«

»Und?«

»Die anderen aus meiner Gruppe suchen im Wald nach euch, wie ich.«

»Wie viele?«

»Sieben, zusammen mit Doktor Glimbeck.«

»Doktor Heinrich Glimbeck, der Dechant von St. Severin?«

»Ja.«

»Erzähl mir alles.«

»An der Fischerhütte haben wir euch aufgelauert. Von einem Mann namens Hinrich Belberg aus Köln wusste Glimbeck, dass in der Hütte das Kind der Hexe war. Glimbeck hat uns Söldner angeheuert, weil keiner der Kölner Stadtsoldaten mit ihm kommen wollte.«

»Und von der Fischerhütte aus seid ihr uns bis hierher gefolgt«, zischte Philipp. »Ist es so?«

»Ja, so ist es.«

»Aber die Landsknechte haben eure Pläne durchkreuzt. Dadurch habt ihr uns und das Kind aus den Augen verloren.«

»Ja. Aber Doktor Glimbeck will das Kind unbedingt wiederfinden. Das Kind führe ihn zur Mutter, sagt er.«

»So sagt er das? Sei *du* nur froh, dass du die Wahrheit gesagt hast. Sonst würde deine Seele jetzt in der Hölle brennen.«

»Aber ich habe Euch doch alles gesagt.«

Philipp spürte das Zittern des Mannes, konnte dessen erbärmliche Angst förmlich riechen. Zu gern hätte er noch länger in dieser Stellung verharrt. Denn das Gefühl von Macht erregte wie stets seine Sinne. Aber dafür blieb keine Zeit.

»Bitte lasst mich gehen. Bitte! Ich schwöre, ich werde euch nicht verraten. Ich …«

Die Worte erstickten in Blut, als Philipp ihm die Kehle durchschnitt. Sofort wurden die Augen des Mannes glasig und sein Kopf sackte nach vorn, als Philipp seinen Haarschopf losließ.

Hastig stand Philipp auf und schaute an sich hinab. Nur seine Hand und das Messer waren blutverschmiert, etwas anderes nicht.

Sorgsam wischte er das Messer am feuchten Waldboden ab und steckte es weg, bevor er seine Hose öffnete und dem Bedürfnis nachkam, weswegen er eigentlich hier war. Dann ging er über die Anhöhe zurück.

»Wir sollten weitergehen«, sagte Gabriel, während er Philipp beobachtete, der zum Bach lief und sich die Hände wusch.

»Ja, das sollten wir.« Jannis ging zu dem Strauch,

hinter dem Madalena den Säugling stillte. Erschrocken hielt er den Atem an, als er sie dort nicht mehr erblickte.

»Madalena?« Mit unruhig klopfendem Herzen drehte er sich um die eigene Achse und hielt Ausschau. »Madalena?«

»Ja«, war die leise Antwort.

Erleichtert atmete er auf, als er sie hinter einem Baumstamm hervorkommen sah. »Warum bist du weggegangen? Du hast mich erschreckt.«

»Alles gut«, sagte sie nur. »Wir können weitergehen.«

»Hier entlang«, sagte Philipp, während er an ihnen vorbeiging. »Dahinten lichtet sich der Wald bereits.«

*****

»Ihr solltet Euch noch ausruhen, Katharina«, sagte Hannah zur gleichen Zeit.

»Nein.« Katharina blickte zu dem Bett, in dem sie die letzten Tage verbracht hatte. »Mir geht es besser. In dem Kleid fühle ich mich endlich wieder wie ein Mensch. Habt Dank, dass Ihr es mir geliehen habt, und auch dafür, dass Ihr mir Unterschlupf gewährt.«

Hannah lächelte. »Nein, das Kleid ist nicht geliehen. Natürlich gehört es Euch.«

»Aber sicher ist es Euer bestes Kleid.«

»Ja.« In Hannahs dunkle Augen trat ein sehnsuchtsvoller Schimmer. »Das Kleid gehörte meiner Mutter. Meine Eltern waren keine einfachen Müllersleute, wisst Ihr.« Sie lächelte wieder. »Viel zu groß und zu hager bin ich für das Kleid. Also gehört es Euch.«

Katharina ging zum Fenster und schaute hinaus. Den

Blick in den milchigen kleinen Spiegel an der Wand mied sie. Noch immer mochte sie sich mit ihrem kurzen braunen Haar nicht sehen, obwohl Hannah es nachgeschnitten hatte. Denn stets erinnerte es sie an das, was sie durchlebt hatte. Stets erwachte der Schmerz, dass sie ihr Kind nicht einmal nach der Geburt in den Armen hatte halten dürfen.

Ihr Blick hing an Hannahs Bruder draußen vor dem Fenster, der ein gesatteltes Pferd aus dem Stall auf den Hof führte.

»Er reitet zum Markt in Brühl«, sagte Hannah, die Katharinas Blick gefolgt war. »Frühestens morgen ist er zurück.«

»Warum sagt Ihr mir nicht die Wahrheit, Hannah?« Katharina wandte sich vom Fenster ab und schaute Hannah an, die sich auf den Stuhl neben dem Bett gesetzt hatte. »Ich fühle mich gut genug, um es auszuhalten. Ja, ich könnte es sogar verstehen, wenn Jannis nicht zurückkäme. Schließlich lebt seine Familie in Köln. Viel zu viel würde ich von ihm verlangen, wenn ich erwarten würde, dass er sie für mich verlässt.«

»Aber er selbst will es doch so.« Abrupt stand Hannah auf, ging zu Katharina und nahm ihre Hände. »Er hat Euch doch erklärt, dass er nur nach Köln gefahren ist, weil er dort noch etwas zu erledigen hat. Danach kommt er zurück.«

Katharina senkte den Kopf. »Nicht einmal zu hoffen, hätte ich gewagt, dass er mich so lieben könnte. Wir kennen uns doch kaum.«

»Aber das tut er. Dessen bin ich gewiss.«

»Und wenn er es bereut? Als Sohn eines reichen Kaufmanns kennt er keine harte Arbeit und irgendwie käme ich auch allein zurecht. Als Magd könnte ich mich verdingen oder als Wäscherin.« Dass ihr der Gedanke gekommen war, einfach davonzulaufen, noch bevor Jannis zurückkehrte, behielt sie lieber für sich.

»Aber Ihr liebt ihn doch.«

Katharina senkte den Kopf. »Ja, das tue ich.« Sie blickte Hannah an. »Aber reicht das aus? Wenn er seine Familie verlässt, wird er mich hassen, nicht jetzt, jedoch eines Tages.«

»Eure Zweifel schreibe ich Eurem schlechten Gemütszustand zu, Katharina. Vor allem dem Umstand, dass Ihr Euer Kind verloren habt. Denn Jannis weiß, was er tut. Davon bin ich überzeugt.« Ein verschmitztes Lächeln umspielte plötzlich Hannahs Lippen. »Und dieser Junge mit dem roten Haar. Dieser Caspar. Der betet Euch auch an.«

»Ja, das habe ich auch schon bemerkt. Dafür, dass ich seinen Bruder gerettet hätte, sagt er. Bloß wo und wann, sagt er mir nicht.« Katharina hob die Augenbrauen. »Der Kutschüberfall. Vielleicht …«

»Mir hat er gesagt, Ihr würdet ihn an seine Mutter erinnern.« Hannah ging zur Tür, als jemand anklopfte, während Katharina wieder aus dem Fenster blickte. Deshalb bemerkte sie nicht, dass jemand auf sie zukam, nachdem Hannah ihm die Tür geöffnet hatte.

Erst als sie aus dem Augenwinkel seine Gestalt sah, fuhr sie herum.

*****

Glücklich und voller Übermut war Jannis in Katharinas Zimmer gestürmt, nachdem sie die Wassermühle endlich erreicht hatten. Aber sie war nicht da.

»Katharina?«

Das leere Zimmer erschreckte ihn.

Seine Befürchtung, dass sie nicht mehr da sein könnte, wenn er zurückkam, dass dieser Heinrich Glimbeck sie gefunden und mitgenommen hatte, schien sich zu bewahrheiten.

Aufgebracht ging er zurück in die Stube. »Wo ist Katharina, Pfarrer Matthias? Wo?« An seiner Wange zuckte ein Nerv, so fest biss er die Zähne zusammen, um seinen Zorn zu zügeln.

Urban, der neben Pfarrer Matthias am Tisch saß, stand auf. Sorge spiegelte sich in seiner schwarzen Miene. »Vorhin war Katharina doch noch in ihrem Zimmer zusammen mit Hannah. Das weiß ich, weil ich zu ihr gegangen bin, um mit ihr zu sprechen. Weit kann sie nicht sein. Ich helfe Euch, sie zu suchen.«

»Wie konntet Ihr Katharina nur aus den Augen lassen, Urban? Was ist, wenn dieser Heinrich Glimbeck …?«

»Beruhigt Euch, Jannis.« Pfarrer Matthias beugte sich zu ihm vor. »Heinrich Glimbeck ist nicht hier. Sicher machen Katharina und Hannah nur einen Spaziergang und kehren gleich zurück.«

Jannis ballte die Hände zu Fäusten. »Und was, wenn sie einfach davongelaufen ist?«

Pfarrer Matthias runzelte die Stirn. »Warum sollte sie das tun? In ihrem Zustand?«

»Weil sie fürchtet, dass ich sie eines Tages hassen werde, wenn ich meine Familie in Köln für sie verlasse.«

Pfarrer Matthias hob die Augenbrauen. »Und? Hat sie recht? Wenn ja, dann solltet Ihr so viel Edelmut besitzen, ihr das zu sagen.«

»Ihr hättet sie nicht gehen lassen dürfen. Ihr selbst wart es, der sagte, dass sie noch in Gefahr sei.«

Jannis!

Draußen vor dem Fenster glaubte Katharina, nicht richtig zu hören. Aber nein! Sie täuschte sich nicht. Trotz des Wasserrauschens hinter dem Haus nahm sie Jannis' Stimme durch das offene Fenster wahr. Der Schatten eines Baumes fiel auf ihr Gesicht, während sie gefolgt von Hannah zur Tür lief und sie öffnete.

Eilig trat sie ein und abrupt drehte Jannis sich zu ihr um. Der Zorn in seinem Gesicht wich Erleichterung.

»Katharina.« Mit ein paar Schritten war er bei ihr und legte eine Hand auf ihre Wange. »Geht es dir gut? Bitte tu das nie wieder, ja? Tu mir das nicht an.« Er zog sie an sich, und sie spürte, dass er sich allmählich entspannte.

Einen Atemzug lang genoss sie seine Wärme, bis sie die Augen öffnete und die junge Frau mit hellem Haar hinter Jannis stehen sah. Schmerz durchzuckte sie, als sie den Säugling auf deren Armen bemerkte. Kaum konnte sie dessen Anblick ertragen, auch wenn sie wusste, dass sie das immer wieder würde ertragen müssen. Ihr Leben lang würden ihr Frauen mit Kindern begegnen, obwohl sie ihr eigenes Kind verloren hatte. Wenn es doch nur nicht so wehtäte.

Langsam löste sie sich aus Jannis' Armen, hielt aber weiterhin seine Hand. So still war es, als ob die Menschen um sie herum nicht mehr atmen würden, während die junge Frau mit dem Kind auf sie zukam.

Verunsichert schaute Katharina Jannis an, während sich ihre Augen mit Tränen füllten.

»Ja, es ist so«, sagte er mit belegter Stimme. »Das ist dein Sohn, Katharina. Er lebt noch. Und Madalena ist seine Amme.«

Fest umklammerte Katharina Jannis' Hand, weil ihr schwindelig wurde. Das konnte doch nicht sein. So viele Nächte hatte sie um ihr Kind geweint. So oft hatte sie Gott angefleht, es bei sich aufzunehmen. Zig Mal hatte sie sich gefragt, wo es begraben war und sich gewünscht, neben ihm zu liegen. Aber niemals hatte sie zu hoffen gewagt, dass es anders sein könnte, dass es noch leben könnte.

»Ihr liebt Euren Sohn doch?«, sagte Madalena misstrauisch.

»Ja.« In Strömen liefen die Tränen über Katharinas Wangen und ihre Hände zitterten, als sie ihren Sohn auf Madalenas Armen berührte. »Ja, das tue ich. Ich dachte nur … Ich dachte …«

Vorsichtig nahm sie den Säugling von Madalena entgegen und drückte ihn an ihr Herz. Erst jetzt konnte sie es begreifen. Erst jetzt war es, als ob alle Last von ihr abfiele, während ihr Sohn auf ihren Armen weinte. »Ist ja gut, mein Engel.« Mehrmals küsste sie ihn auf Stirn und Wangen. »Ich weiß ja, dass du mich noch nicht kennst. Aber bald wird es so sein.« Eine ganze Weile dauerte es, bis sie sich von dem Anblick lösen konnte und wieder Jannis ansah. »Wie kann es sein, dass er noch lebt?«

»Hinrich. Er hatte eine Absprache mit dem Kurfürsten, dass er deinen Sohn bekommt, gegen gute Bezahlung.«

»Wie kann ich dir das jemals danken?«, sagte sie leise.

»Vielleicht indem du nicht einfach wieder spazieren

gehst und mir einen heftigen Schrecken einjagst«, sagte Jannis, um den Bann zu brechen.

»Nein.« Ihre Schultern bebten, während sie unter Tränen lachte. »Das werde ich nicht mehr tun. Nicht, solange ich in Gefahr bin.«

»Gesund und kräftig sieht Euer Sohn aus«, sagte Hannah, die neben sie getreten war.

»Habt Ihr denn genug Milch, um ihn zu stillen?«, sagte Madalena.

»Nein. Ich war zu krank und schwach. Ich habe keine Milch für ihn.« Katharina nahm ihre Hand. »Deshalb wäre ich dir dankbar, wenn du ihn weiterhin stillen würdest«, sagte sie und erntete dafür ein erfreutes Lächeln.

»Hab Dank, Gott«, sagte Pfarrer Matthias mit Rührung in der Stimme und faltete die Hände. »Dafür, dass du unsere Hand geführt hast.«

Niemand beachtete Caspar, der aufstand und zur Tür ging. Nur einen kurzen Blick warf er zurück, bevor er nach draußen trat.

Sein roter Haarschopf leuchtete in der Sonne, während er über die Wiese zum Bach ging.

Unermüdlich drehte sich das Mühlrad hinter dem Haus und vereinzelte Fische ließen sich in dem klaren Wasser treiben. Aber das interessierte ihn nicht. Stattdessen wandte er sich von dem Bach wieder ab und entfernte sich mit gesenktem Kopf immer weiter von der Wassermühle.

Katharina und Jannis hatten einander und das Kind gefunden, und das machte ihn glücklich. Wie sehr hatte er gehofft, dass es so sein würde. Aber nun brauchten sie ihn nicht mehr. Nun würden sie ihn zurück nach Köln schicken und alles würde so sein wie früher. Nichts würde sich für ihn ändern. Gar nichts!

Eine kühle Brise wehte ihm um die Nase und er schaute zum Himmel. Die Bäume rauschten. Irgendetwas raschelte im Gebüsch. Irgendwo zwitscherte ein Vogel. So schön war es hier. Vielleicht musste er ja doch nicht zurück nach Köln. Vielleicht konnte er ja hierbleiben und bei Hannah und ihrem Bruder Johannes in der Mühle arbeiten.

Abrupt blieb er stehen. »Nein!« Wie ein Trugbild erschien ihm das, was er nur ein Stück entfernt vor sich sah. Das konnte doch nicht sein. Das war unmöglich! Das durfte einfach nicht sein.

Ein paar Schritte lief er rückwärts, bevor er kehrtmachte und zurück zum Haus rannte, und erst jetzt wurde ihm bewusst, wie weit er sich bereits von der Mühle entfernt hatte. *Schneller!* Er musste sich beeilen. Jeder Schritt, den er zu langsam lief, konnte das vergangene Grauen erneut heraufbeschwören.

Die Tür zur Stube knallte gegen die Wand, als er sie aufstieß und hineinstürmte.

»Er kommt!« Nur schwerlich presste er die Worte heraus, so krampfhaft schnappte er nach Luft, während die anderen ihn ansahen.

Katharina saß mit dem Kind auf dem Schoß auf einem Stuhl. Jannis und Madalena standen neben ihr. Urban, Pfarrer Matthias, Philipp und zu seinem Entsetzen auch dieser widerwärtige Gabriel Belberg saßen am Tisch und Hannah stellte gerade ein paar Becher darauf.

»Er ist schon fast hier!«

»Wer?«, sagte Pfarrer Matthias.

»Dieser kleine Mann mit dem breiten Hut. Auf dem

Domhof in Köln hab ich ihn gesehen, als das Urteil vorgelesen wurde. Und zur Richtstätte ist er dem Schinderkarren später auch gefolgt. Und jetzt reitet er aus dem Wald hierher, mit ein paar Männern.«

Urban war aufgesprungen. »Wie viele?«

»Weiß nicht, fünf oder sechs Männer auf Pferden. Sie sind mit Musketen bewaffnet, wie ich sie bei Söldnern gesehen habe.«

Pfarrer Matthias war ebenfalls aufgesprungen. Gefolgt von Jannis lief er zum Fenster und schaute hinaus. Die Ader an seiner Stirn schwoll an, während er sofort wieder zurückschnellte. »Das ist tatsächlich Heinrich Glimbeck«, sagte er bestürzt. »Der Dechant von St. Severin. Also haben sich meine Vorahnungen bewahrheitet.«

»Gegen Musketen haben wir mit unseren Messern keine Chance«, sagte Urban.

»Und wenn wir aus dem Haus fliehen, könnten sie uns sehen«, sagte Philipp.

»Wenn überhaupt, dann gibt es nur eine Möglichkeit«, sagte Hannah.

Jannis drehte sich zu ihr um. »Und die wäre?«

Hannah ging zu Katharina. »Bitte gebt mir das Kind.«

»Nein.« Katharina schüttelte den Kopf. »Bitte nicht. Nehmt es mir nicht wieder weg.«

»Aber wenn Ihr Euch und Euren Sohn retten wollt, müsst Ihr es mir geben.«

24

Beständig hörte Katharina eine Weile später die Schritte des Theologen und Hexenkommissars Doktor Heinrich Glimbeck und presste eine Hand auf den Mund, um nicht vor Entsetzen zu schreien.

Im letzten Augenblick hatten sie sich alle außer Hannah in einen Holzverschlag an der hinteren Wand des Stalls geflüchtet, in den sie so eben alle hineinpassten. Ein Haufen Heu vor dem Verschlag verdeckte ihn, sodass er kaum zu sehen war.

Gemeinsam hockten sie nun darin auf dem Boden und Katharina wagte kaum zu atmen, während sie sich an Jannis' Arm klammerte.

Mit kalter Miene hielt Urban Gabriel ein Messer an den Hals, damit der ja keinen Laut von sich gab. Pfarrer Matthias und der Küster Philipp schickten lautlose Gebete gen Himmel, und Madalena tastete nach Caspars Hand und umklammerte dessen Finger. Nackte Angst spiegelte sich in ihren Augen.

»Vermutlich würdest du es mir sagen, Weib«, war Heinrich Glimbeck zu hören, nachdem er mit Hannah in den Stall gekommen war. »Nein, ganz gewiss würdest du mir sagen, wenn du etwas über den Verbleib der Hex wüsstest, von der ich dir erzählt habe. Dein Glaube gebietet dir das. So ist es doch?«

»Ja, natürlich, Doktor Glimbeck.« Gegen das Zittern in ihrer Stimme konnte Hannah nichts tun. Der Mann mit dem breitkrempigen Hut, der vor ihr in dem Stall hin und her lief, war beinah ein Zwerg, flößte ihr aber dennoch Respekt ein. Seine Augen waren klein und sein

Blick stechend.

Glimbeck blieb stehen. »Schwörst du im Namen unserer heiligen Muttergottes und ihres Sohnes, unseres Herrn Jesus Christus, dass die Hex nicht hier war und dich um Unterkunft ersucht hat?«, sagte er.

Hannah nickte. »Ja, das tue ich.«

»Ungeziefer wie Ratten würdest du schließlich auch nicht freiwillig in dein Haus lassen.«

»Nein, natürlich nicht.«

»Und gleichermaßen verhält es sich mit den Hexen. Auch sie sind Ungeziefer und ihre Missetaten gräulicher als die von Calvinisten, Protestanten und Juden zusammen. Über ganze Landstriche bringen sie Unheil. Sogar Säuglinge wie deinen Sohn, den du auf dem Arm trägst, töten sie und verbrennen sie zu Asche.«

»Gott bewahre mein Kind davor.«

»Wie heißt dein Sohn?«

»Johannes, ebenso wie mein Bruder.« Sacht wiegte Hannah Katharinas Sohn auf ihren Armen. Ängstlich hoffte sie, dass ihr Bruder nicht schon früher von seinem Besuch in Brühl zurückkommen und den Betrug versehentlich verraten würde.

»Ja, Johannes ist wahrhaft ein würdiger Name für einen katholischen Christen.« Recht nah kam Glimbeck dem Kind und Hannah kämpfte mit sich, nicht vor ihm zurückzuweichen.

Katharina biss sich in dem Holzverschlag auf die Lippen. Das konnte sie kaum ertragen. Nichts war ihr je schwerer gefallen, als ihren Sohn Hannah zu überlassen. »Das Kind könnte weinen und Euer Versteck verraten«, waren Hannahs Worte gewesen und sie hatte ja recht. Ja, das hatte sie! Aber allein die Vorstellung, dass Glimbecks klobige Finger ihren Sohn berühren könnten …

»Da wir im Namen Gottes unterwegs sind«, sagte Heinrich Glimbeck zu Hannah, »bist du gewiss dankbar dafür, dass du uns alles geben darfst, was dir möglich ist.«

»Wie meint Ihr das?« Verunsichert drückte Hannah das Kind fester an sich, während Glimbeck zur Tür ging.

Sonnenlicht fiel in den Stall, als er die Tür aufriss und drei seiner Männer eintreten ließ. Nur kurz blickten sie zu Hannah, während sie zu dem Haufen Heu vor dem Verschlag gingen.

Hannah spürte den Schweiß auf ihrer Stirn, während sie zusah, wie die Männer das Heu nach und nach abräumten und nach draußen trugen. Gleich würden sie Katharina und die anderen in dem Verschlag entdecken. »Wozu braucht Ihr denn Heu, werter Herr?«, sagte sie. »Die Wiesen sind doch grün.«

Heinrich Glimbeck verschränkte die Hände hinter dem Rücken. »Wegen des weiten Rittes sind die Pferde geschwächt und unsere Mission erlaubt es nicht, sie oft grasen zu lassen. Dankbar solltest du sein, meinen Männern Heu, Brot, Käse und Federvieh zu geben und so an Gottes Werk teilzuhaben.« Sein Blick glitt zu der Ziege, die in einer Ecke angebunden war.

»Aber dann haben wir selbst nichts mehr. Bitte lasst uns wenigstens die Ziege und unser Pferd, das draußen auf der Weide steht.«

Jetzt, dachte Katharina. *Jetzt entdecken sie uns!* Denn ständig waren die Schritte der Männer vor dem Verschlag zu hören und je mehr Heu sie von dem Haufen abtrugen, umso mehr wurde der Verschlag sichtbar.

Jannis hatte eine Hand auf den Schaft seines Messers

gelegt, und Katharina konnte spüren, wie er das Messer langsam aus der Scheide zog.

Nein, zu einem Kampf durfte es nicht kommen! Behutsam löste sie ihre Finger aus Jannis' Hand. Das musste sie verhindern, gleichgültig wie groß ihre Angst und ihr Entsetzen waren. Glimbecks Männer hatten Musketen und würden ohne Weiteres schießen. Aber niemand durfte wegen ihr sterben. Das durfte sie nicht zulassen. Sobald man sie entdeckte, würde sie aufstehen und zu Glimbeck laufen. Es ging nicht anders. Das musste sie einfach tun! Vielleicht würde er Jannis und die anderen dann verschonen.

»Es reicht«, sagte einer der Männer. »Mehr können die Pferde nicht fressen.« So nah kam er dem Verschlag, dass Katharina ihn durch einen Spalt zwischen den Holzlatten sehen konnte und sogar seinen Schweißgeruch wahrnahm. Weniger als einen Schritt war er von ihnen entfernt. Völlig unmöglich, dass er sie nicht entdecken würde.

»Was ist?«, sagte ein anderer der drei Männer.

»Hast du das nicht gehört?«

»Was?«

»Das Geräusch.«

»Nein. Jetzt komm endlich.«

Die Augen vor Entsetzen geschlossen und die Hände schmerzhaft ineinander gekrallt nahm Katharina gar nicht wahr, dass die Männer den Stall verließen, einer nach dem anderen.

»He, mein Liebes«, flüsterte Jannis. »Du zitterst ja. Sie sind weg. Sie sind nach draußen gegangen und Glimbeck und Hannah auch.«

Erst jetzt begriff sie, dass die Gefahr für diesen

Moment vorbei war und drückte sich aufatmend an ihn. »Aber noch immer haben sie meinen Sohn.«

»Nein, Hannah hat ihn. Sorg dich nicht. Es geschieht ihm nichts. Du hast es doch gehört. Glimbeck hält ihn für Hannahs Kind.«

»Hört ihr das?«, sagte Philipp. »Die Kerle sind allesamt in der Stube und lassen sich bewirten.«

»Die werden Hannah doch nichts antun.« Katharina löste sich von Jannis. »Die werden sie doch nicht schänden.«

»Nein.« Pfarrer Matthias wischte sich den Schweiß von der Stirn. »Zwar sind das Söldner, denke ich, und wer weiß, wo Glimbeck die aufgetrieben hat. Aber das würde er nicht zulassen.«

Urban stand auf. »Wir holen das Kind und verschwinden.«

»Nein, setzt Euch wieder«, sagte Jannis. »Die Gefahr, dass die uns entdecken, ist zu groß. Wir warten.«

»Wie lange sollen wir denn warten?« Philipp wollte ebenfalls aufstehen. »Das kann ewig dauern.«

»Nein, Philipp.« Pfarrer Matthias schüttelte den Kopf. »Heinrich Glimbeck ist ungeduldig. Wenn er zu lange hierbliebe, müsste er fürchten, dass er die Hexe nie mehr findet. Deshalb wird er den Anführer der Männer dazu bewegen, rasch weiterzuziehen.«

»Also gut.« Urban setzte sich wieder und lehnte sich an die Wand des Verschlags, mit seinem gezogenen Messer in der Hand.

Eine Zeit lang sprach keiner von ihnen ein Wort, während noch immer die Stimmen aus der Stube zu hören waren.

»Hol die Pferde«, sagte plötzlich die Stimme eines

Mannes draußen vor der Stalltür.

»Dieses Weib, diese Hannah, ist gut gebaut«, sagte ein anderer.

»Lass die Finger von ihr. Du hast gehört, was dieser Glimbeck gesagt hat.«

»Ich mach den Unsinn nicht mehr mit. Ich hasse diesen Zwerg. Ein Kind könnte ihm über den Kopf spucken.«

Der andere lachte auf. »Stimmt ja. Aber nun hol die Pferde.«

Endlich wurden die Stimmen leiser und endlich war das Klappern von Pferdehufen zu hören.

»Sie reiten davon«, sagte Caspar.

»Warte noch«, sagte Jannis.

Doch nach einer Weile der Stille spürte Katharina Unruhe in sich aufsteigen. »Bitte, Jannis. Ich halte das nicht mehr aus. Mein Sohn. Ich muss zu ihm.«

»Du hast recht. Ich gehe nachsehen.«

»Nein, ich gehe.« Caspar stand auf. »Mich kennt dieser Glimbeck nicht. Notfalls könnte ich sagen, ich sei hier aus der Gegend und nur zufällig vorbeigekommen.«

Katharinas Blick hing an ihm, als er den Verschlag verließ. Das Öffnen und Schließen der Stalltür war zu hören. Dann herrschte wieder Stille. Aber schon bald darauf wurde die Tür wieder aufgerissen.

»Kommt schnell!«, rief Caspar. »Hannah. Ihr geht es nicht gut.«

Katharinas Herz raste, während sie alle aufstanden. »Was ist mit ihr?« Aber Caspar war bereits wieder verschwunden.

Urban hatte Gabriel die Hände auf den Rücken gedreht und drängelte ihn vorwärts, während sie den

Stall verließen und über den Hof liefen. Das Rauschen des Baches war allgegenwärtig, als sie kurz darauf die Stube betraten.

»Hier ist sie.« Caspar steckte den Kopf aus einer Tür am Ende der Stube und eilig liefen Katharina und Jannis in das Zimmer.

Das Erste, was Katharina sah, war ihr Sohn auf einem Bett. Eine Welle der Freude durchflutete sie, als sie erkannte, dass er die Augen offen hatte und die Hände bewegte. Sofort lief sie zu ihm und nahm ihn auf die Arme. »Geht es dir gut, ja?«, sagte sie, während sie sein kleines Gesicht küsste und ihn leicht hin und her wiegte. Doch dann sah sie Hannah.

In sich zusammengesunken saß Hannah vor einer Truhe unter dem Fenster. Ihr dunkles Haar hatte sich gelöst, Tränen liefen ihr über das Gesicht und Blut klebte auf ihrer Wange.

»Hannah!« Mit ihrem Sohn auf dem Arm lief Katharina zu ihr, während Jannis sich bereits vor ihr niederkniete.

Nur mühsam kam es Katharina über die Lippen. »Was haben die Euch angetan, Hannah? Haben sie …? Haben sie Euch geschändet?«

»Nein.« Blut verteilte sich auf Hannahs Gesicht, als sie sich darüber wischte. »Ich dachte nur, dass ich das nicht länger durchstehe. Dieser Zwerg. Erst war er freundlich. Aber dann hat er mich hier in das Zimmer gestoßen und wollte von mir hören, dass das gar nicht mein Kind sei, sondern das der Hexe.« Sie lächelte schwach und blickte Katharina in die Augen. »Aber ich bin standhaft geblieben. Und ich denke, er hat mir geglaubt. Doch dann sagte er noch, ich wäre nicht gottesfürchtig, weil ich nicht all unser Brot mit seinen Männern teilen wolle, und hat mich geschlagen.« Unhaltbar liefen die Tränen jetzt über ihre Wangen. »Alle Vorräte haben die uns gestohlen. Wir haben nichts mehr.«

»Das können wir diesen Leuten nicht länger zumuten«, sagte Urban, der hinter Jannis stand. »Wir müssen hier verschwinden. Und wer sagt denn, dass die nicht zurückkommen.«

»Aber wie denn?« Hannah wischte sich erneut über das Gesicht. »Wie wollt ihr alle denn von hier abreisen? Für Katharina und das Kind braucht ihr Pferde und einen Wagen. Und beides haben sie euch gestohlen.«

»Ich schaff das auch so.«

»Nein, Katharina.« Hannah schüttelte den Kopf. »Das schafft Ihr noch nicht, vor allem nicht mit dem Kind.«

Urban legte eine Hand auf den Beutel an seinem Gürtel. »Alles, was Hinrich Belberg mir je für meine Dienste gezahlt hat, ist hier drin. Ich laufe zur Stadt Brühl und besorge uns Pferd und Wagen.« Er lächelte. »Und natürlich Vorräte für Euch, Hannah.«

»Nehmt das Pferd, das auf der Weide steht. Ich glaube, das haben sie uns gelassen.«

Urbans Lippen zuckten. »Mein Stamm in meiner Heimat Afrika kannte keine Reittiere, bevor die Sklavenhändler kamen. Zu Fuß bin ich schneller als mit dieser alten Mähre.«

25

»Die Hex war dort. Sie war in der Mühle.«

Das Lagerfeuer, vor dem sie saßen, erhellte Doktor Heinrich Glimbecks Gesicht.

Mein Gott! Wie grob und ungepflegt, ja geradezu abstoßend dieser Söldner namens Balthasar aussah, der neben ihm hockte. Sein halblanges Haar war filzig und das, was er am Leib trug, völlig verschlissen. Aber niemand anderen als Söldner hätte er dafür gewinnen können, die Hexe zu jagen.

Die sinkende Sonne malte blutrote Farben auf die Hügel rings um das Tal, in dem sie ihr Lager aufgeschlagen hatten. Nur als dunkle Silhouetten waren die beiden Männer zu sehen, die auf den Anhöhen ringsherum Ausschau nach Gefahren hielten. Die anderen genossen die Wärme der Flammen und ruhten sich aus.

Balthasar spuckte das Stück Holz, auf dem er gekaut hatte, in das Feuer. »Nein, wir kehren nicht zurück. In der Mühle gibt es nichts mehr zu holen.«

»Nicht für Raubzüge habe ich euch Söldner angeheuert, sondern um die Teufelshur zu finden.«

Auflachend lehnte Balthasar sich zurück und blickte in den rötlichen Himmel. »Dieses Weib interessiert auch nur dich. Doch schöne Worte füllen keine Bäuche. Wo ist der Sold, den du uns zugesagt hast?«

»Sobald wir zurück in Köln sind, erhaltet ihr alle euren gerechten Lohn.«

»Nichts als törichtes Gerede.«

Glimbecks Augen funkelten. »Der Sold ist erst verdient, wenn die Teufelshur gefunden ist.«

Balthasar strich sich über den ungepflegten Bart. »Niemand außer der Frau und dem Kind war in der Mühle.«

»Da irrt Ihr Euch. Fünf Becher standen auf dem Tisch in der Stube. Aber diese Hannah behauptete, sie wäre mit dem Kind allein. Sicher war es Teufelswerk, dass ich mich erst jetzt daran erinnere.« Er stand auf. Zu Recht hatte das Kölner Hochgericht Katharina Anstett zum Tode verurteilt und nichts würde ihn daran hindern, es zu vollstrecken. Er schaute zu dem Söldner hinab. »Steht auf! Wir haben eine Aufgabe zu erfüllen.«

*****

Niemand sah es. Keiner bemerkte die beiden Gestalten, die bald darauf nahe der Mühle durch die Dämmerung schlichen.

Dunst erhob sich aus den Wiesen und Feldern und kroch durch den nahen Wald, während sich die Dunkelheit behutsam über das Land senkte.

Alles schien ruhig. Denn manchmal wartet der Teufel in aller Stille, bevor er zuschlägt, und dieses Mal hatte er lange gewartet – viel zu lange. Seine Geduld war am Ende.

»Kniet nieder!«, sagte er.

»Nein.«

»Ich sagte, kniet nieder!«

»Ja, ist ja schon gut.« Widerwillig folgte Gabriel dem Befehl und kniete sich nieder. Was sollte er hier draußen? Er blickte zu dem Mann, der vor ihm stand und ihn mit einer Pistole bedrohte. »Was soll das hier? Warum habt

Ihr mich hierher gebracht? Seid Ihr verrückt?«

Stille herrschte auf dem Hof der Mühle hinter ihm, über den sie bis zu dieser Wiese gegangen waren. Niemand hatte bemerkt, dass sie das Haus verlassen hatten.

Der Bach rechts von ihnen plätscherte an dieser Stelle mehr, als dass er rauschte, und der Kornspeicher links war kaum größer als eine winzige Hütte.

Wütend zerrte Gabriel an dem Strick, der seine Hände auf dem Rücken fesselte. In der Dämmerung des Abends glich das Gesicht des Mannes vor ihm nur einem Schatten.

»Was soll das?«, fauchte Gabriel. »Jeder hier dachte, er könnte Euch vertrauen. Immerhin habt Ihr geholfen, Katharina zu befreien und vor diesem Heinrich Glimbeck zu beschützen. Aber offenbar seid Ihr auch nicht besser als dieser Glimbeck. Was wollt Ihr von mir?«

»Leichtfertig geht Ihr mit dem Leben anderer um«, sagte sein Gegenüber. »Darin ähneln wir uns sehr. Allerdings habe ich Euch nie ein Leid angetan, während Ihr mich erst zu dem gemacht habt, der ich bin.«

Gegen seinen Willen fühlte Gabriel Panik in sich aufwallen. Genau diese Worte hatte er bereits schon einmal gehört. »Ihr seid es also, der mich in Köln mit dem Messer bedroht hat.«

»Dann wisst Ihr ja auch, warum Ihr hier seid. Ihr erinnert Euch.«

»Nein.«

»Lügt nicht!«

Der Schlag ins Gesicht schleuderte Gabriel auf die Wiese und kurz war er benommen, bevor er sich wieder aufrichtete. Blut lief aus seiner Nase in seinen Bart.

»Erinnert Ihr Euch, Gabriel?«

»Ja, ja, das tue ich. Aber man kann doch über alles reden. Das, was ich damals getan habe, war nur eine Torheit. Bitte vergebt mir.«

»Wie könnte ich das, wo ich nicht einmal den beiden schwachen Frauen vergeben konnte? Nacht für Nacht wart ihr alle in meinen Albträumen, über Jahre.«

Einen Moment verschlug es Gabriel die Sprache. »Helena und Marie? Die beiden Dirnen? Ihr wart das? Ihr habt sie getötet? Aber wieso denn Marie? Sie hatte doch gar nichts damit zu tun.«

»Natürlich. Sie war dabei.«

»Nein, Ihr versteht mich nicht. Ihr habt sie verwechselt. Die Marie, die Ihr meint, ist schon vor Jahren gestorben. Sie war krank. Blut hat sie gespuckt, jeden Tag.« Gabriels Schultern bebten vor verhaltenem Lachen. »Die falsche Dirne habt Ihr getötet. Ein wenig ähnlich hat sie der Marie von damals gesehen. Ja, das stimmt. Mit Gift, ja? Mit Gift habt Ihr es getan, wie ein Weib es täte. Hättet Ihr sie nicht wenigstens töten können wie ein Mann?«

»Seid still!«

»Ihr seid nicht der Teufel, auch wenn Ihr so tut.« Gabriels Lippen bebten. »Nicht umsonst habt Ihr geholfen, Katharina zu befreien.«

»Das hat nichts damit zu tun.«

Das Blut, das aus seiner Nase tropfte, befleckte Gabriels Hemd. »Rache wollt Ihr, und an Eurer Stelle würde ich das auch wollen. Aber was ändert das? Ja, ich habe mich an Euch versündigt. Jung und einfältig war ich damals. Aber durch die Beichte wurde mir längst Absolution erteilt. Gott hat mir vergeben. Ihr könnt mich nicht in die Hölle schicken.« Seine Lider flatterten. »Macht schon! Schießt«, sagte er mit Blick auf die Pistole, obwohl die Panik jede Faser seines Körpers erfasst hatte. »Wenn Ihr denkt, ich würde um mein armseliges Leben winseln, irrt Ihr Euch.«

»Oh, das werdet Ihr noch. Helena und Marie sind unter Schmerzen gestorben, weil ich es so wollte. Und Ihr denkt, Ihr kämet so leicht davon?«

*****

Währenddessen war Katharina glücklich.

Ihr Sohn neben ihr auf dem Bett entlockte ihr ein Lächeln.

»Wie willst du ihn denn nennen?«, sagte Jannis, der neben den beiden auf dem Bettrand saß und mit den Fingern des Kindes spielte.

»Weiß nicht.« Katharina drehte sich auf die Seite und stützte den Kopf auf eine Hand. Das weiße Nachtgewand, das Hannah ihr geliehen hatte, schmiegte sich an ihren Körper. »Zurzeit kann ich noch immer kaum glauben, dass er überhaupt bei mir ist.« Sie schaute Jannis an. »Könntest du ihn denn lieben, obwohl er nicht dein Sohn ist?«

»Du und dein Sohn sind jetzt meine Familie. Und keine Zweifel mehr, hörst du? Denn die Wahrheit ist, dass ich schon, bevor ich dich kannte, daran gedacht habe, Köln zu verlassen. Die Vorstellung, Sophia zu heiraten und unter Aufsicht meines älteren Bruders die Geschäfte meines Vaters zu führen, war mir unerträglich. Zu oft sind mein Bruder und ich miteinander uneins.« Er legte einen Finger unter ihr Kinn und zwang sie, ihn anzusehen. »Niemals könnte ich dich also hassen, nur weil ich Köln verlasse, gleichgültig, wie schwierig es wird und wie viel ich arbeiten muss. Denkst du, ich wüsste nicht, dass es nicht einfach werden wird, zumal noch immer Krieg herrscht und wir beide uns kaum kennen.« Er lächelte schwach. »Aber immerhin bewahrst du mich davor, an der Seite von Sophia von Eschenau ein verbitterter alter Mann zu werden. Sie wird jemand anderen finden, der zu ihr passt.«

»Na, dann werde ich wohl dafür sorgen müssen, dass du ein zufriedener alter Mann wirst«, ging Katharina darauf ein und nahm seine Hände. »Wie töricht, dir nicht zu trauen, nur weil mir das, nachdem was geschehen ist, offenbar schwerfällt.« Sie senkte den Kopf. »Früher dachte ich, Gott würde nicht zulassen, dass Unschuldige wegen Hexerei verurteilt werden. Aber heute denke ich, dass keiner von denen, die brennen, schuldig ist.« Sie blickte ihn wieder an. »Ich weiß, dass jemand anderer für mich gestorben ist, Jannis. Zwar war ich schwach und von Fieber gequält, als Schwester Theresa mir das Gewand einer Nonne angezogen und mich aus dem Turm gebracht hat. Aber dennoch habe ich begriffen, dass die andere Frau an meiner Stelle dort geblieben ist. Urban war vorhin bei mir und hat mir einen Brief von ihr gegeben. Bisher habe ich ihn noch nicht gelesen. Ich konnte es nicht.«

»Dann bewahr ihn auf. Irgendwann wirst du es können.«

Kurz herrschte Schweigen, bevor Katharina sich zu Jannis vorbeugte und ihre Hand auf seine Wange legte. Er erschauerte, als ihre Lippen seinen Mund berührten, und erwiderte den Kuss nur zögerlich. Erst als er endlich verinnerlichte, dass er das nicht nur träumte, öffnete er die Lippen und erwiderte den Kuss umso leidenschaftlicher.

Nein, noch nicht heute hatte er sich ihr nähern wollen. Dazu war das Vergangene noch viel zu frisch. Selbst Katharinas Daumen waren noch von der Folter geschwollen und ihre Seele sicher zutiefst verletzt. Aber dennoch konnte er sich dem nicht entziehen. Nie zuvor hatte er so empfunden. Ihre Nähe, ihre Küsse, ihre Berührungen erregten all seine Sinne.

»Hast du das gehört?« Jäh hielt er inne und blickte durch das Fenster auf den Hof. Doch was er in der Dämmerung sah, war nur die dunkle Silhouette des Stalls.

»Das war nur Hannahs altes Pferd«, sagte sie. »Es hat gewiehert. Sie hat es in den Stall gebracht.«

»Ich sehe besser nach.«

»Jannis, warte.«

Abrupt stand Jannis auf und nahm den Mantel von Hannahs Bruder vom Bett, den Hannah ihm geliehen hatte. »Philipp hält vor dem Haus Wache«, sagte er, während er den Mantel anzog. »Ich sehe nur nach, ob alles in Ordnung ist. Urban ist noch nicht zurück. Also bin ich der Einzige, der das kann. Und du gehst zu Pfarrer Matthias und Caspar nebenan in das Zimmer.«

»He, ist ja gut«, sagte sie, als ihr Sohn wimmerte, während sie ihn von ihrem Bett nahm und aufstand. Schweigend folgte sie Jannis zur Tür.

Vorsichtig warf Jannis einen Blick in die Stube, nachdem er die Tür geöffnet hatte. »Hier ist niemand«, sagte er, während sie beide in die Stube traten. Eine brennende Kerze stand auf dem Fenstersims und hinter einer Tür waren die Stimmen von Pfarrer Matthias und Caspar zu hören.

»Geh zu Pfarrer Matthias, Katharina. Ich bin gleich zurück.« Er warf ihr noch einen Blick zu, bevor er zur Haustür ging, nach draußen trat und die Tür hinter sich schloss.

Auf ihr Kind konzentriert übersah Katharina, dass das Türblatt der offenen Zimmertür neben ihr sich bewegte. Erstickt schrie sie auf, als sich eine Hand auf ihren Mund presste.

»Ja, keinen Laut«, flüsterte die Stimme. »Denk an dein Kind. Du willst doch nicht, dass es stirbt.«

Mit aufgerissenen Augen sah sie das Messer in der Hand desjenigen, der sie von hinten umklammerte.

»Du tust jetzt genau, was ich sage.« Das Flüstern ließ den Besitzer der Stimme nicht erkennen. »Gemeinsam gehen wir beide jetzt zu dem Tisch da. Hast du das verstanden?«

Voller Entsetzen gehorchte sie.

»Leg das Kind auf den Tisch!«

Nein! Das würde sie nicht tun. Niemals!

»Leg es dahin. Nicht du bist es, die sonst stirbt, sondern dein Sohn.«

Tränen traten in ihre Augen, als sie ihren Sohn auf den Tisch legte. Abrupt war sie frei und derjenige, der sie festgehalten hatte, nahm ihr Kind an sich. Die Klinge des Messers in seiner Hand schimmerte im Licht der Kerze auf dem Fenstersims.

»Bitte, bitte nicht«, wimmerte sie. »Bitte nicht mein Kind. Nehmt mich.«

»Pst. Keinen Ton.«

*****

Das Rauschen des nahen Baches übertönte seine Schritte, während Jannis mit einer Laterne in der einen Hand und seinem Messer in der anderen am Stall vorbei über den Hof lief. Doch trotz des Rauschens hörte er Stimmen, wenn auch nur leise.

Erst als er den Hof verließ und eine Wiese erreichte, vernahm er die Stimmen deutlicher und glaubte seinen Augen bei dem, was er sah, nicht zu trauen. Gabriel kniete nahe dem Bach auf der Wiese und der Mann, der vor ihm stand, hatte eine Pistole auf ihn gerichtet.

Schritt für Schritt kam Jannis näher. »Was ist hier los?« Sein Blick haftete auf der Pistole in der Hand des Küsters Philipp. »Was soll das?«

Schlagartig schauten beide Männer ihn an und trotz seiner auf dem Rücken gefesselten Hände gelang es Gabriel aufzustehen. »Philipp war es, der dich in Köln in den Keller gesperrt hat, Jannis. Und er hat auch die Dirnen Helena und Marie getötet.«

Jannis' schaute zu Philipp. »Ist das wahr?«

»Wahr ist«, Philipps Lippen bebten, »dass Helena, Marie und Gabriel den Tod verdient haben. Verliebt und gutgläubig war ich damals und gerade erst dabei, ein Mann zu werden, und sie haben mich in die Hölle geschickt.«

»Verliebt. Dass ich nicht lache.« Hohn klang in Gabriels Stimme mit. »Verfolgt habt Ihr Helena vor sechs Jahren. An jeder Ecke habt Ihr ihr aufgelauert, sodass es ihr unerträglich wurde. Was blieb uns denn anderes übrig, als Euch eine Lehre zu erteilen?«

»Was hast du getan, Gabriel?« Jannis' Stimme klang heiser.

Hass glomm in Philipps Augen auf. »Gabriel wird es Euch wohl kaum erzählen. Für mich hingegen ist es eine Wohltat, es endlich loszuwerden. Neunzehn Jahre war ich damals alt. Ihr wisst, wie es sich anfühlt, verliebt zu sein, Jannis. Und genauso erging es mir. Für mich war Helena wie ein Engel. Wie aus purem Gold und Feuer gemacht leuchtete ihr rotes Haar an jenem Tag in der Sonne, während sie am Waldrand Pilze sammelte. Zumindest kam es mir so vor, während ich mich hinter einem Busch versteckte und sie beobachtete. Die Erfüllung all meiner Träume war sie, obwohl ich wusste, dass sie eine Dirne war. Wie oft hatte ich sie angesprochen, und wie oft hatte sie mich abgewiesen, weil ich kein Geld hatte, um ihre Dienste zu bezahlen. Doch an jenem Tag war alles anders, als sie mich hinter dem Busch entdeckte –

»Komm mit, Philipp.«

Helena lächelt und es ist ein wundervolles, ein verführerisches Lächeln.

Es ist ein warmer Sommertag im Jahre 1623 und sie hält Philipp ihre Hand hin. »Komm!«

Der Klang ihrer Stimme ist wie Musik und arglos legt er seine Hand in ihre.

Den kurzen Blickaustausch zwischen Helena und Gabriel, der neben Helenas Freundin Marie an einem Baum lehnt, bemerkt er nicht. Arglos folgt er Helena zu einem verlassenen Gehöft. Der hölzerne Kornspeicher dort ist klein – nicht mehr als eine winzige und auf Stützen stehende Hütte.

»Darin möchte ich es mit dir tun, Philipp.«

Ein Kribbeln läuft ihm über den Rücken, als Helena ihn küsst und sich an ihn schmiegt. Warm und weich fühlt sich ihr Körper an.

»Du willst es doch auch?«, flüstert sie in sein Ohr. »Schon lange willst du es. Also komm!«

Lachend zieht sie ihn die vier Stufen zu dem Kornspeicher hoch. Stickige Luft schlägt ihnen entgegen, als sie die Tür öffnet. »Du gehst vor, Philipp.«

Noch immer glaubt er Helenas Lippen zu schmecken, während er den Speicher betritt. Reste von Kornähren und trockenen Halmen liegen auf dem Boden. Der Kuss erscheint ihm wie ein Traum, bevor Helena plötzlich die Tür hinter ihm zuschlägt. Deutlich hört er, wie von außen der Riegel vorgeschoben wird.

»Nein, Helena! Was soll das?« Erschrocken klopft er gegen die Tür. »Helena, lass mich raus!« Fast ist die Enttäuschung über Helenas Verrat noch schlimmer, als das Gefühl eingesperrt zu sein. »Helena!« Gleich würde sie die Tür wieder öffnen, ganz bestimmt.

Die stickige Luft, angefüllt mit Staub und Dreck, nimmt ihm den Atem. Piepsend huscht etwas Weiches an seinen Beinen vorbei. *Ratten!* Heftig rüttelt er an der Tür. »Helena! Bitte!«

»Was tust du da, Gabriel?«, hört er Helenas Stimme durch die Wand.

»Glaubst du wirklich, es würde reichen, diesen einfältigen Kerl einzusperren, Helena?«, sagt Gabriel draußen neben dem Kornspeicher. »Die Tür ist morsch. Es ist ein Leichtes für ihn, sie einzutreten. Gleich ist er wieder frei. Nein, wenn du willst, dass er dich nicht mehr belästigt, müssen wir ihm eine echte Lehre erteilen.«

»Aber …«

»Vertrau mir einfach, Helena«, sagt Gabriel barsch. »Hilf mir mal, Marie. Sonst gelingt es nicht. Da! Das Brett ist lose. Das ist die richtige Stelle. Hier können wir es machen. Ich schlag das Brett durch und du reichst mir das Holz.«

Mit einem Krachen fliegt ein loses Brett aus der Wand zu Philipp in den Kornspeicher, gefolgt von einem brennenden Stück Holz. Sofort entzünden sich die trockenen Halme und Ähren am Boden.

Nein! Philipps Herz beginnt zu rasen. *Das kann doch nicht sein! Das können die doch nicht tun!* »Lasst mich raus! Bitte lasst mich doch raus!«

Wie der Atem des Teufels brennt ätzender Qualm in seinen Augen und lässt ihn husten, während er sich gegen die Tür schmeißt, einmal, zweimal, dreimal, viermal. Aber sie gibt nicht nach. Sie öffnet sich nicht, egal wie sehr er sich bemüht.

Panisch krabbelt eine Ratte an einer Wand hoch, und ihr Kreischen, als sie in die Flammen fällt, treib ihn in den Irrsinn.

Bitte! Ich will hier raus! »Lasst mich doch raus!«

Nach und nach gehen auch die Wände in Flammen auf und die anderen Ratten springen ihn an. Quiekend krallen sie sich an ihm fest, weil er das Einzige ist, das noch nicht brennt, abgesehen von seinem Bein. Wie die Schale eines Apfels schält sich die Haut davon ab, und der Schmerz ist, als ob ihm ein Schlächter den Schenkel abhackt.

Noch einmal rennt er gegen die Tür und endlich bricht sie aus dem Rahmen. Brennend fällt er nach draußen die vier Stufen hinunter und rollt über die feuchte Wiese.

Jemand schlägt mit einem Tuch auf ihn ein, um das Feuer zu löschen. Das spürt er noch. Dann wird es dunkel um ihn herum.

Schweigend standen sie alle drei einen Moment da, als Philipp schwieg.

»Das ist …« Jannis schüttelte den Kopf. »Mir fehlen die Worte.« Er schaute Gabriel an. »Ich hätte dir einiges zugetraut. Aber das.«

Gabriel senkte den Kopf. »Es war eine Torheit. Nie hätte ich geglaubt, dass er so lange brauchen würde, um die Tür zu öffnen. Sie war morsch. Nur Angst einjagen wollten wir ihm, damit er Helena in Ruhe lässt.«

»Wie kann es sein, dass du bis heute nicht wusstest, wer er ist?«

»Weil er mich damals nicht wirklich beachtet hat«, sagte Philipp. »Nicht in den Gottesdiensten, in denen wir uns begegnet sind, und nicht an jenem Tag. Deshalb hat er sich nicht an mein Gesicht erinnert. Aber jeder kannte Gabriel Belberg, den Sohn des reichsten Tuchhändlers der Stadt.«

Zornig trat Gabriel einen Schritt auf ihn zu. »Nicht eine Spur seid Ihr besser als ich.«

»Nein, vielleicht nicht.« Philipp blickte zu Jannis. »Wegen Elsa und wegen dem, was ich Euch angetan habe, Jannis. Ich dachte, Ihr wärt bereits tot, als ich Euch in den Keller gesperrt habe. Ihr wart zur falschen Zeit am falschen Ort. Das ist alles.«

»Elsa?« Jannis runzelte die Stirn. »Ihr habt Elsa getötet? Die alte Frau, die im Pfarrhaus gearbeitet hat? Wie ist das möglich? Sie lebte doch noch, als Caspar und ich dort waren. Längst wart Ihr da bereits mit dem Planwagen unterwegs, um Katharina von dem Schiff des Niederländers, der sie aus Köln rausgebracht hat, in Empfang zu nehmen.«

»Nein. Pfarrer Matthias und Urban waren mit dem

Planwagen vorausgefahren. Ich bin ihnen erst später gefolgt. Sicher war mein Pferd nur schneller als Eures. Außerdem bin ich teilweise querfeldein geritten. Elsa war leider zu neugierig und hat im Pfarrhaus das Kästchen mit Haarsträhnen gefunden, die ich Helena und Marie abgeschnitten hatte.«

»Ihr seid ja wahnsinnig«, zischte Gabriel.

»Seht her!« Philipp öffnete die Knöpfe seines Hemdes, sodass seine nackte Haut zu sehen war, und Jannis hielt den Atem an. Selbst im Licht der Laterne waren die grauenhaften Narben zu erkennen, bevor Philipp das Hemd wieder zuknöpfte und sein Blick zu Gabriel glitt. »Die Qualen möchte ich nicht beschreiben. Nicht nur meinen Körper habt Ihr zerstört, sondern auch meine Seele, Gabriel. Frauen ekeln sich vor mir und einem Weib beizuwohnen, bin ich nicht mehr fähig. Selbst das habt Ihr mir genommen. Nur eines möchte ich noch wissen. Wer hat damals mit dem Tuch auf mich eingeschlagen, um die Flammen zu löschen?«

»Helena.«

»Und dann seid ihr alle drei davongelaufen und habt mich liegen lassen?«

Gabriel senkte den Kopf. »Ja.«

Philipp sah wieder zu Jannis. »Aufgewacht bin ich auf einem Gehöft und später hat man mich zu einem Kloster gebracht. Ein Bauer hatte mich gefunden. Lange war unklar, ob ich überleben würde.«

»Lasst Gabriel gehen, Philipp«, sagte Jannis ruhig. »Wenn Gott vergeben kann, könnt Ihr es auch.«

»Wäre es *Euch* möglich zu vergeben, wenn Katharina tatsächlich verbrannt worden wäre?«

Einen Atemzug lang hingen ihre Blicke ineinander,

bevor Jannis plötzlich zur Mühle blickte, als von dort Stimmen zu hören waren. Ein Pferd wieherte und Gestalten schälten sich aus der Düsternis.

Was geschah da?

Aufgepeitscht rannte Jannis über den Hof zurück zur Mühle, und der Anblick, der sich ihm bot, als er das Haus erreichte, ließ das Blut in seinen Adern pulsieren. »Gebt mir das Kind und lasst Katharina gehen!«, brüllte er.

Langsam ritt Doktor Heinrich Glimbeck mit dem dunklen Pferd auf ihn zu. Katharinas Sohn auf seinem Arm schrie.

Erst jetzt erkannte Jannis, dass die Gestalten Pfarrer Matthias, Caspar, Hannah und Madalena waren, die sich um Heinrich Glimbeck versammelt hatten. Als hätte er einen Fisch an der Angel, zog Glimbeck das Pferd, auf dem Katharina saß, am Zügel hinter sich her.

Glimbecks Augen funkelten. »Niemand rührt sich. Niemand wagt, eine Waffe zu ziehen. Sonst …«

»Sonst was?«

Mit kaltem Lächeln streckte Glimbeck die Arme mit Katharinas Sohn so weit vor, dass der Junge über dem Boden schwebte. »Sonst fällt das Kind.«

»Nein!«, schrie Katharina. »Bitte, bitte nicht!«

Pfarrer Matthias streckte die Arme danach aus. »Gebt mir das Kind.« Schweißperlen standen auf seiner Stirn. »Und wer ein solches Kind aufnimmt in meinem Namen, der nimmt mich auf«, sagte er. »Das sind die Worte unseres Herrn Jesus Christus. Ihr seid Theologe, Heinrich, kein Mörder.«

»Wenn Ihr denkt, Ihr könntet mich mit Euren tückischen Worten umgarnen, irrt Ihr Euch, Pfarrer

Matthias. Indem Ihr die Hex beschützt habt, habt Ihr Euch ebenso versündigt wie sie.«

Hektisch machte Glimbeck mit dem Pferd eine Kehrtwende und trabte zum Ausgang des Hofes, und Katharina folgte ihm auf ihrem Pferd widerstandslos.

»Nein!«

Entsetzt lief Jannis zum Stall, um Hannahs altes Pferd zu holen und den beiden zu folgen. Doch der Stall war leer. Das Pferd war nicht mehr da. Hastig verließ er den Stall wieder, ohne den Qualm und die gelbroten Flammen zu bemerkten, die jäh aus dem kleinen Kornspeicher auf der Wiese hinter dem Hof schlugen.

Der Versuch, Glimbeck und Katharina zu Fuß zu folgen, war sinnlos. Natürlich wusste er das. Aber er konnte nicht anders. Wie von Sinnen lief er in die Richtung, in die er sie hatte reiten sehen. Doch sie waren verschwunden. Längst hatte die Düsternis sie verschluckt.

»Katharinaaaa!«

Wie betäubt starrte er in die Dunkelheit, bevor er in die Knie ging. »Neeeeiiiin!«

»Jannis!«

Im ersten Augenblick merkte er nicht einmal, dass Hannah sich neben ihm niederkniete. Erst als sie eine Hand auf seine Schulter legte, zuckte er zusammen. »Beruhigt Euch, Jannis.« Der Anblick des Schmerzes in seinen Augen ließ sie ihn in die Arme nehmen. »Bitte beruhigt Euch.«

Jäh löste er sich von ihr und packte sie bei den Schultern. »Heinrich Glimbeck wird Katharina zurück nach Köln bringen, Hannah. Die werden sie hinrichten.«

»Nein, werden sie nicht. Schon bald wird Urban mit einem Pferd, das er gekauft hat, aus Brühl zurück sein und Ihr könnt Katharina folgen. Warum unser eigenes altes Pferd aus dem Stall verschwunden ist, ist mir ein Rätsel.«

Sie blickte zurück zum Hof, als von dort laute Stimmen zu hören waren. Fetter Rauch stieg über der Wiese hinter dem Hof auf. »Unser alter Kornspeicher, Jannis. Er brennt!« Erschrocken stand sie auf, während sie die gelbroten Flammen aus dem Speicher schlagen sah. »Mein Gott, da ist ja jemand drin!«

Wegen der dicken Holzwände drangen die Schreie nur gedämpft aus dem Speicher, aber eindeutig war jemand in der Flammenhölle gefangen.

Pfarrer Matthias und Caspar waren über den Hof und die Wiese bereits dorthin gelaufen, aber der Riegel der Tür war viel zu heiß, um ihn anzufassen.

»Hier mit dem Stein!«, rief Caspar und schlug den Brocken gegen den Riegel. »Mist! Die Hitze! Er klemmt!«

Schauer liefen ihm über den Rücken, während er immer wieder gegen den Riegel schlug. Denn die panischen Schreie aus dem Innern des Kornspeichers, klangen grauenhaft, hatten nichts Menschliches mehr, und noch dazu gab ihm die Hitze der Flammen das Gefühl, selbst auch zu brennen. Fast glaubte er schon, es gar nicht zu schaffen, als die Tür plötzlich aufschwang.

Nur im letzten Moment konnte er der lichterloh brennenden Gestalt noch ausweichen, die schreiend aus dem Speicher wankte. Begierig züngelten die Flammen über ihren Körper, fraßen sich durch Kleidung und Fleisch.

»Gabriel!«, schrie Jannis, der mit Hannah auf den Hof zurückgelaufen war.

Wie eine brennende Fackel lief Gabriel über den Hof,

bevor er zusammenbrach und sich wimmernd auf der Erde wälzte.

Jannis zog den Mantel aus und schlug damit auf ihn ein, um das Feuer zu löschen.

Eine Ewigkeit schien zu vergehen, bis die letzte Flamme erloschen war und Gabriel auf dem Rücken liegenblieb.

»O mein Gott!« Hannah legte die Hände vor den Mund, während sie auf Gabriels nahezu völlig geschwärzten Körper starrte, von dem sich Haut und Fleisch abschälten.

Heftig zitternd, als ob ihn jemand schüttelte, hob Gabriel den Kopf und umklammerte Jannis' Handgelenk. »Bitte, sag Katharina ... Sag ihr, es täte mir leid, und s-sag ihr auch, dass sie meine Schwester ist.«

»Ja, das werde ich.«

»Und tö-töte mich. Bitte hilf mir. La-lass mich das nicht aushalten. Wir sind doch Freunde.«

»Ja, das sind wir.« Mit Tränen in den Augen legte Jannis eine Hand auf den Schaft seines Messers und zog es aus der Scheide.

»Bi-bitte, Jannis. Hilf mir. Töte mich.«

Wie erstarrt hielt Jannis das Messer hoch und blickte auf die verkohlte Gestalt seines Freundes.

»Bitte, bitte, Jannis!«

»Es tut mir so leid, Gabriel. Es tut mir so unendlich leid.«

Die Zähne so fest zusammengebissen, dass es schmerzte, holte Jannis aus und stach in Gabriels Brust. Mit einem Stöhnen bäumte der sich auf und zog die Beine an, als wollte er sich gegen den Tod wehren. Doch jäh sackte er in sich zusammen und blieb reglos liegen, den Blick starr in den Himmel gerichtet.

Nein! Als wäre es etwas Widerliches, warf Jannis das Messer weg und starrte seinen toten Freund an. Das konnte doch gerade nicht geschehen sein. Das war doch nicht wahr! Für einen Moment löschte das sogar den Gedanken an Katharina aus. Aber sofort war er wieder da.

»Requiem aeternam dona ei, Domine«, sagte Pfarrer Matthias, schloss Gabriels Augen und zeichnete mit der Hand ein Kreuz über ihm in die Luft. »Herr, gib ihm die ewige Ruhe und vergib ihm seine Schuld.« Dann schaute er Jannis an. »Wer hat das getan? Wer hat Gabriel in den Kornspeicher gesperrt und den Speicher in Brand gesetzt?«

»Philipp.«

»Wie bitte?« Pfarrer Matthias schüttelte den Kopf. »Das kann nicht sein.«

»Doch.« Jannis stand auf und lief hin und her.

»Aber warum?«

»Rache. Und ich nehme an, Philipp hat auch Hannahs Pferd gestohlen. Vermutlich hatte er bereits zuvor alles für seine Flucht vorbereitet.« Von Schmerz und Entsetzen gepeinigt packte Jannis Pfarrer Matthias bei den Schultern. »Wir müssen Katharina finden, Matthias. Heinrich Glimbeck wird sie sonst erneut anklagen. Und dieses Mal wird sie gefoltert und hingerichtet werden.«

»Ja, ich weiß. Aber bevor wir kein Pferd haben, können wir nichts tun.«

Mit einem lauten Krachen gab das brennende Dach des Kornspeichers nach und fiel in sich zusammen. Ringsherum züngelten Flammen über die feuchte Wiese.

»Wir müssen das Feuer löschen«, sagte Madalena, die wie betäubt das Geschehene beobachtet hatte. »Sonst greift es noch auf die anderen Gebäude über.«

»Nein.« Hannah schüttelte den Kopf. »Der Speicher steht abseits genug. Außerdem hat das keinen Sinn.«

Jannis setzte sich vor dem Stall auf den Boden, zog die Beine an und verbarg das Gesicht in den Händen. Vorhin hatte er noch neben Katharina auf dem Bett gesessen, mit ihr gesprochen und mit den winzigen Fingern ihres Sohnes gespielt und jetzt … Mit beiden Händen griff er sich in das Haar und versteckte den Kopf zwischen den Knien. *Neeeeiiiin!*

*****

So still war es, als hielte die Welt den Atem an, während sie an einem Kornfeld entlangritten.

Nur das Klappern der Pferdehufe war zu hören und schemenhaft zeichnete sich vor Katharina das Hinterteil von Heinrich Glimbecks dunklem Pferd ab, denn noch immer ritt sie hinter ihm her. Von Glimbeck selbst sah sie in der Düsternis nur die Silhouette, und ab und zu hörte sie das Wimmern ihres Sohnes auf dessen Arm.

So oder so würde dieser Mann sie beide töten, entweder hier irgendwo in einem Wald oder erst in Köln, und sie konnte nichts tun. Gar nichts!

»Tötet mich, aber nicht mein Kind. Bitte!«

»Das Kind einer Teufelshur ist ein Kind des Teufels.«

»Nein!«, schrie sie auf. »Es ist das Kind von Hinrich Belbergs Vetter, meinem verstorbenen Gemahl.«

»Sei still!«

»Bitte verschont mein Kind!«

Irgendetwas musste sie doch tun können. Irgendeine

Möglichkeit musste es einfach geben. Immerhin war sie mit Glimbeck allein.

Ein Knacken ließ sie aufhorchen. Hatte sie sich getäuscht oder war da etwas zwischen den Bäumen? Die Finsternis machte es ihr schwer, das zu erkennen.

Erst als sie ganz nah an den Bäumen vorbeiritten, nahm sie eine Bewegung wahr und ihr Herz fing heftig an zu klopfen. Heinrich Glimbeck dagegen hatte nichts bemerkt. Denn er ritt einfach weiter.

Die Angst um ihr Kind hatte sie fest im Griff, aber dennoch nahm sie allen Mut zusammen. »Eure Söldner wollten Euch wohl nicht mehr begleiten«, sagte sie. »Oder warum sind sie nicht hier?«

»Sei still!«

Mit leichtem Schenkeldruck trieb sie ihr Pferd an und schloss zu ihm auf, sodass sie neben ihm ritt.

»Reite vor mir«, sagte er. »Da habe ich dich besser im Auge.«

»Müsstet Ihr Euch nicht vor mir fürchten?«

»Ich weiß mit dem Teufel umzugehen.«

»Mir ist ein wenig schwindelig.«

»Mach dich nicht lächerlich, Weib.«

»Aber es ist so. Ich kann nicht mehr. Mir ist übel.«

»Hör auf damit!«

Katharina hielt das Pferd an und ließ sich langsam von dem Rücken des Tieres gleiten. Als sie Boden unter den Füßen spürte, brach sie zusammen.

»Steh auf! Und zwar auf der Stelle!« Wütend ritt Glimbeck zu ihr, als sie sich nicht rührte.

Einen Moment kam ihm der Gedanke, dass der Teufel in sie gefahren sein könnte und sich gleich offenbaren würde. Aber nein. Das war nur ein Trick.

»Steh auf! Was willst du damit erreichen?« Er stieg von seinem Pferd und ging zu ihr. »Du weißt, was sonst mit deinem Kind passiert.«

»Nichts wird passieren«, sagte die Stimme hinter ihm. »Denn das, was Ihr durch Euren schmucken Hut an Eurem Hinterkopf fühlt, ist die Mündung einer Pistole. Ihr solltet Eure Augen besser offenhalten, Heinrich Glimbeck. Katharina hat mich nämlich gesehen, Ihr dagegen habt mich nicht bemerkt.«

»Philipp.« Glimbeck lachte auf. »Ihr beschützt die Teufelshur also auch. Ich hätte es wissen müssen, als ich vorhin Pfarrer Matthias sah.«

»Auf der Stelle gebt Ihr Katharina ihren Sohn zurück«, zischte Philipp. »Und denkt ja nicht, ich würde nicht schießen. Ich war es, der die Dirnen und den Bettler getötet hat. Welche Hemmungen sollte ich also haben, Euch zu töten?« Er schaute zu Katharina, die wieder aufgestanden war. »Geht zu ihm, Katharina. Nehmt ihm das Kind ab.«

Schweigend nahm sie ihren Sohn von Heinrich Glimbeck entgegen und drückte ihn erleichtert an sich.

Ein harter Schlag gegen seinen Hinterkopf ließ Glimbeck zu Boden gehen und wie angewurzelt stand Katharina da, während Philipp sich niederhockte und ihm die Hände auf dem Rücken fesselte.

»Steigt auf Euer Pferd, Katharina.«

»Wart Ihr das wirklich? Habt Ihr die Dirnen tatsächlich getötet?«

Er richtete sich auf. »Fürchtet Ihr Euch jetzt vor mir?«

»Sollte ich das denn?«

*****

Aus nichts als ein paar verkohlten Brettern bestand der Kornspeicher noch und von den Flammen war nur ein Glimmen geblieben.

Hannah hatte ein Tuch auf Gabriels Gesicht gelegt und war mit Pfarrer Matthias und Madalena ins Haus gegangen.

An den Stall gelehnt stand Caspar neben Jannis, der reglos mit angezogenen Beinen auf dem Boden saß, den Kopf auf die Knie gelegt.

Caspar schaute zu ihm hinab. *Ich kann ihn doch nicht alleinlassen. Wer weiß, was dann geschieht.* Das Klappern von Pferdehufen ließ ihn aufblicken und sein Körper versteifte sich. »Jannis.«

»Lass mich in Ruhe, Caspar.«

»Nein, Jannis. Seht doch!«

Langsam hob Jannis den Kopf und glaubte seinen Augen nicht trauen zu können, als er Katharina mit ihrem Kind auf dem Arm von einem Pferd steigen und auf sich zukommen sah.

Mit einem Satz stand er auf den Beinen, war dann jedoch kaum fähig, sich zu bewegen. »Katharina.«

Sie lächelte, als sie ihn erreichte, und seine Hand bebte, als er ihr Gesicht berührte. Dann nahm er sie mitsamt dem Kind in die Arme und drückte sie an sich. Sein Blick glitt zu Philipp, der hinter Katharina auf Glimbecks Pferd saß und Hannahs altes Pferd am Zügel mit sich führte. Heinrich Glimbeck, der gefesselt quer auf dem Rücken von Hannahs Pferd lag, rührte sich nicht.

Langsam ritt Philipp näher zu ihnen. In einer Hand hielt er noch immer die Pistole. »Wagt es ja nicht, mir zu folgen, Jannis, auch wenn Ihr mich für Gabriels Tod hasst.«

Einen Atemzug lang sahen sie einander an, bevor Philipp den Zügel von Hannahs Pferd losließ, mit seinem Pferd eine Kehrtwende machte und davonritt. Bereits nach kurzer Zeit verschluckte ihn die Dunkelheit.

»Was machen wir denn jetzt mit dem da?«, sagte Caspar, während er zu Heinrich Glimbeck ging, der wie ein Toter auf dem Pferderücken baumelte. »Leider ist der nur bewusstlos, glaub ich. He! Seht mal, Jannis! Das Pferd, auf dem Katharina saß, ist ja Eure braune Stute.« Er ging zu ihr und tätschelte ihr den Hals. »Vorhin ist mir das gar nicht aufgefallen.« Er schaute zu Jannis und Katharina, als keine Antwort kam.

Noch immer hielten sie einander fest.

26

Am nächsten Tag ließ eine sanfte Brise die Wipfel der Bäume über Caspar wispern. Aber nichts übertönte das Rauschen des Baches, an dessen Ufer er auf einem großen Stein saß.

Traurig stieß er mit dem Fuß einen Kieselstein beiseite. Sie hatten ihn vergessen. Sie hatten ihn nicht gefragt, ob er mit ihnen kommen wollte. Sie ließen ihn zurück. Er hatte seine Schuldigkeit getan und durfte gehen.

Aber das wollte er nicht. Keinesfalls wollte er zurück nach Köln, trotz seines Bruders und obwohl Köln seine Heimat war. Wieder würde er allein sein und wieder würde er stehlen müssen. Und Katharina würde nicht mehr da sein und Madalena ebenso wenig. Ja, er mochte Madalena. Aber was nützte das schon. Niemand wollte ihn. Allen war er egal.

»Was tust du hier, Caspar?«

Abrupt blickte Caspar sich um. Katharina stand hinter ihm, und ein Stück entfernt sah er Jannis auf sich zukommen.

»Nichts.« Mit verkniffener Miene wandte Caspar sich wieder ab und starrte auf den Bach.

Katharina setzte sich neben ihn auf den Stein. Ein Lächeln umspielte ihre Lippen, während sie sein von Sommersprossen übersätes finsteres Gesicht betrachtete. »Wir wollten dich fragen, was du nun vorhast?«

»Was schon? Zurück zu meinem Onkel nach Köln. Was bleibt mir sonst? Eltern habe ich ja keine mehr.«

»Aber wenn du Heinrich Glimbeck in Köln begegnest, könnte es gefährlich werden. Bis Hannah und ihr Bruder dafür gesorgt haben, dass Gabriel in geweihter Erde beigesetzt wurde und sie die Mühle verkauft haben, bleibt Glimbeck hier. Doch dann lassen sie ihn frei. Niemand von uns hat ein Recht, über ihn zu richten.«

»Sie wollen die Mühle verkaufen und von hier fortgehen?«

»Ja. Heinrich Glimbeck würde Hannah sonst gewiss als Hexe anklagen, sobald er wieder frei ist. Nur ein angebliches Hexenmal müsste er an ihr finden, um sie anzuklagen. Komm doch mit Caspar. Komm einfach mit uns.«

Der Blick in Katharinas Augen ließ sein Herz schneller schlagen. Plötzlich war da das Gefühl, eine Familie zu haben, nicht mehr allein zu sein. »Und wohin?«

»Vielleicht nach Süden. Rom oder Mailand. Falls wir es schaffen, bis dorthin zu gelangen. Laut Pfarrer Matthias wird in Italien kaum jemand wegen Hexerei angeklagt. Und Urban hat ein wenig Geld, damit wir uns etwas aufbauen können. Wir schaffen das schon.«

»Aber will er denn nicht zurück nach Afrika?«

»Nein. Er sagt, wir wären seine Familie. Sonst hätte er niemanden mehr.«

»Und Madalena?«

»Sie kommt auch mit.«

Caspar senkte den Kopf. »Meinem Onkel bin ich egal. Der ist froh, wenn er mich los ist. Aber mein Bruder Valentin. Er muss es erfahren.«

»Pfarrer Matthias wird es deinem Bruder sagen. Er kehrt zurück nach Köln.«

»Ist das für ihn denn nicht gefährlich?«

»Doch.« Ein Ausdruck von Sorge trat in Katharinas

Augen. »Aber Pfarrer Matthias will es so. Also? Kommst du mit uns?«

»Ja.« Caspars Stimme klang heiser. Selten hatte er sich so glücklich gefühlt. »Ja, das will ich.« Er stand auf. »Madalena. Das muss ich ihr erzählen.«

So schnell wie seine Beine ihn trugen, rannte er zur Mühle und stattdessen setzte sich Jannis neben Katharina.

»Das mit Gabriel«, sagte sie. »Es tut mir leid. Ich weiß, er war dein Freund.«

Jannis sah sie an. Dass Gabriel womöglich ihr Bruder gewesen war, hatte er ihr noch nicht erzählt. *Später,* dachte er. *Nicht jetzt.* »Philipp hätte Heinrich Glimbeck töten können, als er mit dir und ihm alleine war«, sagte er. »Warum hat er ihn verschont?«

»Ich glaube, er wollte uns die Entscheidung überlassen, was wir mit ihm tun.«

Jannis starrte auf die Fische, die sich in dem klaren Wasser des Bachs tummelten. »Wir sind keine Mörder. Und ändern würde Heinrich Glimbecks Tod sicherlich wenig. So oder so werden die Hexenprozesse weitergehen.« Sein Blick fiel auf den Brief in Katharinas Händen, den Urban ihr gegeben hatte. »Willst du ihn jetzt lesen?«

»Ja, das will ich.« Sie atmete tief durch, brach das Siegel und faltete das Papier auseinander.

»Liebe Katharina, so nah waren wir einander und doch so fern«, lauteten die ersten Worte, die in kritzliger Schrift geschrieben waren, so als hätte sie jemand nur mit Mühe zu Papier gebracht –

Manchmal habt Ihr meine Schritte über Eurem Gemach gehört. Dessen bin ich mir sicher. Ich dagegen erfuhr über

Eure Tränen von Eurer Einsamkeit im Hause meines Bruders Hinrich Belberg. Denn manchmal hörte ich Euch weinen. Und weil Urban mir berichtet hat, dass Ihr ein guter Mensch seid, sollt Ihr wissen, dass Ihr niemals Schuldgefühle haben dürft, weil ich für Euch sterbe. Gott hat mich wegen meiner Sünden mit einem grauenhaften Leiden bestraft. Doch jetzt darf ich Buße tun, und er wird mir die Pforten des Himmels öffnen. Wenn Ihr diesen Brief lest, bin ich frei.

Eure Christina

Mit fahrigen Händen faltete Katharina den Brief wieder zusammen und lehnte den Kopf an Jannis' Schulter. »Christian«, sagte sie. »Auf diesen Namen soll Pfarrer Matthias meinen Sohn taufen.« Sie blickte zum Himmel. »Das gefällt mir.«

»Geht es dir gut?«

»Ja.« Sie schloss die Augen. »Jetzt schon.«

»Wir sollten ins Haus gehen, Katharina. Pfarrer Matthias wartet sicher bereits auf uns, und Hannah hat die Stube für unsere Vermählung mit Blumen geschmückt. Du musst nur noch ›ja‹ sagen, dann sind wir Mann und Frau. Aber falls du noch immer Zweifel hast …«

»Nein, nein.« Sie nahm seine Hand und stand auf. »Komm. Wir wollen sie nicht warten lassen.«

»Na ja, vielleicht hab ich ja jetzt Zweifel.«

Sie lächelte. »Zu spät.«

*****

»Bitte schließt Euch uns an, Pfarrer Matthias«, bettelte Katharina am nächsten Tag, als sie neben dem Planwagen, den Urban besorgt hatte, vor der Mühle stand. Sie wollte einfach nicht ohne ihn fortgehen. »Wenn Ihr nach Köln zurückkehrt, wird Heinrich Glimbeck Euch auch der Hexerei bezichtigen.«

»Das liegt in Gottes Hand, mein Kind.«

»Nein, es liegt in Eurer, das zu verhindern, indem Ihr mit uns kommt.«

Mit einem Lächeln auf den Lippen nahm Pfarrer Matthias Katharinas Hände und hielt sie fest. Das schwarze Birett auf seinem Kopf war verrutscht und sein fülliges Gesicht glänzte im hellen Tageslicht. »Mehr als deutlich hat Gott mir gezeigt, dass es keinesfalls sein Wille ist, dass Menschen brennen. Dass sie in Wahrheit nur traurige Geschöpfe sind, die von anderen für deren persönliches Unglück verantwortlich gemacht werden. Denn was ist leichter, als die Schuld bei anderen zu suchen, anstatt bei sich selbst. Und wie schwierig ist es zu erkennen, dass so manches Leid, das wir erfahren, nur eine Prüfung Gottes ist. Wie könnte ich meine Gemeinde verlassen und Menschen wie Euch nicht mehr beistehen, Katharina.«

»Aber wie könnt Ihr das, wenn Ihr selbst angeklagt werdet?«

»So einfach ist das nicht. Immerhin habe ich in Köln einen guten Leumund. Aber sollte das dennoch geschehen, ist es Gottes Wille.«

»Ihr seid ein guter Mensch, Pfarrer Matthias.« Fest drückte Katharina seine Hände, bevor sie ihn umarmte. »Laut Schwester Theresa denken andere Pfarrer leider oft nicht so wie Ihr. Sonst würden sicher weniger Menschen brennen. Seid bedankt. Alles, was Ihr getan habt, werde ich Euch nie vergessen«, flüsterte sie in sein Ohr.

Es kostete sie Überwindung, ihn wieder loszulassen. Aber dann tat sie es doch. Geschickt stieg sie zu Jannis auf den Kutschbock und warf Hannah und deren Bruder Johannes, der inzwischen zurückgekehrt war, noch einen letzten Blick zu. »Verzeiht all die Unbill, die wir Euch und Eurem Bruder zugemutet haben, Hannah.«

Mit einem Ruckeln setzte sich der Planwagen in Bewegung, als Jannis mit der Zunge schnalzte und seine Stute und das Pferd antrieb, das Urban aus Brühl mitgebracht hatte. Hinter sich in dem Wagen wusste Katharina ihren Sohn Christian gut versorgt in Madalenas Armen und hörte Caspars und Urbans Stimmen.

Eine ungewisse und nicht einfache Zukunft lag vor ihnen allen, als sie kurz darauf an Wiesen, Feldern und Wäldern vorbeifuhren. Aber sie waren frei und wohlauf und die Sonne begleitete sie auf ihrem Weg.

*****

Hohl hallte das Klopfen gegen das nördliche Tor des Benediktiner-Klosters wider.

»Wer erbittet Einlass?«, erklang eine Stimme aus dessen Innern.

»Ich bin es.«

»Philipp?« Erstaunen spiegelte sich in Pater Michaels von Falten umrandeten Augen, als er das Tor geöffnet hatte und den Mann erblickte, dessen längliches Gesicht sich im Schatten der Kapuze verbarg. »Nach so langer Zeit hätte ich nicht erwartet, dass du noch zurückkehrst. Hast du den Frieden gefunden, den du in Köln gesucht hast?«

»Nein. Wahrheit lag in Euren Worten, Pater Michael.

Frieden findet sich nicht in Vergeltung, sondern in Vergebung. Wie von Sinnen war ich, habe Unschuldige dem Leben entrissen, sodass ich mich vor mir selbst fürchte und dem Dämon, der in mir haust. Bitte.« Die Kapuze rutschte Philipp vom Kopf, als er sich hinkniete. »Lasst mich Buße tun. Lasst mich einer von euch werden.«

Väterlich legte Pater Michael eine Hand auf Philipps Stirn. »Seit man dich damals zu uns brachte, nur noch ein Schatten deiner selbst und mit diesen grauenhaften Verbrennungen, kenne ich dich. Und obwohl all deine Sinne stets nach Vergeltung trachteten, wusste ich, dass du eines Tages zu dir selbst finden würdest. Falls du also deine Taten zutiefst bereust und Buße tust, wird Gott dir deine Schuld vergeben. Aber ob du dir selbst je vergeben kannst, ist fraglich. Denn nicht selten ist die Qual, die einem das Gewissen auferlegt, schlimmer, als jede andere Strafe es sein könnte. Komm! Steh auf! Wenn du einer von uns werden willst, dann soll es so sein.«

Epilog

Ein Gewirr aus Stimmen drang Wochen später durch das offene Fenster in Henriettes Gemach.

Auf ihren Stock gestützt schaute Jannis' Großmutter aus dem Fenster auf den Marktplatz, während sich ihr Sohn Albrecht über die Halbglatze strich und neben sie trat.

»Geht es Euch gut Mutter?«

»Ja, jetzt geht es mir gut, Albrecht.«

»Was habt Ihr da in der Hand?«

»Einen Brief von Jannis, von deinem jüngsten Sohn.«

»Ich sagte Euch doch, diesen Namen will ich nie wieder hören. Ich habe nur noch einen Sohn.«

»Also willst du gar nicht wissen, wie es Jannis geht, Albrecht?«

»Nein.« Als wäre der Brief etwas Gefährliches, etwas, das ihn innerlich berühren oder verletzen könnte, wich Albrecht von der Laar vor seiner Mutter zurück. »Es interessiert mich nicht.«

»Jannis geht es gut, und zwar mit Katharina«, sagte sie dennoch, während er bereits zur Tür hinausging.

Er tat ihr nicht leid. Denn wie stets war er stur und unverbesserlich. Nur mit jemand anderem empfand sie Mitgefühl, obwohl der das auch nicht verdient hatte.

Seit Max' und Agnes' Tod und dem Verschwinden von Gabriel verfiel Hinrich Belberg zusehends. Mehr und mehr war er nur noch ein Schatten seiner selbst, verließ kaum noch das Haus und vernachlässigte sogar seine Geschäfte. Einen einsameren Menschen hatte sie nie gesehen.

Müde ging Henriette zu ihrem Bett und legte sich darauf. Trotz allem waren sowohl der Jude Samuel als auch Katharina wieder frei. Andere dagegen hatten weniger Glück. Bald würden die Biertgen Kleinjohanns und die Maria Müllersche aufm Bott wegen Hexerei hingerichtet werden, obwohl auch sie sicher unschuldig waren. Zweitere war deshalb angeklagt worden, weil sie einem Kind ein Osterei geschenkt hatte und das Kind bald danach erkrankt war.

Wann würde das endlich ein Ende haben?

Der Brief fiel Henriette aus der Hand, als ihr die Augen zufielen und sie einschlief.

Ein frohes Lachen hallte durch ihre Träume.

Es war das von Katharina.

Nachwort

der Autorin

Mein herzlicher Dank gilt allen, die mich bei der Entstehung dieses Werkes unterstützt haben, vor allem Heidemarie Rabe für das Lektorat und Korrektorat und dass sie mir mit Rat und Tat beiseitegestanden hat.

Für das Interesse an meinem Roman danke ich Ihnen, meinen Lesern, ebenfalls herzlich. Wenn das Buch Sie gut unterhalten hat, würde ich mich über ein Feedback in Form einer Rezension sehr freuen. Zwei, drei Sätze reichen völlig aus.

Zu »Blut und Flammen«

Köln habe ich als Schauplatz gewählt, weil ich ein Kind des Ruhrgebiets bin und diese nicht weit entfernte und schöne Stadt am Rhein liebe. Außerdem finde ich es beachtenswert, dass der Kölner Rat die Opfer der Verfolgung offiziell rehabilitiert hat, also wie viele andere Städte auch zur Vergangenheit steht.

Aufgrund der Rivalität zwischen der Reichsstadt Köln und den Kölner Erzbischöfen wurden dort weniger Hexen verbrannt als anderswo. Denn die Stadt hatte das Recht zu entscheiden, ob ein Vergehen überhaupt in die Kompetenz des Hohen weltlichen Gerichts fiel, das dem Erzbischof unterstellt war.
Unter dem äußerst hartnäckigen Hexenverfolger Erzbischof Ferdinand von Bayern (1612 - 1650) wurde allerdings auch die Stadt Köln von einer Hinrichtungswelle erfasst.

Kurfürst Ferdinand von Bayern

Während seiner Amtszeit erlebte die Kölner und Kurkölner Hexenverfolgung ihren Höhepunkt.

Im Umland von Köln sollen die Scheiterhaufen so stark gebrannt haben, dass die Rauchwolken noch in Köln zu sehen waren.

(Quelle: Hexen. Verfolgung in Köln, Emons Verlag, Autoren: Irene Franken und Ina Hoerner)

Zwar brannten die Scheiterhaufen rings um die Stadt häufiger als in Köln selbst. Aber auch in Köln starben zu jener Zeit an die 30 Frauen und ein Mann.
Die bekannteste von ihnen war Katharina Henot, die Postmeisterin. Im Jahr 1627 wurde sie erst erwürgt und dann verbrannt, nachdem sie brutal gefoltert worden war.

Nicht selten befand sich der Kölner Rat in einem Zwiespalt.
Einerseits verlangten Bürger, die von Predigern und anderen Geistlichen aufgehetzt worden waren, von dem sogenannten Übel der Hexerei befreit zu werden. Und Erzbischof Ferdinand bezeichnete den Stadtrat sogar als »patroni veneficarum«, Verteidiger der Zauberinnen. Andererseits gab es unter den Kölner Ratsherren oft Zweifel, ob überhaupt ein Schadenzauber vorlag und die Beschuldigten an das Hohe weltliche Gericht überstellt werden mussten. So wurden Hinrichtungen verzögert und wohl auch verhindert.

(Quelle: Hexen. Verfolgung in Köln. Emons Verlag, Autoren: Irene Franken und Ina Hoerner)

Auch der damalige Dechant von St. Severin, **Heinrich Glimbach** beklagte, dass der Stadtrat aus seiner Sicht zu zögerlich agierte. Aus seiner Feder stammt die Flugschrift:
Lamentatio animae suspirantis ad deum pro extirpatione magiae. (Klageruf einer Seele, die zu Gott seufzt um Ausrottung der Zauberei.)
1630 ließ der Magistrat sie als Schmähschrift einziehen und öffentlich verbrennen.

(Quelle: Vandenhoeck u. Ruprecht, Der Krieg gegen die Hexen. Das Ausrottungsprogramm des Kurfürsten von Köln. Autor: Gerhard Schormann)

Namen von realen historischen Opfern, die in dem Roman erwähnt werden:

Gertraudt von Witzhellen
Am 09.10.1628 verhaftet und am 08.11.1628 wegen Schadenzauber verbrannt.

Sibilla von Wilhelmstein
Von Christina Plum und der Mechthild von Bremerbroich als Hexe beschuldigt.
Am 31.05.1629 hingerichtet, erst stranguliert, dann verbrannt.

Anna Gossmann von Attendorn
Frau des Gerichtsschreibers, wegen angeblicher Teilnahme am Hexensabbat und Schadenzauber am 18.10.1628 hingerichtet.

Margarete Bungers
Am 29.01.1629 wurde Merg (Margarete) Bungers von Langerwehe wegen Hexerei angeklagt. Sie starb am

05.04.1629 im Feuer.

Pfarrer Johannes Bissendorf
Evangelischer Pfarrer aus Peine hat die Irrtümer und Missbräuche der Jesuiten kritisiert. Am 28.03.1629 in Köln als Ketzer hingerichtet.

Biertgen Kleinjohanns von Frechen
Mergen (Maria) Müllersche aufm Bott
Beide am 18.06.1929 inhaftiert, gefoltert und am 10.07.1629 hingerichtet. Mergen (Maria) Müllersche aufm Bott geriet in Verdacht, weil ein Kind, dem sie ein Osterei geschenkt hatte, anschließend erkrankte.

(Quelle: Sagt, was ich gestehen soll, Ingrid Lessing Verlag, Autorin: Hetty Kemmerich)

Ursachen für die Hexenverfolgung:

Im 17. Jahrhundert war der Glaube an das personifizierte Böse, den Teufel als Gegenspieler Gottes, weit verbreitet, denn genau das wurde gepredigt.

Krankheiten und andere Leiden wurden durch die christliche Lehre zwar als Prüfung Gottes angesehen. Doch Kriege und Hungersnöte wegen zu kalter Sommer und eisiger Winter und Seuchen wie die Pest oder andere Krankheiten brachten so viel Leid, dass man Schuldige brauchte, die man bekämpfen konnte. Auf die Art wollte man dem Gefühl von Hilflosigkeit entgehen. Was lag da näher, als den Teufel als das personifizierte Böse zu bekämpfen und seine angeblichen Schergen, die Hexen, zu vernichten.

Fanatische Kleriker und ihr Frauenhass taten ihr Übriges.

Letztendlich verbirgt sich hinter alldem ein Sündenbock-Mechanismus:

Das Nicht-ertragen-Können von Leiden, das dazu zwingt, andere leidend zu machen.
(Quelle: Sagt, was ich gestehen soll, Ingrid Lessing Verlag, Autorin: Hetty Kemmerich)

Zusätzlich spielten aber auch noch finanzielle Interessen eine große Rolle. Denn die Schöffen, Hexenkommissare, Richter, Exorzisten, Henker usw. wurden aus dem eingezogenen Besitz der Opfer bezahlt.

Ungefähr 60.000 Menschen wurden vom 15. bis 18. Jahrhundert in Europa verbrannt, davon um die 25.000 allein in Deutschland.
In Polen und Litauen waren es um die 10.000, in Frankreich um die 4000, in Italien 1000 und in Irland 2. Der Rest verteilt sich auf Europa.
(Quelle: Sagt, was ich gestehen soll, Ingrid Lessing Verlag, Autorin: Hetty Kemmerich)

Über mich:

Im Jahr 1966 habe ich in Nordrhein-Westfalen das Licht der Welt erblickt, und nach dem Abitur, einer medizinischen und einer kaufmännischen Ausbildung war ich lange Zeit am Universitätsklinikum Essen tätig.

Leider war es meinem Mann und mir nicht vergönnt, eigene Kinder zu bekommen, obwohl das unser Wunsch war. Aber dafür lieben wir unsere Patenkinder umso mehr.

Erwähnenswert sind sicher auch noch unsere beiden weiteren Familienmitglieder, nämlich unsere süße Katze und unsere American-Quarterhorse-Stute, die inzwischen in die Jahre kommt.

Tja, was ist noch erwähnenswert? Vielleicht, dass ich neben dem Schreiben auch gerne zeichne – etwas, das ich von meinem Vater geerbt habe. Meine Liebe zu Krimis und Thrillern habe ich dagegen von meiner Mutter, die leider viel zu früh verstorben ist. Sie war ganz verrückt danach, ebenso wie ich.

Gern gezeichnet habe ich schon immer und irgendwann entstanden Geschichten dazu. So habe ich meine Liebe zum Schreiben entdeckt.

2007 habe ich das mit meinem ersten Kinder- und Jugendbuch umgesetzt.
2013 erschien daraufhin »Sanctus Satanas«, 2014 »Es wird sterben«, 2015 der 1. Band von »Todeslächeln« und 2016 der 2. Band.
2017 habe ich beide Todeslächeln-Bände in einem Sammelband veröffentlicht und jetzt zuletzt »Blut und Flammen« und »Asche und Hexenwahn«.

So, das war es erst einmal von mir. Falls Sie mehr erfahren möchten, schreiben Sie mir doch einfach.

Eventuelle Fragen und Anregungen können Sie mir unter dorokanders@aol.com gerne mitteilen.

Es macht mir wirklich Spaß, mich mit Ihnen auszutauschen, auch über die bisherige Resonanz habe ich mich sehr gefreut.

Vielen Dank, und ich wünsche Ihnen alles Gute,

Ihre Dorothé Kanders

Asche und Hexenwahn

History-Thriller 2

von Dorothé Kanders

Mitreißender History-Thriller zur Zeit der »Magdeburger Bluthochzeit« und der Hexenverfolgung im 17. Jahrhundert

1630 – 1636 n. Chr.
Heiliges Römisches Reich Deutscher Nation

Das Antlitz der beiden Toten ist bleich. Als düsteres Geheimnis ruhen sie vor Magdeburg in kühler Erde.

In der Siedlung Oberkirchen dagegen brennen die Scheiterhaufen und der Hexenwahn macht selbst vor Kindern nicht Halt. Voller Entsetzen flieht Katharina deshalb ohne den Mann, den sie liebt, nach Magdeburg. Doch leider führt die Flucht direkt in die Hölle. Mörder lauern in den Schatten und Magdeburg steht ein schlimmes Schicksal bevor. Zu Asche, zu Erde und zu Staub ist alles, was am Ende bleibt.

Gibt es noch ein Entkommen aus dieser Stadt und diesem Land, in dem der Dreißigjährige Krieg wütet und die Scheiterhaufen brennen? Wo der Hass oft stärker ist als die Liebe und der Tod näher als das Leben und vor allem wo die Hexenkommissare Katharina auf den Fersen sind?

TODESLÄCHELN
Band 1 - VERSCHLEPPT

von Dorothé Kanders

Rasanter Thriller
- bewegend, mitreißend, fesselnd

Sie sind brutale Kidnapper.
Sie betrachten Menschen als Ware.
Sie morden ohne Skrupel.

Bisher lebte die junge Ärztin Rebecca glücklich in Köln und ahnte nichts davon. Doch der Mord an ihrem Mann zerstört alles.

Um ihre Kinder zu retten, kommt sie dem kriminellen Geheimnis ihres Mannes auf die Spur, wird in Rumänien zur Jägerin und Gejagten und muss schnell sein, schneller als die Mörder.

Und dann ist da noch dieser undurchschaubare Fremde, in den sie sich verliebt und der ihre einzige Chance zu sein scheint. Allerdings ahnt sie nicht, dass der Tod ihr und ihren Kindern längst ins Gesicht lächelt.
Denn das dunkle Geheimnis ihres Mannes wird zur tödlichen Falle.

TODESLÄCHELN
Band 2 - VERSKLAVT

von Dorothé Kanders

Rasanter Thriller
- bewegend, mitreißend, fesselnd

Sie fangen, sie versklaven, sie töten Menschen.
Niemand entkommt ihnen.

Mehr als je zuvor ist das kriminelle Geheimnis ihres ermordeten Mannes wie ein Schatten, der das Leben der jungen Kölner Ärztin Rebecca beherrscht.
Es scheint unmöglich, dem Albtraum aus Gewalt und Brutalität zu entfliehen.

Verzweifelt hofft Rebecca, mithilfe des FBI wenigstens ihre Tochter Mila in Kalifornien finden und retten zu können.
Aber der Preis für Milas Leben ist hoch.
Denn der Mann, den Rebecca liebt, muss sich dafür ausliefern, und zwar an die, die ihn töten wollen.

ES WIRD STERBEN

von Dorothé Kanders

Rasanter Thriller - mörderisch packend

Ihr Herz ist vergiftet.

So mancher würde dagegen ankämpfen.

Sie nicht. Sie lebt es aus.

Sie nimmt grausame Rache, so scheint es.

Doch nichts ist, wie es scheint.

Kurzinhalt

Ein Unfall in den Schweizer Alpen.
Sophie scheint auf grausame Art getötet worden zu sein, und Julien glaubt, verrückt zu werden. Doch plötzlich ist Sophie wieder da und der Albtraum beginnt, denn sie scheint zu allem fähig, eine eiskalte Mörderin.

Erst als es beinah zu spät ist, kommen Julien und Kommissar Sam Mathis der schockierenden Wahrheit aus der Zeit des zweigeteilten Deutschlands auf die Spur, die sie in einen Sumpf aus Sehnsucht, Wut, Hass, Rache und blanken Wahnsinn führt.

Nicht selten ist es das Leben, das einen Menschen auslöscht, nicht der Tod. Doch was, wenn von diesem Menschen ein Schatten bleibt, der dich verfolgt?

SANCTUS SATANAS
Das 5. Gebot

von Dorothé Kanders

Brisanter Thriller, rasantes Tempo

Du sollst nicht lügen. Du sollst nicht töten.
Sie predigen Gottes Gebote.
Sie haben sie missachtet.
Sie haben ihm alles genommen.
Deshalb kennt er nur noch ein Gebot:
Ich töte euch.
Wer soll ihn stoppen?

Kurzinhalt

Zur Hölle mit euch, die Gottes Liebe zu einer Bürde machen!
Das ist sein Plan, seine Wut, seine Qual.

Es ist eine einzige Lüge, die einem Menschen den Glauben nehmen, seine Seele zerbrechen und ihn zum Mörder werden lassen kann.
Es beginnt mit einem Mord in Rom, und während dort ein unheiliges Spiel zwischen Mörder, den die Presse mit »Sanctus Satanas« betitelt, Polizei und Vatikan aufflammt, will Kommissarin Lena Meissner in Deutschland Licht in ihre Vergangenheit bringen, die ein brutales Geheimnis birgt.
Sie begegnet David. Sie verliebt sich in ihn, doch er hasst sie, er verachtet sie, und von Sekunde an beginnt ein mörderischer Albtraum aus Wahn, Gewalt, Lügen und Intrigen. Denn Lenas Vergangenheit zieht eine blutige Spur nach Rom.

KINDER- und JUGENDBÜCHER von Dorothé Kanders

Die **Magischen M**eisterdetektive und der Magier von Asgard

Mit viel Spürsinn und Magie tricksen die Magischen M. Verbrecher und Magier aus und schlittern so in ein atemberaubendes rasantes Abenteuer, das sie zur Feuerinsel führt, wo sich ein magisches Geheimnis verbirgt.

Die **Magischen M**eisterdetektive und das Geisterschiff

Ein gruseliges Geisterschiff mit leuchtenden schwarzen Segeln verunsichert die Küste der Bäreninsel in der Arktis. Das ist ein Fall für die vier Magischen M. und ihrem geflügelten Freund Draco, dem Drachen.

Die **Magischen M**eisterdetektive und der Nebelreiter

Nicht nur, dass die 4 Magischen M. Verbrecher und Magier austricksen müssen, jetzt sollen sie auch noch Geister bannen. Oder ist der geheimnisvolle Nebelreiter, der Schottland in Angst und Schrecken versetzt, etwa gar kein Geist?

Printed in Germany
by Amazon Distribution
GmbH, Leipzig

21243024R00183